# 近代作家の構想と表現

漱石・未明から安吾・茨木のり子まで

清田文武

翰林書房

近代作家の構想と表現—漱石・未明から安吾・茨木のり子まで—　◎目次

## VI　坂口安吾の説話的世界　217



## VII　詩人たちと佐渡・越後　249

# I　夏目漱石『行人』とその周辺

# 『行人』の世界——Hさんの「符号《シンボル》」的意味を視点として——

## 一　Hさんの「符号《シンボル》」的形成契機

漱石晩年の『行人』（大正元年〈一九一二〉より二年まで新聞連載）には、アルファベットで表記されたA助手がおり、B先生がいる。したがって長野家の嫡男一郎の職場の同僚はCさんとでも表してよいはずであるが、なぜかHさんとなっている。[*1] 一評論家に作品の主題は最後の「塵労」に尽きているとまで言わせる程の章で、[*2] 作中語り手の役をも担っている、一郎の弟二郎にHさんは長い手紙を書き、これをもって小説は終わる人物である。神経衰弱に陥っている一郎の相手をする友人であることに鑑み、この問題を中心に考察を試み、作品の世界にも及んでみたい。

『行人』は、「梅田の停車場《ステーション》を下りるや否や自分は母から云ひ付けられた通り、すぐ俥《くるま》を雇つて岡田の家に馳《か》けさせた。」と始まっており、まず「自分」こと長野二郎を観察する必要がある。彼は母の使いで大阪に来たのであった。岡田は母の遠縁に当たり、かつて長野家で書生同様にしていた男であるが、二郎は、手伝いのお貞さんの縁談のために西下し、岡田の周旋によって相手の佐野という男に会う。そして、二、三日の間に使いの役目を果たし、母にその「報告」をしたのであった。

その点では、まだ大阪に滞在していた彼が、岡田の勧めにより東京から出て来た母、兄一郎（大学の教師）とその妻お直と共に名勝・和歌の浦に出かけた時のことも注目される。ここで一郎が二郎に、「直《なほ》は御前《おまへ》に惚《ほ》れてるんぢやないか」と言い、妻を信じ切れない兄にその貞操を確かめてほしいという唐突な依頼を断りつつも、機会があったら腹の中を聞いてみようと応じ、とりあえず嫂《あによめ》と日帰りで和歌山市見物に出かける。ところが、暴風雨による交通途絶のため、母や兄のいる和歌の浦へ帰ることができなくなり、彼女と旅館の暗闇の一室で夜を過ごすに至る。天候も回復した翌日宿へ帰った二郎は、兄に依頼の件の「復命」をしなければならなかったのであるが、彼女に問題はないと判断し、多少は触れたものの、報告は帰京後に延ばされた形であった。

しかし、その後兄の不審な言動を友人から聞き、彼はHさんに相談して兄に休息をとも考え旅にさそってもらい、その間の様子を報せるように頼んだのであった。一つ家に暮らす自分が兄より先にお直と知り合いであったわけであるが、自分の存在が兄の神経衰弱の一因になっているかと思った二郎は家を出て下宿し、やがてHさんの手紙を読むことになる。作品の構成からいえば、母と二郎、一郎と二郎、二郎とHさんという間には、三つの使いとそれに伴う報告が組み込まれた形になっていると解してよいであろう。

こうした二郎については千谷七郎著『漱石の病跡』（勁草書房、一九六三）の示唆的な論がある。千谷は、『行人』の書題は『論語』の「憲問第十四」に「子曰、為命卑諶草創之、世叔討論之、行人子羽脩飾之、東里子産潤色之。」（子曰く、命を為《つく》るに卑諶《ひじん》之を草創し、世叔《せいしゆく》之を討論し、行人子羽《しう》之を脩飾《しゆうしよく》し、東里の子産之を潤色す。）とある〈行人〉に引っかけて選んだとし、朱子の註「行人ハ掌ルレ使之官ヲ」を引いて、行人には今日の外務大臣・外交官・使者の意味があるとする。そして、この小説の場合、使者・使い走りの意味で用いたと解釈し、「二郎が母や兄の使い走りとなって動くことによって事件が動き、筋が運ばれて、結局は一郎の性情と容態が浮彫りにされて行く仕組み」になっていると捉える。それから『管子』の「行人ハ不レ可カラレ有ルレ私」（侈靡篇）によって、使者は私心があってはいけない、ということを述べるが、そういえば、Hさんの手紙にも「私から有《あり》の儘《まゝ》の報知を受ける貴方《あなた》」云々と見える。

この問題では平井富雄の『神経症夏目漱石』（福武書店、一九九〇）も見逃せない。『行人』というタイトルには、漢語で「貢挙（今の国家公務員上級試験に相当するもの）に通った優れた人物」、あるいは二義的に「使者」の意味があるとし、前者に相当するのは一郎であり、後者に当たるのは二郎である、と説く。この「優れた人物」という点からすると、上掲の子産も関心を引く。古代中国における小国・鄭の賢哲宰相として孔子もその名声を聞いたはずの人物で、『左伝』の事蹟からすれば、孔子が「子産の博学を十分発揮した雄弁と、その慈愛深い人道主義とをほめたたえ」た人であったという。*3

差当たりこのような方向で〈行人〉の解釈をしてみたいが、千谷論では当然のこととして省略したのか、使者としての事後報告についての言及がなく、この点を加えて考えるべきであろうと思われる。二郎は、使いの後、母へ報告はしているけれども、兄に対しては「私《わたくし》」のない点からは、それを果たしているとは言えないきらいもあった。『行人』で取り上げた様々な問題は容易ならざるものであるが、こうした作中一郎の友人が漢字ではなく、なぜHと表記されているのかということである。

Hさんは、旅中の一郎の言動・様子について二郎に報告としての手紙を出したのであるが、はじめの二郎は長野家では使い走りの役を果たしていたわけであり、新聞に『ヘラルド・トリビューン』紙があるように、いわばHerald（伝令官・使者）のような役を担っていたと解される。その二郎が家を出て兄との接触を絶ったわけで、その代役を兄の同僚が引き受けてくれた格好になる。そういう友人に漱石はHeraldの頭文字を当てHさんとしたのではないか。シェイクスピアの『オセロ』*Othello*（一六〇四頃）の第二幕第二場を開いてみると、[*4] 街上の場のト書きに "*Enter a Herald with a proclamation; People following.*" とあって、布告を持って登場したHerald（短縮記号Her.）は、付いて来た人々に対し「わが高貴、勇敢なる将軍オセロウの思召しを申し伝えます。」（菅泰男訳）云々と告げる。『ハムレット』*Hamlet*（一六〇一頃）の主役は略号のHam.で示されてもいるが、漱石は単にH.の符号で記していることもある。漱石のノートには一般的に一字の略号もしばしば見え、自作にHという人物を登場させても意外なことではなかった。

しかし、使者・使い走りとなると英語ではメッセンジャーも考えられよう。右のHeraldは報道官といった公式的なニュアンスがあり、『行人』にあてはめると大袈裟すぎるきらいもある。『マクベス』*Macbeth*（一六〇六）の第五幕では使者が、突然森が動き出したことを報せなければと思い、「王よ、この目で見たことを御報告せねばなりませんが、何と申し上げてよいやら――」（報告の語はreportとある）と言上すると、マクベスは、「何とでもいったらいいだろう。」と答える（木下順二訳）。このあたり漱石の旧蔵本には書き込みがあって精読したことは疑いないが、使者はMessenger（略号

Mess.）となっている。そうすると、HさんはMさんでもよかったことになるが、Mでは表記されなかった。略号をめぐっては、なお考えられよう。一郎には、Hさんだけでなく、弟に対しても信頼を寄せたいという思いはあるわけであり、二郎の方でも、兄が自分をどう思っているか知りたいという気持ちから、「此際《このさい》Hさんの助《たすけ》を借りようと」考えたとあることである。それに、Hさんは兄に打って付けの人で、いわば助力者（Helper）として願える人と二郎は思ったのではないか。

二郎がそのHさんを初めて訪ねたとき、着物に兵児帯を巻き付けたまま、椅子の上にあぐらをかくという格好であった。「丸い顔と丸い五分刈りの頭」で、中国人のように「でく〳〵肥《ふと》つ」ていて、話しぶりも同様に「馴れない日本語を操つる時のやうに、鈍《のろ》」く、口を開くたびに「にこ〳〵して」いるように見え、性質も「鷹揚《おうやう》なもの」で落ち着いていると感じた。そうしたHさんは兄とは「殆ど正反対」であると二郎は言い、この友人も一郎に、「要するに君は痩せて丈《たけ》が長く生れた男で、僕は肥《こえ》てずんぐり育つた人間なんだ」と言ったこともある。一郎を「癇癪持《かんしやくもち》」で「美的にも倫理的にも、知的にも鋭敏過ぎ」て「自分を苦しめに」生まれて来たような人とHさんが説明する場面もある。二郎は兄とこの友人との間について、「何《なん》にも逆らはない彼の前には、兄も逆らふ気が出なかつたのだらう。」と推測するが、夫婦仲で何か深刻な状態になっている一郎・お直は「同じ型に出来上つた」一組であったことが想起される。Hさんが、しばしば笑う人であったことも見逃せない。英語にはMedicalman（医師）の語があるけれども、符号からすれば、彼は、一郎とは「癒やす」（heal）、あるいは健康（Health）との関係からも考えられる存在だったであろうか。

Hさんについては、剣持武彦が、漱石が時を同じくして明治十七年十八歳で東京大学予備門に入学し、また同船で留学した芳賀矢一を挙げ、一郎の病状が「自然に親しむ旅と同行するHさんの寛厚な人がら」によって落ち着いてくると読み、創作上ヒントになったと解している（『個性と影響』桜楓社、昭和六〇）。[*5] 博士号辞退問題のとき芳賀から好意的訪問を受けたこともあり、漱石は実在の人物からもリアルな視点を得たと推察される。この問題では、「将来の文章」（『学生タイムス』明治四〇・一・一）中、自分の頭は半分西洋で半分は日本だと打ち明け、西洋の思想で考えたことが日本語では書き表せないことがあると述べ、「単語でも西洋語の方が多く、殊に英語などには種々の語源があつて、一つの事でも幾通りにも云ひ現はすことができる」と記したような考えも関係したにちがいない。お直について「唇の両端《りょうはし》にあたる筋肉が声に出ない言葉の符号《シンボル》の如く微《かす》かに顫動《せんどう》する」とあるが、Hはそうした、いわば「言葉の符号《シンボル》」による命名で、如上の複数の意味を込めて用いたものであろう。

　旅に出たHさんからの手紙の一場面を取り上げれば、「神経衰弱」に悩む一郎が、「人間の不安は科学の発展から来る。（中略）徒歩《とほ》から俥《くるま》、俥から馬車、馬車から汽車、汽車から自動車、それから航空船、それから飛行機と、何処迄行《どこまでい》つても休ませて呉《く》れない。何処迄伴《どこまでつ》れて行かれるか分らない。実に恐ろしい」と言い、それを受けとめた友に、「君」のは「頭の恐ろしさ」で、「僕のは心臓の恐ろしさだ」と応じたという。そこで、それがすべての人の運命なら君一人で恐ろしがる必要はないと慰めたところ、それは事実の問題だと断じ、「僕は人間全体の不安を、自分一人に集めて、そのまた不安を、一刻一分の短時間に煮詰めた恐ろしさを経験してゐる」と答える。「もつと気を楽に」と助言したというHさんはこう記す。

私は兄さんの前で黙つて煙草を吹かしてゐました。私は心のうちで、何《ど》うかして兄さんを此苦痛から救ひ出して上げたいと念じました。私は凡《すべ》て其他の事を忘れました。今迄《いままでじつ》凝と私の顔を見守つてゐた兄さんは、その時突然「君の方が僕より偉い」と云ひました。私は思想の上に於て、兄さんこそ私に優れてゐると感じてゐる際でしたから、此賛辞に対して嬉しいとも難有《ありがた》いとも思ふ気は起りませんでした。私は矢張黙つて煙草を吹かしてゐました。兄さんは段々落ち付いて来ました。夫《それ》から二人とも一つ蚊帳に這入つて寐ました。

翌日一郎は、「君でも一日のうちに、損も得も要らない、善も悪も考へない、たゞ天然の儘の心を天然の儘顔に出してゐる事が、一度や二度はあるだらう。僕の尊いといふのは、其時の君の事を云ふんだ。」と話すのであった。前夜のHさん、すなわち「私」から「好い影響」を受けて、兄さんは一時的にせよ苦しい不安を免れたのだと言うが、その時の「私」はただ黙って煙草を吹かしていただけであったのを、そこに「純粋な誠」を感じたのかもしれないとしたためている。

海から山に宿を移した場面の一つ。Hさんが、「Keine Brücke führt von Mensch zu Mensch.（人から人へ掛け渡す橋はない）」とドイツの諺を使ったとき、一郎は策略的なもののまじっているのを感じたのか、「自分に誠実でないものは、決して他人《たにん》に誠実であり得ない」と言って、「君は僕のお守《もり》になつて、わざ〳〵一所に旅行してゐるんぢやないか。（中略）けれども左右《さう》いふ動機から出る君の言動は、誠を装ふ偽りに過ぎない」と応じ、一人ですたすたと山道を駆け下りたとある。宿へ帰ってみると、蒼い顔をして寝ていて口を利かなかったので、Hさんは、「自然を尊《たつと》む人を、自然の儘にして置く方針」を取り、静かにその枕元で一服して風呂場に行き汗を流していると、やって来て初めてものを言い、機嫌は昼には回復したというのである。そういえば、Hさんが一郎を旅に誘う過程で、急ぐ二郎に従った最初は失敗したが、次回は性急なことはせず、自然性を心掛けたようである。

上来観察したように、旅中一郎をその苦痛から救いたいと考えていたHさんは、自然にまかせて精神を和ませ、友を被う雲を払おうという心から接している。これはいわばたくまずに癒やす形になったのではないか。もとより意図的な治療はHさんには不可能であり、その任ではなかったとしても、共に在って自然性を重んじる心から自己治癒への助けを一時的にせよ担う、一種のHealer（治療者）のような役を果たすところはあったであろう。「治す」ではなく「治る」過程に同僚は共にあったと換言できる。上のごとく対照的な二人の容貌・体格や性行がその点で妙を発揮した趣である。[*6] しかし、[*7]それでも事は容易ではなく、Hさんの手紙の文面をもって作品の世界は閉じられるのであった。

## 二　一郎の形象と〈行人〉の問題

このような『行人』の題では、二郎やHさんによって展開される世界から考えた場合、肝腎の一郎についてては、どうしても手薄になってしまうおそれなしとしない。テレパシイの短篇をも書いている漱石に着目し、一郎が二郎に「お前他《ひと》の心が解《わか》るかい」と問うた言葉に『行人』の主題を見る解釈もあるのである（北垣隆一『改稿　漱石の精神分析』北沢書店、一九六八）。タイトルと一郎との関係からは、加藤二郎著『漱石と禅』（翰林書房、一九九九）が注目される。加藤は書題の意味をめぐって、小宮豊隆による『列子』天瑞篇からの出典説に言及し、「死人＝帰人」の対照語として「生人＝行人」の語が使われたと述べ、その典拠を示す。そして、「『列子』の「死生観」、特にその「死」への思惟が漱石に於ける「死」へのそれにも通うものであったこと、又『行人』と『こゝろ』との対応から、『行人』＝生と『こゝろ』＝死との関連として、一応の説得力を持ち得るもの」と小宮説を認めた。が、加藤は、千谷の所説は、「一説としての面白さはある。反面図柄が当り過ぎている様で、物足りなさ或いは疑念を起こさせる余地もある」と批判し、「漱石の思想的に主要な部分をも『論語』に拠って解しようとする様な立場」は、「漱石の本質からいってやや当を失したものと言わざるを得ない」として、これに疑義を呈す。使い走りとしては、二郎の大阪行は首肯できるけれども、和歌の浦行や一郎と旅に出るHさんの場合、妥当でないと言う。そして、千谷論が『管子』を引くことには、『列子』を引く小宮以上に専門的で自家撞着性があると指摘し、次のように説く。

又その『管子』に於ける行人＝不可有私からした時、二郎の姿は例えば嫂お直との関連の中で、単なる不可有私ではあり得ない、即ちいわば一郎の相似形への傾斜という方向に『行人』の主題の重要な一面があることは、『行人』論の今日的な通念である。従って二郎の平板な使者・使い走りの役割（第一点の大阪行に於けるそれ）からの逸脱の方向に、『行人』の基本線があったということにもなりかねない（又第一点の大阪行にしても、それはやがて二郎自身の問題ともなる「結婚」という、矢張『行人』の主要な主題の伏線としての意味であり、単純に「不可有私」の行動である訳ではない）。

もし全くの行人＝不可有私に徹した作中人物を捜すなら、二郎の前身的な位置にある『彼岸過迄』の田川敬太郎こそがそれに相当するといったことにもなるであろう。

こう論じて、二郎の一面が『論語』の「行人」に通ってはいても、千谷説は「多分に偶発の所産」と読む。それではこの長篇の「行人」をどう捉えたらよいか。加藤は、端的に「より一般的に、旅人、道行く人でよい」と主張し、漱石の漢詩の「秋風吹キ二落日ヲ一大野絶ツ二行人ヲ一」（五言律の頸聯、明治三〇）その他を引き、明治三十九年（一九〇六）の『草枕』から『明暗』に至るまで「旅」の主題が見えつ隠れつして持続することをも挙げ、「日常的時空を一時的に離脱した場での実存への問というその文学の方法は、『行人』の全篇をも覆《おお》う。『行人』に於ける道行く人、それは差し当って一郎であるが、併し彼は単なる旅人なのではない。そしてそこに「行人」を『禅林句集』出、或いはそれの周辺的な語彙として思わせることの可能性がある。」と説く。

加藤は、こうして『唐詩選』にも見え、禅家も好んだ王昌齢の「出塞行」から「秋天曠野行人絶」の句を引き、『禅林句集』からの「行人」の用例を列挙して、これらが「旅人」、いわば宗教の旅人であろうと述べる。そして、『行人』中の言及事項から「『神曲』のパオロとフランチェスカ、メーテルリンク、ニーチェ、マラルメの火曜会、マホメット喚山等と辿られた一郎の心の遍歴は、中国唐代の禅僧香厳智閑への無限の憧憬を、「何うかして香厳になりたい」という形で告げ終っている。」とし、一郎は永遠の旅人・行人でしかない、と論ずる。ここに至って「行人」をめぐる上掲二説を否定するものではないとするが、このことで具体的論はないものの、両説を包含する、より広い視野のもとの解釈を提出する点に立ったからであろう。

この問題で用語自体について触れれば、作中「伝令」はもちろん、「使者」・「使い走り」の語はなく、「旅」・「旅行」・「旅先」という語はあっても、一郎とHさんとの具体的なそれであり、人生を旅として表現した例はなく、「行人」の語も見えない。したがって、題だけに「行人」を用いていることとからすれば、特定の人物を指すものではないとも考えられる。そうであれば、微視的には、二郎やHさんは使者・走り使いとして、さらには、より重く彼らの存在のかかわるところが認められ、巨視的には、一郎を羨ましがらせたお貞さんも、一郎と気の合う妹お重も、父も母も人生の旅人ということになり、作中の人物すべてがこれに該当することになる。当然一郎は、その中心人物として行人の一人となるわけである。[*8]

が、主人公の一郎と宗教的な問題との関係は注意されてよく、その点では明治四十三年（一九一〇）の『門』に野中宗助についての、「彼は門を通る人ではなかつた。又門を通らないで済む人でもなかつた。要するに、彼は門の下に立ち竦んで、日の暮れるのを待つべき不幸な人である。」（傍点引用者）という叙述もあり、漱石が突如一郎のような人物を書いたわけではなかった。それは若き日に参禅した漱石ともつながるものである。[*9]愛にかかわるお直との人間的結び付きのテーマは小説の後半では少し後退して、生の不安の問題の方が前面に出た感がある。このあたりは、漱石の三度目の胃潰瘍による病臥のための執筆中断もあって、従来文芸作品としてその前後の不統一が指摘されているが、作者としては、一郎がHさんに、「君の心と僕の心とは一体何処迄《どこまで》通じてゐて、何処《どこ》から離れてゐるのだらう」と問うた言葉に妻との関係をも個人的な問題として響かせたのであろう。そして、もう一つの

人間・人類の不安にも通じる方のことは、一郎が高山樗牛の言葉を少し揶揄的に織り込み、

「根本義は死んでも生きても同じ事にならなければ、何《ど》うしても安心は得られない。すべからく現代を超越すべしといつた才人は兎に角、僕は是非共生死《しやうじ》を超越しなければ駄目だと思ふ」

と述べたようなことが、克服すべき喫緊の課題として意識されたものと解したい。

Hさんによれば、香厳への憧れの強い一郎は、悟りを邪魔する自身の「多知多解」を挙げるが、唐代のこの禅僧について下のごとく話す。すなわち、著名な禅師に就いても観念的にしか考えられず、悟りを開けない香厳は師のもとを去り、書物も焼き捨て、粥を啜って生きていこうと決意して一切を放下し、閑寂な所に小さい庵を建てる気になったという。そこで地ならしのため取りのけた石の一つが竹藪に当たって「戛然《かつぜん》と」鳴った、その「朗《ほが》かな響」を聞き、はっと悟ったという人が羨ましいと一郎は話したとある。音と心との響き合いに特に敏感であった「耳の人」漱石が、香厳撃竹という禅の公案の一つであるにせよ、解脱の重要な契機を音に持っていた僧を挙げたことは、偶然の結果であったとしても、興味深い。[*10] その点ではこの叙述に、『行人』後の随筆「硝子戸の中」をおさえ、無風のなかを散る落ち葉を見て「悟ツた」と低く叫んだ一友人の声が生かされたとする論には関心を引くものがある。[*11] 『行人』ではいわば旅人としての一郎が宗教的な問題を抱える人のイメージを引いていることから、この方面に少し立ち入ったが、漱石と宗教、特に禅との関係は漱石研究上見逃し得ない課題と言えるであろう。

## 三　作品世界の帰趨の問題

Hさんは、書簡の末尾で友人一郎の将来について、喙《くちばし》を差し挟む資格を持っていないと断った上で、一郎に対し長野家の方々がとったらよいと思う態度に関して、雲が空に薄暗く被さった時、雨になることもあり、ならないこともあり、その間日の目を拝まれないのは事実である、と書いてから、こう述べる。

あなた方は兄さんが傍《はた》のものを不愉快にすると云つて、気の毒な兄さんに多少非難の意味を持たせて居る様ですが、自分で幸福でないものに、他《ひと》を幸福にする力がある筈がありません。雲で包まれてゐる太陽に、何故《なぜ》暖かい光を与へないかと逼《せま》る方が無理でせう。私は斯《か》うして一所にゐる間、出来る丈《だけ》兄さんの為に此雲を払はうとしてゐます。貴方方《あなたがた》も兄さんから暖かな光を望む前に、まづ兄さんの頭を取り巻いてゐる雲を散らして上げたら可《い》いでせう。

Hさんが一郎のために彼を被う雲を払う努力をしているというのは、前述のように、漱石がこの友人にHの名を与えた理由と解して差し支えあるまい。一郎は、やはり心を病むところがあったのであり、この問題にも触れる必要がある。実際の漱石は周期的に病み、また回復をみせたりしたというが、このことが作品の世界にも反映したようである。精神医学の方面からは少なからぬ人による著書・論考がある。[*12] 稿者（清田）個人としては、この方面に立ち入ることはできないのであるが、数度漱石の長女松岡筆子氏から直接聞いた様々を併せ考えると、土居健郎の見解に引かれることを意識する。[*13] 人の何か不自然な言動に対し殊のほか鋭敏であった様子が『行人』にも書かれていることや、筆子氏が、文字どおりぐうぐう眠る父の姿にも時に接することがあったと語った一事も思い出されるからである。

土居論は漱石の病跡をたどって「病状自体は分裂病的」（今日いう統合失調症）であったと考えると述べ、その根拠を「妄想の形式」と病気についての夫人による、「昂じてゐる時でも、遠い人には案外佳くつて、近い人ほどいけない」との回想に見ている。後の事実に関しては、それだけ近い人に頼る心、甘えの心理によるようなところもあったのではないかとも、質問によらない筆子氏の述懐から稿者は推測してみるのであるが、土居説で関心を引くのは、『行人』執筆当時のことを思う場合、漱石が病を再発しても「下降的人格変化が起こらなかった」という事実である。それが、倫理性をも求める漱石の文芸観と併せ考えるとき、作中の人物造型にも関係したのではないかと想察されるのである。

土居論には病再発と「『彼岸過迄』から『行人』と次第に深く自らの人生の意味を問うたこと」とに関係を見、そこにむしろ「自己と格闘する苦しみが病気を誘発したと見る解釈を私は取りたい」とあるが、そうした中でもこの作家には書くことによっておのずと自己治癒のもたらされるところもあり、それが下降的人格変化を食い止めることにあずかっていたのではなかろうか。書き手の分身としてのHさんの造型の意義を見逃してはなるまい。作者レベルで言えば書画の筆を持ち、小説を書き、漢詩を作る等々のことから、多少とも自己治癒のなされるところがあったのに相違ない。

このうち眠りのことでは、和歌山からの帰京の車中における兄について二郎は、「聖者《しやうじや》の如く只すや〱と眠る」様子が「自分には今でも不審の一つになつてゐる。」と語っている。この場合の「今でも」とは、いつを指すのか定かではないように思うが、眠りが重要な問題として意識されていたことは間違いない。Hさんの手紙も下のごとくあって、作品の世界は閉じられるからである。

私が此手紙を書き始めた時、兄さんはぐう〱寐てゐました。此手紙を書き終る今も亦《また》ぐう〱寐てゐます。私は偶然兄さんの寐てゐる時に書き出して、偶然兄さんの寐てゐる時に書き終る私を妙に考へます。兄さんが此眠から永久覚めなかつたら嘸《さぞ》幸福だらうといふ気が何処《どこ》かでします。同時にもし此眠から永久覚めなかつたら嘸《さぞ》悲しいだらうといふ気も何処かでします」

この眠りの状態が、病む心とつながりのあることは確かであろう。『行人』の書題を『列子』によったとする小宮説と、これを肯定する加藤説のように、「生人＝行人」と解されるとすれば、心の問題はとにかく、一郎はなお生きており、『こころ』の「私」に遺書を書いた先生の場合とは異なるわけである。眠りのことで言えば、ゲーテの『ファウスト』第二部の冒頭で、第一部において愛するグレートヘンを刑死に至らせるという悲劇を通り過ぎた主人公が、草花の咲く野で昏々と眠り続ける場面が思い浮かべられるが、目が覚めるとまた新しい生の歩みを始める。自然の懐における深い眠りによる治癒によったのであろうが、『ファウスト』を所蔵していなかった漱石も、このことを他の書か、小宮豊隆や阿部次郎により知っていたのかもしれないし、自身の経験による構想とも考えられる。行人が人生の旅人の意味であるならば、目を覚ました一郎の生活はまた始まるわけで、近代の現実を生きる彼の前途にはなお容易ならざる問題が待っていることになろう。

これと関係する問題では、ショーペンハウアーが、『意志と表象としての世界』（一八一九）で言語芸術が直喩や寓意による的確な効果を発揮する例として挙げたことも参考になろうか。すなわち「眠りが総て我々の身心の悩みを取り去るといふ事を云ひ表はすために、セルヴンテスが「人を全く蔽ふ外套」といつた如き、美はしい所がある。」（第三巻第五十章、姉崎正治訳『意志と現識としての世界』博文館、明治四三）と紹介していることである。漱石が、ショーペンハウアーの形而上学的な「盲目的意志」の哲理に言及していても、またその研究家ドイセンの許に留学した姉崎正治（嘲風）のことに触れてはいても、書名上関係蔵書は残ってはおらず、右の言説を知っていたという事実も管見には入らなかった。しかし、セルバンテスの言葉は関心を引く。眠りを好んだ漱石自身、睡眠に不安はじめの精神的・肉体的な苦しみの緩和と除去との作用のあることに気づいていたであろう。なお、同書の第四巻第五十四章に、熟睡と死との区別は、未来で目覚めるかどうかにあると記している。

それにしても、この後の一郎はどうなるのか。右の大尾によって作品を閉じる手法については、漱石の『オセロ』評釈が注目される。その第五幕第二場で、グラチアノがデスデモナの父の死を間接的に報告する台詞をめぐって漱石は左のように述べ、その技法についても講じた。

片づきがよい。此の Othello の戯曲は結末がうまくついてゐる。つき過ぎるほどうまく片づいてゐる。あまり結末がうまくつくと artificial な感じがする。それだけ見物人の方では気がすむといふ点はある。結末がつくことは波瀾が収まることである。併し人生の事はさうまとまりのつくものではない。寧ろまとまりのつかぬ方が当然である。世の中はまとまりがつかぬから却つておもしろい。戯曲でも小説でも同じことである。

こういう方法は、作品の大尾で眠り続ける「終りなき行人《たびびと》」（加藤二郎）としての一郎とも関連するところがあるように思われる。『道草』（大正四）の巻末にも、世の中に片付くことなど殆どありはしないと言う主人公健三の言葉が見えるが、「死ぬか、気が違ふか、それでなければ宗教に入るか」この三つしか自分の前途にはないと断言していた一郎から、作品の最後で彼の死が暗示されているとする研究も提出されている。

『行人』は旅の一郎の眠りで終わったのである。しかし、和歌山での兄の依頼の件をめぐる二郎の、「自分は此時の心理状態を解剖して、今から顧みると、兄に調戯《からか》ふといふ程でもないが、多少彼を焦《じ》らす気味でゐたのは慥《たしか》であると自白せざるを得ない。（中略）恐らく嫂《あによめ》の態度が知らぬ間《ま》に自分に乗り移つてゐたものだらう。自分は今になつて、取り返すことも償ふこともできない此態度を深く懺悔したいと思ふ。」（傍点引用者）とある反省が目にとまる。程なく後に「今の自分」が兄の純粋な一本調子に対して相応の尊敬を払う見地をそなえてはいても、「人格の出来てゐなかつた当時の自分には、たゞ向《むかふ》の隙《すき》を見て事をするのが賢いのだといふ利害の念」が、「付《つ》け纏《まつ》はつてゐた」とも書かれている。右の「今の自分」と「当時の自分」との間にはどれだけの時間が経っていたのであろうか。

この問題については、蒲生芳郎に言及がある（『漱石を読む』洋々社、一九八四）。自我の孤立の果てに一郎の悲劇はどういうところに行きつくのかという問題と関係するであろうとし、「少なくともこの小説の中途まで、作者には、今読むことのできる『行人』とはかなり違った、あるいは、出来あがった作品の結末よりは、もう少し具体的な結末についての構想があったのではないかと疑われる形跡がある。」と述べるが、上の二郎の反省と懺悔との言葉にかかわる。すなわち先の表現をおさえて、「いま二郎が語りつつある物語の先行に、何かしら決定的な出来事が起ることを予想させる響きがありはしないかということだ。——たとえば、一郎の発狂とか、あるいはその自殺とか。」と述べる。しかし、旅に出た、その先では「もっぱら観念世界の悩み、解決のない形而上学が展開され」て作品は終わりをつげ、「〈取り返しのつかない出来事〉を予想しながらここまで読んできた読者には、何か肩すかしを食ったような」思いが残り、その意味では、この小説の収束のし方は「いささか不自然といえば不自然なのだ。」と指摘する。こうした問題を含んでいる作品であることは間違いない。

前述のごとく『行人』が『列子』に負う書題であったとすれば、その世界が閉じられても、一郎は生きていることになろう。『行人』一篇は、一郎はじめの人たちをとおして、いわゆる近代化の文明社会における問題の所在を指摘して人間・人類への指標を模索し、銘々が考えるべきことを示そうとしたものだったのであろうか。この長篇は、上滑りの日本社会の指摘のことや神経衰弱のことに及ぶなど、明治四十四年八月十五日和歌山で行った「現代日本の開化」と題する講演と響き合うところが多い。人生や世の中は「まとまりがつかない」ものと考える漱石は、そのようにして生きていかなければならない人間に対し、如上の『行人』に続き『こころ』『道草』等を提出したわけであるが、最晩年の揮毫にかかる「則天去私」の四文字に自身の一つの考えを探るところはあったのにちがいない。

Hさんの言葉に「自分」を「綺麗に投げ出す」とか「天とか命《めい》」という語句も見えるからである。しかし、大正五年（一九一六）冬『明暗』を中絶したまま漱石はその生涯を終えるのである。

はるか後年になるが、漱石の次男の死を新聞で知って驚いた石塚友二は、この友人に思いを馳せ、「春寒の癌死や夏目伸六も」（『鶴』昭和五〇・四）と吟じた。その四年前には自宅で臥床に身を横たえ、深夜眠り難い不安感のようなものが、どこから来るのかを思って、

霜の声わが家も旅の宿りにて　友二

と詠んだという。「人生は旅である」と古人は訓《おし》えたと記してから、一句について、「朧ろげながらにも理解されることは、畢竟人生とは、地球上に於ける時間の旅の姿であり、されば、わが家と雖もその旅の宿りに過ぎないのではないか、ということである。」と自解している。[*14] この作家らしく漱石の中でも自伝的な小説『道草』を好んだ石塚友二はこの時、旅先で眠り続ける『行人』の主人公のことが脳裏を掠めたかどうかであったか。漱石の提出した問題は一層現代的である。

**注**

＊1　長野家で家庭の経営に努める母親の名は、一家のつながりの中心であることを示すような〈綱〉であり、このことについては拙著『鷗外と漱石との世界』（新潟大学放送公開講座実施委員会、平成四）参照。

＊2　『行人』（角川文庫、平成一〇、改版二七版）の平田次三郎の「解説」参照。

＊3　貝塚茂樹著『中国古代のこころ』（河出書房、昭和三〇）所収の「孔子と子産」による。
＊4　野谷士・玉木意志太牢編著『漱石のシェイクスピア　付　漱石の『オセロ』』（朝日出版社、一九七四）所収の野上豊一郎・小宮豊隆筆録参照。下文で引く『オセロ』評釈についてもこの書参照。なおシェイクスピア関係の漱石手沢本については、写真を挿入したものに、佐々木靖章著『夏目漱石　蔵書（洋書）の記録―東北大学所蔵「漱石文庫」に見る―［増補改訂版］』（てんとうふ社、二〇〇八）、江戸東京博物館・東北大学編『文豪夏目漱石―そのこころとまなざし―』（朝日新聞社、二〇〇八）等がある。
＊5　大屋幸世著『追悼雑誌あれこれ』（日本古書通信社、二〇〇五）の「芳賀矢一」も参考資料を供するところがある。
＊6　河合隼雄著『心理療法序説』（岩波書店、一九九二）参照。
＊7　土居健郎著『漱石の心的世界』（至文堂、昭和四五）はクレッチマーら医学史を視野に入れている。
＊8　手許の英訳を見ると、タイトルは *The Wayfarer* とあり、文字どおり「行人」の謂である。TUTTLE社刊第九版（一九九一）で訳者は Beongcheon Yu とある。
＊9　分銅惇作「漱石と仏教（禅）」（吉田精一編『夏目漱石必携』学燈社、昭和四二）参照。
＊10　拙著『鷗外文芸の研究　中年期篇』（有精堂、平成三）参照。
＊11　大野純一「漱石と禅―近代の彼岸」（『国文学　解釈と鑑賞』平成二〇・二）参照。
＊12　大野純一「研究史」（江藤淳編『朝日小事典　夏目漱石』朝日新聞社、一九七七）参照。
＊13　注＊1及び土居健郎の「病跡」（江藤淳編『朝日小事典　夏目漱石』）参照。
＊14　『自選自解　石塚友二句集　現代の俳句12』（白凰社、昭和五四）参照。
付記　漱石については平成十四年度全国大学国語国文学会冬季シンポジウムで「今なぜ漱石か―帰朝百年―」と題する、パネリスト　平岡敏夫・半藤一利、コーディネータ　清田文武によるパネルディスカッション（『文学・語学』第一七六号、平成一五・五）がある。

# 漱石におけるモーパッサンの「小説論」

## 一　文芸上の「真」の問題

漱石は、ギイ・ド・モーパッサン（一八五〇―九三）の『ピエールとジャン』*Pierr et Jean*（一八八八）については、これをハイネマン版（一九〇二）の英訳で読み、名作と評したが、この小説の序文の形をとる「小説」*Le Roman* すなわち漱石手沢本所収の「小説論」*OF "THE NOVEL"* には、鉛筆による下線・縦線が散見する。それらを取り上げ、この小説論に対する漱石の反応を観察し、その文芸観との関連にも筆をやりたいと思う。

モーパッサンは、「小説論」を、『ピエールとジャン』のための弁護や理解してもらうためのものではなく、むしろこの作品で企図した「心理研究的ジャンル」の批判をともなうであろうとし、小説について考察を進めたいと書き始めている。このような序文は、成立においても、読者の『ピエールとジャン』理解のために直接書いたものではなかったようであるが、参考になる点はあり、また当時この作家の考えていた文芸作品の理想像の一端を示すものとして、やはり重要な論であろうと思われる。

こうしてモーパッサンは次のように書く。新しい本が出る度に、批評家がしばしば批難するという一事を挙げた後に続く箇所で、ここに漱石の引いた線が見える（以下本稿での引用中の施線はすべて漱石）。

> 事実批評家の本質的性格とはなにか？
>
> 予断を行なわず、先入主を排し、流派的な考えを持たず、いかなる芸術家の徒党とも係累《けいるい》を結ばず、この上もなく相反した傾向のすべて、およそ正反対の気質、そういったものを理解し、区別し、説明しなければならず、この上もなく多種多様な芸術上の探求を包容する力がなければならぬ。（杉捷夫訳[*1]）

評者はある囚われた観点から作品の批評を行ってはならず、懐の深さを持っていなければならないと述べた箇所への施線であって、賛同する気持ちからのものに違いない。折からの日本の文壇では、自然主義を奉ずる作家が、人生の問題と正面から切り結ぶ精神を求めて様々な論を展開し、自己告白的な小説を高く評価していた。それに対し漱石は『文芸の哲学的基礎』（明治四〇）中、文芸における「真」の重要性を認め、「真の一字」が現代文芸の理想であると述べながらも、これを偏重することから弊害も起こっている事実を指摘する。すなわち「唯真の一字を標榜して、其他の理想はどうなつても構はないと云ふ意味の作物を公然発表して得意になるならば、其作家は個人としては、いざ知らず、作家として陥欠のある人間でなければな」らないと注意を促す。明治四十二年（一九〇九）あたりでも、同じことを感じていたのであろう。

モーパッサンは続いて、「小説を作るのに規則があるだろうか？　それをはずれたなら文章に書かれた物語がべつの名前をとらなければならないというような規則が？」と問う。そして、『モンテクリスト』（一八四五）その他を挙げ、それらのなかのどれが小説で、その規則はどんなもので、それはどこに由来するかと疑問を呈し、批評家がどのようにこの問題に対処するかといって、左のとおり記す。

だが、どうやら、その批評家諸氏は確実な、疑う余地のない方法で知っているらしい。小説を構成しているものがなにか、小説でない別なものと小説とを区別するものはなにかということを。これは単純に次の事実を意味する。生産者でもないのに、彼らも一の流派のなかへ編入されている。そして彼らもまた、小説家と同じように、彼らの美学のワクの外で抱懐され制作された作品をすべて排斥するのである。

前の箇所への線の書き入れ部分とこの一節とは、内容は反対になっている。とすると、この条に書かれたような批評家が自分の「美学」（aesthetics）の尺度により、これに合わない作品を排斥するといった態度に漱石は批判的であったと思われる。もちろんモーパッサンも同様に考えたはずであり、すぐ続く、「聡明な批評家なら、反対に、すべて既成の小説に似ること最も少ないものを探求すべきであり、できうるかぎり若い人々を新しい道をこころみるように押しやるべきである。」の行文を読み、その限りではモーパッサンと同意見を抱いたにちがいない。

「小説論」における上の論理は、それゆえ、「ところで、自分の好きな小説をもとにつくりだした考えにしたがって「小説」というものを定義しようという批評家、小説作法の不変の規則若干をこしらえようという批評家は、新しい様式をもたらす芸術家気質を向こうにまわして永久に戦うのであろう。批評家という名前に完全に値する批評家は、傾向を持たぬ、好ききらいのない、偏見のない分析家以外のものであってはならぬ。絵の鑑定家のように、人から渡される芸術作品の芸術価値のみを評価しなければならない。」と続いてもおかしくはない。「小説作法の不変の規則」(immutable rules of construction) への漱石の傍線 (手沢本では下線) は、評価において、そうしたものはないという立場を確認しながら引いたものではなかったか。

こうした論の中で、写実主義・自然主義の出現について、その流派が「われわれに真実をしめす、真実のみを、そしてすべての真実をととなえた。」と述べる。しかし、その芸術上の理論については他の諸理論と相等しい関心をもって許容しなければならず、肝腎な点はその作品を「芸術的価値いかんの観点から」判断すべきであると説く。そして、写実主義・自然主義に拠る人たちに対しては、彼らが芸術家でありさえすれば十分なのであり、あとはこれを見守ればよいと述べる。「われわれが自然主義を裁断しようというときには、いかなる点で人生における真実が彼の書物のなかの真実と異なっているかを示してやろうではないか。」と、「真実」(truth) が作中にどの程度表現されているかを知らしめることによって、批判・教示すればよいと主張したのである。

上述の観点からモーパッサンは、「常住不変の、粗野な不愉快な真実に変貌を与えて、そこから例外的な人の心をそそる波瀾をひき出す小説家」と、反対に「人生の正確な映像を与えると自称する小説家」とが、いかに作品を書くべきかについて論を進めるが、漱石は後者に関係して左のとおり線を引いている。

反対に、人生の正確な映像を与えると自称する小説家は、例外に見えるような事件の連鎖はすべて念入りにさけるべきである。彼の目的は決して物語を語ったり、おもしろがらせたり、ないしは哀れをもよおさせたりすることではなく、事件のかくされた深い意味を考え、理解するようにひとを強制することである。

漱石は、明治四十年の『虞美人草』に対しては、あまり好い感じを抱いてはいなかったようであるが[*2]、施線部分の主張とは対蹠的な点がこの自作にはあり、そのことを後に意識したのではないか。そういう思いを作品刊行後それほど時間を経ない時点で抱いたとすれば、「小説論」のこの条には同意する気持ちであったと思われる。右の部分は、大正四年の『道草』あたりで実現された方法とも見られ、やがて『明暗』に至る文芸的精神と無縁ではなかったであろう。「小説論」はさらにこう書く。

さんざん見、熟考を重ねたあげく、彼は、世界を、事物を、人間を、一種特有の見方で、彼の反省を重ねた観察の全体から生まれる見方で、眺める。この世界についての個性的な視像を書物のなかに再現してわれわれに伝えようと努力する。彼自身人生の光景によって感動させられたと同じように、用意周到に似かよわせて再現してみなければならない。そこで彼はその作品を、じつに巧みな、隠蔽したやり方で、そして外見はいかにも単純に、その設計を認め指摘することができないように、その意図をあばくことができないように、構成しなければならない。

このようにして、人物造型と構成・題材との問題をめぐっては、「あるときは人間の精神がこれを囲繞する情況の影響のもとにいかに変化するかをしめすであろうし、またあるときは人間の感情や情熱がいかに発展するか、人はどういうふうに愛しあうか、憎みあうか、社会のあらゆる環境において人はいかに戦いあうか、ブルジョア的な利害、金銭上の利害、家の利害、政治上の利害がいかに相剋するかをしめすであろう。」と述べ、作家の基本姿勢に言及する。杉捷夫は、モーパッサンが自分の小説に加えた注釈と見なすべき一節と捉えるが、[*3] これは『ピエールとジャン』にもあてはまる。およそ小説であるかぎり、右の例に漏れるものはないともいえるであろうが、漱石の後期三部作等の作物がこれに該当することになろう。

漱石は、これにすぐ続く、「彼の設計の巧妙さはだから感動や魅力のなかには存せず、また心をひきつけるのでもなく、興奮をよぶ破局にあるのでもない。そうではなく恒常的な小さな事実の巧みな集合のなかにあり、そこから作品の決定的な意識が自然に出てくる。」の文中「設計」(plan)の語に線を引いている。構成の問題で注意を喚起されるところがあったらしい。「もし彼がある生涯の十年を三百ページに盛り、それをとりまくすべての存在のなかにあった、その特別な全く特徴的な意義がいかなるものであったかをしめそうというのなら、無数の日常のこまごまとした事件のなかから、すべて無用なものを排除し、特別なやり方で、あまり慧眼でない観察者から見のがされるような、しかもその書物に対して、その意義を、その全体としての価値を与えるようなものをすべて、明るみへ出さなければならない。」と続く文章も同様である。

小説における「真実」「真」の問題に向かって、モーパッサンの論は次のように進められる。

　そのような小説の構成法が、だれの目にも明らかな昔のやり方とはまるでちがった方法が、しばしば批評家をとまどいさせることは了解しうることである。そして筋という名前を持った一本の太いひもの代りに近代のある種の芸術家によってもちいられる、非常にこまかい、非常に秘密な、ほとんど目に見えないすべての糸を批評家が発見し得ないということもわかる。

　要するに、昨日の小説家が、人生の危機を、魂や心情の尖鋭化した状態を選び、語ったとすれば、こんにちの小説家は尋常な状態における心情と魂と知性の歴史を書く。自分のねらう効果を、換言すれば、単純な現実による感動を、生みだすためには、そしてそこからひき出そうとする芸術的教訓、換言すれば、真に彼の目に映じた近代人とはどういうものかということの啓示を浮かび上がらせるには、恒常的な抗弁の余地のない真実さを持った事実のみをもちいるべきである。

　往時の小説家と今日の小説家との違いを、作品の構成・対象・題材の方面から論じた一節である。漱石は前者の傍線部と後者の傍線部とにそれぞれの特色を表す著しい点を見たのであろう。「真実」

をめぐる小説家の対象の切り取り方に違いのあることを論じ、「尋常な状態」(normal condition) を重視し、それをとおして、あるべき小説の姿に言及した条である。

この後モーパッサンは、小説上の「真実」を重んじる写実派の精神に対し、なお異議のある旨を、「彼らはしばしば真実らしさのために真実を犠牲にして事件を修正しなければならぬはめにおちいるだろう。」と述べ、「ときとしては真実なものが真実らしくない場合もあるから。」(Le vrai peut quelquefois, n'être pas le vraisemblable.) の一句に一行を当てて記す。杉捷夫は、ここに偶然性の問題が扱われているとし、偶然がいかに実人生で大きな役割を果たしていようとも、これを小説にそのまま使うことを戒めるモーパッサンの主張を見る。その点では、漱石の小説に不自然さを感じさせるような偶然があまりないことから、漱石がもしそこに思い及んでいたとすれば、施線の一句には同感したはずである。なお手沢本では、右のように原語にはアンダーラインが引かれているものの、これに添えられた訳文〈Truth may sometimes not seem probable.〉にはない。

こうした偶然性の問題も関係するが、小説家は、作中人物に関係するすべてを書き、語ることはできないから、「選択の必要にせまられる」ことになり、これが「すべての真実を」という理論に最初の打撃を与えるに至る。そして「選択」(choice) を必要とする事情について、人生は実に様々な、思いがけない事柄から出来あがっていて、残忍で脈絡がなく、「矛盾した「三面記事」の範疇に入れられるべき異変」に満ちているからこそ、芸術家は、「自分の主題を選んだあとで、この偶然と無駄とのごったがえしている人生のなかから、自分の題目に役立つ特徴的な細部のみしか使用せ」ず、あとはすべて投げ捨てるというのである。漱石は賛同してここを読んだであろう。

## 二　小説における「幻惑《イリュジオン》」の問題

こうして「真実」をどう書き表すかという表現の問題の次に、「芸術」については左のようになると説く。

反対に、芸術は、示そうと思う特殊な真実の深い感覚をひきおこすために、用心と準備をかさね、賢明な露骨にださぬ推移を準備し、構成の巧みという一手で、主要な事件を明るみへ出し、ほかのすべてに、その重要さに応じて、おのおのに適して浮きあがりの度を与える。これが芸術というものである。

真実を描くということは、だから、事物の通常な論理にしたがって、真実の完全な幻覚《イリュジオン》を与えることであって、事物の継起の雑踏のなかに奴隷的にこれを敷きうつすことではない。

(“Truth” in such work consist in producing a complete illusion by following the common logic of facts and not by transcribing them pell-mell, as they succeed each other.)

私はここから次のごとく結論する。才能ある写実主義者はむしろイリュジオニスト(Illusionists)とよばるべきである。

芸術の本質にかかわる大事な問題の一つ「事実」(facts)と「真実」(truth)との関係についての論

述部分である。実際、漱石もこの問題における「幻覚」(illusion) については大いに注意を払っていた。『文学論』中この「幻覚」、漱石によれば「幻惑」をめぐり、心理学的にまた文芸技法の問題とのつながりで論じているが、「作中の人物」(『読売新聞』明治三九・一〇・二一) の一文では、当代作家の作中人物にはリアルでない者が見えるとし、「作家は神と等しく、新たに実際以外の人間或は人間以上の人間をクリエートする力を有つて居る。(中略) 全く此世界にそんな人がなくてもいゝけれども之を読む人をして真個《ほんと》に在ると思はせなければならぬ。」と記している。

「文章一口話」(『ホトトギス』明治三九・一一) でも同趣旨のことを述べ、写生文家の書くものは技巧は達者であるものの、中心や山がなく、人を惹き付ける力がない場合が比較的多いとし、写生においてリアルであることは必要であるが、それだけでは足りないという。「一定の時の一定の事物を隅まで一毫一厘写さずとも、のみならず、進んで一葉一枝一山一水の削加増減を敢てするとも、宛も一定時事物に接したかの感じを与へ得ればよい。」のであり、そこに選択をとおした「創造《クリエート》」のはたらきのあるべきことを説く。すなわち写生が真に芸術的であるためには、「実在するであらうかせぬであらうかと遅疑する余裕のないもの」ならそれでよいと述べ、さらに「或場合に在つては、多少の創《クリエー》造《ション》を許すが故に充分 atractive となり、atractive であつて初めて芸術的リヤルとなる」のであって、「戦々兢々として徒に材料たる物事の奴隷となるのは文学の事ではない。」と説く。「材料たる事物の奴隷」となる意味での写生を否定する漱石の発言は、「事物の継起の雑踏のなかに奴隷的にこれを敷うつすことではない」と主張するモーパッサンと重なる(傍点引用者)。漱石も、創造的な意味でのリアリティーを求め、「幻惑」を作中に実現する方途を考えるのである。

漱石は『文学論』第一編「文学的内容の分類」の冒頭で、「凡そ文学的内容の形式は（F＋f）なることを要す。Fは焦点的印象又は観念を意味し、fはこれに附着する情緒を意味す。されば上述の公式は印象又は観念の二方面即ち認識的要素（F）と情緒的要素（f）との結合を示したるものと云ひ得べし。」と提言した。この観点に立って第二編「文学的内容の数量的変化」以下でしばしば「幻惑」の問題を取り上げ、第四編「文学的内容の相互関係」においては、文芸の目的はしばらく措くとした上で、「其大目的を生ずるに必要なる第二の目的は幻惑の二字に帰す」と断じる。そして、「物の全局」を写す場合、「概念」を伝えようとする科学者に対し、文芸家は「画」を描こうとする。すなわち具象的な姿を提示すると述べ、前者は「物の形と機能的組立」を捉え、後者は「物の生命と心持」を表すことを本領とする旨を説く。そして「文学者があらはさんと力むる所は物の幻惑にして、躍如として生あるが如く之を写し出す」ことの重要性を強調するが、ここに「幻惑」は「文芸上の真」を発揮する所以のものとなるわけである。その手段の大部分は一種の「観念の連想」を利用したものに外ならないと述べ、その方途について、投出語法、投入語法、自己と隔離された連想、滑稽的連想といったように、以下章を立てて具体的に考察するのである。

ところで、漱石は文芸上「幻惑」の概念を何によって得たのか。村岡勇編『漱石資料―文学論ノート』（岩波書店、一九七六）中、明治三十五年ころの筆記と推定される「Enjoyment ヲ受ケル理由 Various Interpretations」には、〈illusion〉についての二ページ余りのメモが見える。このあたりが『文学論』の特に第四編における「間隔論」に生かされたといってよい。それで、ノートに書名の見えるジェイムズ・オリファントの『ヴィクトリア朝の小説家』（一八九九）を瞥見しても、〈illusion〉

に関する叙述はないようである。ただし『文学論』に引くスコットの『アイヴァンホー』（一八一九）について示唆を得たかもしれない。この問題では、英訳のカール・グロース著 *The Play of Man*（一九〇一）の「イマジネイション」の章で示唆される点はあったかと思われる。芸術家・作家にとっても〈illusion〉がないがしろにできない一事を記す次の条に、漱石の下線と「illusion ノ重要」の書き込みとが見える。

> …the <u>capacity for illusion is of importance</u> in connection with imaginative combination, since each possibility that is considered has the appearance of reality in its turn, but such mental activity is playful only when the combinations as such are enjoyable. Every creative artist, statesman, writer, or scholar must often work on an imaginative basis which he knows he can never verify.
>
> illusion ノ重要

グロースは、イリュージョンの働きは想像的連想との結び付きが重要であり、それによって今度は逆に現実性を獲得することになり、それを楽しむことができると述べ、「創造的芸術家、政治家、作家や学者は誰でも自分では証明できないことを知っているが、想像力に基づいてしばしば活動しなければならない。」と説述したのである。しかし、『漱石資料』の「Realism & Idealism (Illusion)」の章を見ても、関係の書は多く目に触れたらしく、漱石のいわゆる「幻惑」の原由を特定するのは容易ではなく、欧語を使ってはいるものの、自分で考えた可能性もないわけではない。ここで関心を引くのは、これらのメモ中モーパッサンの名前が見えない一事である。漱石が「小説論」を読んだ可能性は明治三十五年まで遡ることができるが、右の情況からしても、もう少し後のことであったと考えるのが自然であろうと思われる。

こうたどるとき、漱石が「小説論」中イリュージョンを説く一節に注目して線を引いたのは、『文学論』刊行後、そこに同意見を見たからにほかなるまい。「田山花袋君に答ふ」（『国民新聞』明治四一・一一・七）の一文で、「拵へものを苦にせらるゝよりも、活きて居るとしか思へぬ人間や、自然としか思へぬ脚色を拵へる方を苦心したら、どうだらう。」と応酬したのも、同じ立場からの発言である。自然主義に拠る作家・批評家が技巧否定論を展開したのに対し、漱石がそれに反論を繰り返したのも、「真」を目差す立場は同じであったにせよ、文芸の力としての「幻惑」の表現的価値とその実現を期したからに外ならない。

上の「才能ある写実主義者はむしろイリュジオニストとよばるべきである。」という観点に立ってモーパッサンは、「われわれはめいめい、世界についての幻影を自分につくっているだけのこと」であり、「作家は自分のまなんだ、そして自分の自由に駆使しうる芸術上の手法のすべてを使ってこの幻影を忠実に再生すること以外の使命を持ってはいない。」とする。そして、そのためにはどんな理解にも腹を立てるべきではないと述べた上で、目立つ二つの理論がある旨を記す。「純粋な心理解剖小説」（the purely analytical novel）の理論と「客観小説」（the objective novel）とであるが、両者いずれに漱石が軍配を上げたのか、文面からはわからないが、この二点に着目して論理をたどったことは十分想像される。

ところで、漱石没後ピエール・マルチノは、『ピエールとジャン』について、モーパッサンの好きな表現であると断り、「小説論」中の叙述によって、これを、あまりに心理的な小説でもない「客観小説」、「人生において行われたことの正確な再現」の作、作者が「われわれの眼前に人物と事件とを通過させ」ただけのものと評した（『フランス自然主義』一九二三）。漱石手沢本中の「小説論」には、上の引用部分に続く、「このようなやり方で考えられた小説は、興味と説話における動きと、色彩と、はつらつとした生命という点では、得るところ多い。」の叙述がある。そしてさらに下のとおり論じる。

そこで、ある人物の精神状態を長々と説明する代りに、客観派の作家はその心的状態がその男にある一定の状況において必然に遂行させるはずの動作や身ぶりを探求する。その一巻の初めから終りまで、その人物を行動させるのに、その人物のすべての行為、すべての動きが、彼の内的な本質、彼のすべての思想、彼のすべての意志、ないしは彼のすべての逡巡の反映であるように仕組む。心理をひろげてみせる代りにかくすことになるわけである。心理を作品の骨組みにするのである。ちょうど外からは見えない骨が人体の骨組みであるように。（中略）

このやり方でしあげられた小説はまた真摯さという点（in sincerity）で得るところがあるように私には思われる。それはまずより真実らしいものになる。ほかでもない、われわれが自分たちの周囲で行動しているのを眺める人々はわれわれに向かって彼らがそれにしたがって行動している動機を決して語りはしないのだから。

マルチノもいうとおり、『ピエールとジャン』は心理分析に努力した作と解されるが、漱石もこうした観点が相当実現された小説として読んだのではなかろうか。それには「幻惑」の高い芸術的達成度もあずかっていたはずである。モーパッサンは「客観小説」「心理解剖小説」のあれかこれかという立場ではなかったようであるが、漱石も同様の視点から『ピエールとジャン』を評価したに相違ない。

## 三　フローベール、モーパッサンの表現論の問題

この後「小説論」では、次の一節に漱石の付した線が見いだせる。しかし、その所以を解釈できかねる点があり、またそれほど注目すべきものでもないと思われる。

こんにち、象徴派なるものがある。なぜあって悪いことがあろう？　芸術家としての彼らの夢は尊敬さるべきものである。芸術の道の極度の困難ということを知りぬき、高く宣言している点が特別にわれわれの共感をそそる。

このような時代に物を書くなどとは、じっさいのところ、気ちがいざたであり、大胆不敵な話―

であり、ごうまんふそんな話であり、ないしはよっぽどばかでなければならぬ！　じつに千差万別の性質を持った、複雑な天才をめぐまれた巨匠の輩出したあとで、やられなかったようないかなることが残っており、いわれなかったようないかなることが残っているというのか？

モーパッサンはさらに論を進め、自分を育ててくれた二人の文芸家ルイ・ブイエとフローベールとに筆を及ぼし、得た教訓を、文壇に打って出ようとする後進のために紹介する。二回目に出るブイエの名にアンダーラインしているが、次の〈original〉の綴りは、「小説論」中漱石による書き入れの唯一の文字である。フローベールの持論であったらしく、ここに記したような教えをこの弟子は何度も聞いたのに違いない。

original

――才能はながい辛抱である――問題は表現しようと思うすべてのものを、たれからも見られずいわれもしなかった面を発見するようになるまで、十分長くまた十分の注意をこめて眺めることである。われわれは自分の観照しているものについてわれわれより以前にすでに人の考えたことをかならず頭においてそれに支配されながら自分の目を使うという習慣になっている、という理由のためである。どんなささいなものでもいくらかの未知の部分をふくんでいる。それを見つけようではないか。燃えている火、野原のなかに一本の木立を描写するのに、その火なり木なりに向かって、それが、もはやわれわれにとって、他のいかなる木、いかなる火にも似ていないようになるまで、じっと立っていようではないか。

こういうやり方で、人は独創的になるのである。

独創性は辛抱に負うと、師は強調し、描叙に際してあるべき作家の姿勢を強制したと回顧する。そして、具体例として、戸口に腰をかけている乾物屋、パイプをくゆらしている門番等々を挙げ、独創的な観察によって描写は生き生きとなされる旨を説いたという。しかし、そのような描写はいかにして可能であるのか。フローベールは文体の問題から、

いわんと欲することがなんであろうとも、それを言いあらわすには一つの言葉しかない。それをいきいきと躍動させるには一つの動詞しかなく、その性質を規定するのに一つの形容詞しかない。だから、それが見つかるまで、その言葉を、その動詞を、その形容詞を探さなければならない。

と教訓を垂れたのであるが、それは「辛抱」の上で初めてなされるものであった。語の選択のみならず、その語順についても、さらにボワロの一句「おくべき場所におかれた単語の力」を銘記すべきことを、フローベールは求めたのである。漱石は右のごとくその主張の箇所に線を引いて反応したが、具体的にはこのことについてどう考えたのか。

一体漱石はフローベールに対しては高い評価を与えていた。『サランボー』（一八六二）について見ると、その英訳（出版年不明）の表紙見返しに〈Monumental work〉と記し、「ヘルンに此 poetry ア

リ。此雄大ノ構想ナシ。」」、「サランボーは単ニ天才ノ作ニアラズ。非常ナル歴史的研究ノ努力ヲ待ツテ始メテナル。」と書いている。それで、右の独創の論など頷くところもあったであろうが、異論を呈さないではいられないところもあった。明治三十六年の講義『英文学形式論』ではこのフランスの作家と英国のペイターを引き合いに出し、「彼等の云ふ所は、或一物を写し出すに、此にぴつたりと適合する唯一ヶの名詞、一ヶの形容詞、一ヶの動詞がある（中略）と云ふのだ。かう気六ヶしさが嵩じては、また厄介である。例へば天地間にわれと意気相投ずる人間は一人あり、唯一人に限ると云ふと同じ理屈だ。」とその主張を紹介する。そして、こうした「気六ヶし屋、贅沢屋」に対し、「唯吾々日本人は、甲なる言葉が乙なる言葉よりも此場合、一層適切であると考える位に、彼等に同情をすることが出来るのみであつて」、それ以上の分析はできないと述べる。これをいわば語論・文論・文章論とすれば、文体論からも批評できることになる。このように漱石は、実際からはフローベールの論には無理のあることも感じ、その点からモーパッサンの理論的立場にも賛成しかねるところがあったものと想察されるのである。

漱石は、〈illusion〉の問題の出されていることからも、「小説論」に関心を持ったはずである。しかし、この問題については『文学論』において取り上げ、しかも同方向の論を展開していたから、新たにはそれほど意味のある論ではなかったかもしれないが、『ピエールとジャン』の序という観点からすれば、全体的には小説の方法論として注目したことは間違いない。

本稿では、「小説論」への漱石の書き込み・施線を順次すべて紹介した。訳文にこれを還元すれば、それの復元の作業がほぼできることを記しておきたい。

注

＊1　『フローベール／モーパッサン　世界文学全集15』（河出書房、昭和四一）所収の訳「小説」による。ただし漱石旧蔵本中のタイトル〈OF "THE NOVEL"〉から、通行の「小説論」のタイトルに従った。

＊2　江口渙著『わが文学半世紀』（青木書店、一九五三）参照。

＊3　杉捷夫「解説――モーパッサン素描――」（『モーパッサン　女の一生　ピエールとジャン他　世界文学全集8』河出書房、昭和三一）参照。

# 漱石におけるモーパッサンの『ピエールとジャン』

## 一　漱石の小説と『ピエールとジャン』の題材

モーパッサンの「首飾り」（一八八四）は、舞踏会に出るため友人から借りた宝石の首飾りを無くしてしまった夫婦が、長年苦しい思いをして弁済したのであるが、無くしたのは偽物であったと、後で貸主から聞かされて終わる短篇である。「此落チガ、嫌デアル。」と漱石は記して、「此一節ガナケレバ夫婦ノ辛苦シタノハ全ク義理堅イ美徳デ軽薄ナル細君モ此出来事ノ為メニ真正ナル人間トナツタノダカラ、」と評し、道義的同情がないと批判した。漱石は、この作家の作品について「立派ナル作物ナリ。」といった感想を記したものもあったが、「愚作」等の語により概して否定的言辞を残している。『女の一生』（一八八三）をグリーニング版（一九〇七）の *A Woman's Soul* で読み、「完全ナル芸術的作品ニアラズ」と評して、構成の問題等その所以を記している。

しかし『ピエールとジャン』*Pierre et Jean*（一八八八）の場合は違った。作品は次のようなものである。——ピエールは医師、ジャンは弁護士で仲の好い兄弟である。年老いた両親とル・アーブルに住んでいるが、ある日弟のジャンに思いがけない遺産がころがり込んだことから、ピエールの胸に、母の不義と弟の出生との秘密についての疑念が萌す。それに加えて、兄弟ともに一人の若く美しい未亡人に対する愛情の問題がからみ、二人の間に嫉妬や反目の心理的波風が立つ。事の真相を掴んで憂愁に陥った兄は、大西洋航路の船医となって家を離れ、母は息子を寂しく見送るのである。

漱石は、この小説を英訳 *Pierre and Jean* (Ed. by E. Gosse, London, Heinemann) の一九〇二年（明治三五）版によって、明治四十二年ころに読んだであろう。[*1] 東北大学附属図書館「漱石文庫」所蔵本の見返しには、鉛筆で筆圧も強く（拙著『鷗外と漱石との世界』〈平成四〉口絵参照）、

名作ナリ。Une Vie の比ニアラズ

と書いてあるが、その所以を記してはいない。しかし、この問題を取り上げれば、漱石の後期三部作の特質解明に資するところもあるのではないかと思われる。それで『ピエールとジャン』の漱石における受容を五点から想定、考察することとしたい。

第一は、作品の骨格を形成する出生の秘密、遺産の問題が挙げられる。これは題材の方面といってよいが、別の面からすれば心理描写の問題ともなる。すなわち、疑惑・嫉妬・不安・不信・失意・孤独・愛情等々の心の動きが照射され、人間の心理の種々相が描破されることになるわけである。弟への遺産のことについて、知り合いの女が、変な薄笑いを浮かべながらピエールに、「そうよ！　運が

よかったんだわ。弟さんは、そんな知りあいを持って！ ほんとね、あんたにちっとも似ていないのふしぎじゃないわ！」（以下、杉捷夫訳）と話しかけた言葉に、[*2]漱石は線を引いている。作中重要な展開契機の敷設箇所である。他にもう一箇所見られるのは、ピエールがコップの中で泡の走る酒を飲み、それが次第に体内に広がっていくことを感じる叙写に、疑惑拡大の内面描写を響かせてある場面である。漱石が、この巧みなプロットと心理描写とに注目したことは疑いない。

このようにして、弟への嫉妬に端を発し、母に疑惑を抱き始めたピエールは、様々な心的反応を起こす。出生の問題では、一つは母に向かい、一つは内なる自分に向かう。後者の例を挙げよう。

自分の想像力が勝手に、例の制御しえたことのない想像力が、たえず意志の下から逸脱し、自由に、大胆に、向こう見ずに、しかもなにくわぬ顔で、観念の無限の世界にとんでゆき、ときに、口に出していえないような、恥ずかしいものを持って帰り、自分の身中に、魂の奥底に、さぐりをいれることのできない襞《ひだ》のなかに、盗んだものをしまうようにかくして置く。その想像力だけが勝手に、あの恐ろしい疑いを考え出し、作り出したのかもしれない。自分の心は、ほかでもない自分の心は、確かに自分も知らない秘密を持っている。この傷ついた心が、このいまわしい疑いのなかに、自分の内々やいている遺産相続を弟にさせないようにする手段をみいだしたのではなかったろうか？ 彼は、いま、自分自身を疑っていた。信仰のあつい者がその心を吟味するように、自分の考えのすべてのかくされている部分を、吟味しながら。

英訳には'imagination''will''soul''heart''mind'といった語を多用し、内側へ内側へと、漱石のいわゆる「とぐろを巻いて入りこむ」心理描写を示しており、関心を引いた条だったであろう。

明治四十五年(一九一二)『朝日新聞』連載作『彼岸過迄』の須永は、子供のころ父の死ぬ二、三日前、「おれが死ぬと御母さんの厄介にならなくちやならないぞ。」と言われる。父が死んだ時、母が、「御母さんが今迄通り可愛がつて上《あげ》るから安心なさいよ」と言ったことも、何か不自然なものを感じさせ、これは成長の後に疑念となって次第に大きくなる。それで、「秘密」として母との相似点・相違点を人知れず研究した結果、「欠点でも母と共に具へてゐるなら僕は大変嬉しかつた。長所でも母になくつて僕丈《だけ》有《も》つてゐると甚だ不愉快になつた。其内で僕の最も気になるのは、僕の顔が父に丈似て、母とは丸で縁のない眼鼻立に出来上つてゐる事であつた。」と話すのである。これら肉親間の相似・相違の心理的問題は、『ピエールとジャン』との偶然の一致として片付けられないものを感じさせる。

遺産の問題は、大正三年(一九一四)の『こころ』(『朝日新聞』連載)において、Kの場合や先生と叔父との間に出来し、時には愛や結婚ともかかわって道義的な問題ともなり、これが人間不信やエゴイズムの問題とも深く結び付いていく。こうした人間の心理的、倫理的問題に鑑みても、『ピエールとジャン』に注目したと見て間違いあるまい。晩年の「日記及断片」には、「○倫理的にして始めて芸術的なり。真に芸術的なるものは必ず倫理的なり。」(大正五・五)のメモがある。もとより漱石は、文芸の自律性を動かぬものとしていたであろうが、倫理的契機が自然の形でその世界を内側から支えることについては、重要なものとして考えていたことがわかる。早く明治四十年新聞に連載の『虞美人草』があり、『こころ』もそうである。

第二は、作中人物における「過去」の問題であり、これとつながる形で推理的、探偵的契機の織り合わされた構成が挙げられる。創作開始当初の漱石には、『漾虚集』（明治三九）に見られるように、アーサー王伝説等歴史や伝説、過去の世界に題材を得た作品がある。しかし、それは鷗外の歴史物とは峻別されなければならない。歴史や過去の出来事に題材を求めても、基本的には外界における事実を事実として扱わず、これを想念・意識の中で一旦融化させ、しかる後に小説化するのであり、重心は人間の内面・内界に直接懸けられることになる。事件・事実の外的徴標である年月日の記述が極めて少ない一事は、創作方法上の傾向・特色と結び付く。漱石に、内界の別名である心とか、その鏡と称して差し支えない夢とかを、しばしば題材として取り上げ、タイトルにもこれを用いた作品が多いのも当然である。

いったい相対的観点からではあるが、その感官で「耳」が「目」以上に秀でている場合、仮に視覚のはたらきを零としても、聴覚のはたらきは残る道理である。すなわちそこには、半眼にして座禅するか、目を閉じるかした一種冥想的な世界を想定することができよう。この仮定から観察した場合、耳の極めて鋭敏な作家は、目の優れた作家に比べ、心の内面・内界に直接推参してこれを表現しようとする傾向があるのではないか。漱石はその典型的な一人として捉えられる。その小説が印象鮮明な視官的描写をしていても、それは外界をそのまま写したものというよりは、いわば心の目で捉えたものので、俳句や漢詩にもこの間の事情が窺われる。[*3]

しかし、もちろん漱石も「過去」をしばしば描いた。それは過去のトータルとして今ある人とその境遇、そして、現在を支える心理的側面と強く結び付いている場合で、「点頭録」（大正五・一）によれば、「夢所ではない。炳乎として明らかに刻下の我を照し」出す類の「過去」である。随筆「思ひ出す事など」や「硝子戸の中」では自己を振り返って現在の自分とのつながりを見つめ、得心を求めて、いわば自己回復を心中に実現しようとするごとくである。マーシャル訳 *The Undying Past*（一九〇六）で読んだズーデルマンの『消えぬ過去』（一八九四）も、右の心的傾向と無縁ではない。

事件が層々累々として続出する所既ニ凡手にあらず。Scene 及び Situation も亦之に従つて陸離として変化す。（中略）。而して此累々たるものが相互に関連し援護して全篇を構成して中心たる趣向の大発展を促がし来る。同時に篇中の性格は境に応じ景に触れて変化し抽開し相倚り相待つて集散離合して全精神の面目を根底の深奥なる極所より発揮し来る。観察の精密なる、剖解の綿密なる、活躍面の多様なる複雑なる、しかも錯綜のうちに整然として一糸を乱さずして全体を瞭然たらしむる。驚嘆の外なし。大作なり、また傑作なり（下略）

こう批評した小説の漱石手沢本には線が引いてある。作中人物の過去とのつながりでも、プロット上注目される条として捉えたらしい。左のような施線の初めの箇所を、同じ英訳をも参照した生田長江の訳で示そう。

――「貴方は僕を誤解してはいけない、フエリチタス」と彼は、より柔らかな調子で続けた。「僕は甘い言葉をかける為めに来てゐるのではなく、古い灰をかき回しに来てゐるのでもない。此場合は、いくら辛《つら》くつても、真面目に、打ち明けたところを話し合はなくちやならないんだ。そして僕は、貴方をまことに辛い目に遭はさうとしてゐます。」

彼女は深く息をした。かうした無遠慮な宣戦の布告は、彼女の心を安めるやうに見えた。やがて彼女は謙遜にその美しい頭をさげた。

「先づ第一に」と彼は続けた、「僕達の間に何等の誤解をもはひらせない為に…貴女はかつて僕達の間に起つた事柄を苦にしてゐますか?」

「それはどう云ふ意味でせう?」と彼女は小さい声で言つた。

（前篇十四）

---

「古い灰」を掻き回しに来るといった言葉は、否定はしていても、過去の問題とのつながりを示唆し、関心を引く。『ピエールとジャン』は、それほどの長篇ではないが、母親にまつわる「過去」は、ピエールにとっては深刻な問題であり、些細な事柄やこれに伴う心理的な反応をも含めれば、「層々累々として」続き、「Scene 及び Situation も亦之に従つて陸離として変化す」る観を呈し、漱石好みの作品であることは争われない。このような「過去」は、構成的、技巧的方面との関係上、推理的、探偵的契機を招来することにもなる。母への疑念についてピエールは、弟との血縁をはっきりさせ、過去に連なる真実を探知したいと考える。そうした折から、思い出したのが弟への遺産の贈り主マレシャル氏の肖像であった。

——かあさんは肖像のことをきかれて不安になったろうか、それともただ驚いただけだったろうか、なくしたのか？　それともかくしたのか？（中略）かくしたとしたら、なぜだろう？　と、彼の頭は、推論から推論へと、いつまでも同じ歩みをたどりながら、次の結論をくだした。

肖像は、友人の肖像は、いや情人の肖像は、客間の人目につく場所におかれていたのだ。女が、母親が、初めて誰よりもはやく、この肖像が自分の息子に似ていることに気がついたその日までは、疑いもなく、ずっと前から、彼女はこの相似が現れはしないかと気にして見ていたのだ。それから、それを発見したので、（中略）ある晩、この恐るべき小さな絵を取りはらって、かくしたのだ。


ピエールによる母の疑惑解明が、作中重要な趣向になっており、その一端がここに窺われる。探偵的、推理的契機を名作の条件としているわけではないであろうが、「友人・情人」「女・母親」の言い換えも相俟って読者に興趣と緊張感をもたらす。『彼岸過迄』の敬太郎は、作中のいわば進行役であって、ピエールのごとき立場に置かれた人物ではないけれども、探偵のようなことがしてみたいと考え、事実探偵的行為もする。『彼岸過迄』前年の「断片」に、「〇新聞小説　際ドイ？　文晁、北斎、モーパサン　フランス」のメモが見え、意味するところは必ずしも明確ではないが、新聞に小説を連載する場合の参考になる作家としてモーパッサンをも考えていたことが推定される。

第三は、アルマン・ラヌーによると、感官では視覚が最も優れていたらしいモーパッサンは、聴覚も「本職の音楽家までとはいえないが、正確で、メロデーよりもリズムや噪音の方に敏感であった」

という。[*4]『脂肪の塊』(一八八〇)や『女の一生』にも聴官の優れた描写は少なくないものの、『ピエールとジャン』の構成との関係においてそれが著しい。ピエールが夜階段を降り、水差を持ったまま二階に昇る途中、水をコップなしで咽を鳴らしながら飲む場面に続く条を引こう。

いままでうごいていたのをやめたとき、この家の静けさが彼の胸をついた。それから一つずつ、その静けさのなかからじつに小さな物音が聞きわけられた。最初が食堂の柱時計だった。そのかちかちと時を刻む音が彼には一秒ごとに高まるように思えた。それからまたいびきの音が聞こえた。短い、苦しげな、聞きづらい老人のいびきだった。むろん父親のいびきだった。と、彼は、まるでその考えがたったいま彼の身中からほとばしり出たかのように、この同じすまいのなかでいびきをかいている二人の男が、父親と息子とがたがいになんでもないのだ！という考えに胸をしぼられた。どんなきずなも、どんなささやかなきずなも、二人を結びつけてはいないのだ。しかも二人はそれを知らないでいる！

英文は省略するが、音響に極めて敏感であった漱石は、右の一節など殊に感心したに違いない。「玄関からもう、皿《さら》のふれあう音が聞こえた。してみると自分をのけ者にして食事を始めたのだ。なぜだろう?」と、それまでの家でのことを思い出すピエールの心理・心情が、音とのかかわりで活写されている一節である。「過去の上に、そして自分の知らない事件の上に、なにものものがれることのできない鋭い視線を投げるために」港の突堤に出かけて行った彼が、霧中で悲鳴のようにむせぶ汽笛と心中にわだかまる疑惑との呼応を痛く感じるあたりも、「船出るとのゝしる声す深き霧」（明治三〇）と句作するような漱石の感性に訴えたはずである。[*3] 記憶の底から突如心耳に鳴り響いて来る音、マレシャル氏や父母の声等による過去の再構築の意味は重要で、漱石の小説の構造に照らしても注目してよい。前掲敬太郎の役割が、たえず受話器を耳にして「世間」を聴く一種の探訪にあったとされていることなど、その一例となろう。

## 二　漱石の小説と『ピエールとジャン』との道義的・倫理的契機

上に観察した第一から第三までは、モーパッサン、漱石の当該作品に共通する文芸的契機であるとしても、第四の内実こそ、前述の道義的、倫理的契機とともに、二人を分け隔てる重要なことと捉えることができるのではないか。すなわち、人と人との関係の問題である。いったい両人とも厭世的なところがあった。それで「寂しい心」をしばしば漏らしている。生育歴・境遇等がこれにあずかったと推察されるが、「寂しさ」は、漱石によれば「自由と独立と己《おの》れ」（『こころ』）に充ちた近代に生きる人間が味わわなければならない感情でもあった。そこに由来する孤独感から、人と人とのつながりの問題が書かれるに至ったことは当然とも言えよう。実際の事件に題材を得た『ピエールとジャン』ではあっても、作品の根底を成す精神はモーパッサンのものであった。

この方面では作中の母親の存在が関心を引く。「激越で、頭脳は明晰、気は変わりやすいが、変わるまでは頑強で、哲学的な考えとユートピアで頭をいっぱいにしているたち」のピエール。「おだやかな性質」で、「なんのへんてつもなく法律」を勉強した「柔和な」ジャン。このような息子二人の間にあって、彼女は、一つ家での生活のあらゆるこまごまとしたことから起こる小さな対立を鎮め、絶え間ない衝突を「緩和させ」(deaden)ようと努める。これは一般家庭の母親というものの立場を表した感があるにせよ、注目すべき表現である。『行人』における長野家の母も、対照的な二人の息子には一種の「緩和剤」であった。人と人とを結び付けようと一家の経営・維持に腐心する彼女の名「綱《つな》」がその人を表す。漱石は「緩和」の語を『文学論』(明治四〇)で修辞に関し、「対置法中の緩和法」などと使っているが、小説にこの語を用いたのは、『ピエールとジャン』繙読後の『門』と『明暗』とで、後者は作中人物お延についてであった。

ピエールは、母の不義を探知すると、愛・信頼の絆で結ばれていた家庭における自己の存在基盤の喪失に愕然とする。この間の心理描写を、漱石手沢本の原綴を挟んで示すと、「二日前から、見知らぬ、悪いことをする手が、死人の手が、この四人をたがいに結びつけていたきずな(ties)を、一つ一つ、取りのぞき、断《た》ったのだ」とあり、もう母親というようなものはいない、弟も他人の子だ、と思う条が挙げられる。「弟の面倒で自分の発見したあさましい秘密を思わず口外したあの晩以来、家族の者とのあいだの最後のきずな(the last ties)を断ってしまったのだ。」という一節の他には次の心理描写もある。

一番ひどかった苦しみの最中に、彼は、まだこんなみじめさの下水だまりのなかへ落ちこんだような気持になったことはなかった。最後の切断(the last wrench)が行われたのだった。もうなんにもつかまるものがなかった。彼の胸から彼のすべての愛情の根をひきぬいても、まだ、とつぜん彼をとらえたこの捨て犬のような絶望を味わったことはなかった。

こうして船で旅立つピエールは、艫《とも》に一人だけで立っている。母はもう帰って来ないであろう息子を思う。そして、自分の「心」(heart)の半分が息子と共に行ってしまった気持ちになり、自分の生涯が終わってしまったような気持ちになる。作品は、見送りの後、一片の灰色の煙のほか何も見えない沖の遠い風景を、彼女の視界の中に、その心理さながらに写して大尾となる。人と人との間のきずなは切断され、孤寂の中に立ちすくむ母親の姿が印象的で、小説の精神の帰趣を暗示するごとくである。

漱石旧蔵本の解説中、モーパッサン文芸の一特色として、「性的関係を扱うこと」の挙げられる一事を記すこの語句に、鉛筆による下線がある。その点では、作中の母親も、若い日に他の男と性的関係を持った女性で、道義的欠如の問題がかかわるところもあった。原作者自身、母親を手きびしく書いたつもりであったと打ち明けているが、漱石は、淡々と記す作中にも割合自然な道義性・倫理性を失っていない母親を感じたのではないか。このような小説に後期三部作を対置するとき、漱石は、近代での人と人との結び付きの困難性に呻吟しつつも、なおそれの可能性を探り、光明を求めようとしていたごとくである。『行人』の母の名は、この間の事情を象徴的に示すものでなければならない。

第五は、作品の完成度の問題である。その点で諸文献を引くまでもなく、『ピエールとジャン』は傑作の定評を得ている。漱石は『女の一生』について、「作者ハ Jeanne ノ一生ノ運命を描ケリ。(中略）一生ノ運命ハカヽル小冊ニテ書キ了セベキモノニアラズ。」とか、その一部に対し、「此二三頁書キ過ギタリ。」とかと所蔵本に記している。これに対し『ピエールとジャン』を、形式・内容が一致し、過不足ない書き方をした作品と捉えていたことは疑いを容れない。そのつながりでは、巻頭に置かれた「小説論」*OF "THE NOVEL"* との関係で高い評価となったことも考えられる。漱石は、「心理的研究ジャンル」を企てていた作者の意図が相当実現された小説としても読んだ可能性がある。「小説論」には、「真実を描くということは、だから、事物の通常な論理にしたがって、真実の完全な幻覚《イリュジオン》を与えることであって、事物の継起の雑踏のなかに奴隷的にこれを敷きうつすことではない。」の行文に漱石による下線が引かれてある（本書三五頁参照）。

芸術の本質にかかわる重要な問題の一つ「事実」と「真実」との関係についての論であって、漱石はこの問題における「幻覚《イリュジオン》」すなわち「幻惑」（漱石）に大いに注意を払い、この点から「小説論」の優れた実践の一つとして『ピエールとジャン』を考えたのではないか。『文学論』中、文芸の「真」の問題に言及し、作家が成功するのは、「物の本性が遺憾なく発揮せられて一種の情緒を含むに至り、「物の幻惑」を「躍如として生あるが如く」写し出す場合であると述べているからである。

こういうモーパッサンへの反応の問題では、『女の一生』を極めて高く評価するトルストイへの対抗意識のようなものもいくらか作用したかもしれない。その英文解説中、このロシアの作家による批評の紹介は少ないものの、形式・文体の美しさ等ユゴー著『レ・ミゼラブル』（一八六二）以来のフランス文芸第一級の作品とする批評を漱石は読んだのであるが、トルストイの見解には従えなかったと思われる。「名作ナリ。Une Vie の比ニアラズ。」と批評した小説に、漱石は、この後人間の心の種々相を、その内側に向かって描くことになる自作の世界を、意識するところがあったのではないか。構想的にも両家の作中注目すべき対応関係が少なくないからである。[*5]石川啄木は『残花帖』で蔵書の一冊に関し、「心理小説の好作『ピール・エンド・ジエン』をクラベルが英訳したる一書あり」と記している。当時すぐれた心理小説としてこれは知られていたらしい。

ところで、正宗白鳥は、「青い表装」の英訳によって『ピエールとジャン』を読み、「「長篇中最も感動せしもの」明治四十二年某月某日」と所蔵本に書き入れたことを、その著『モウパッサン』(昭和二三)で記している。漱石は同版の書を同じ年あたりに読んだのに相違ない。その白鳥は、「「女の一生」が、女性としての人生の幻滅の物語であるとすると、これは、男の幻滅を叙したもの」であって、「軽井沢で、近づく冬を知らせる晩秋のつめたい風に吹かれてゐるやうな淋しさが連想される小説」と批評し、「孤独の淋しさ」に震えながら悄然と旅立つピエールの姿が特に印象的で、その孤独の心境を「わが事のやうに思はれる」と述べた。そして、短篇「孤独」(一八八四)を読んでは、そこにモーパッサンの人生観の結晶を見て、「人間と人間とは心と心が完全に融合する望みのないことが観測されてゐる」としている。

漱石も『行人』において、「Keine Brücke führt von Mensch zu Mensch.(人から人へ掛け渡す橋はない)」と一人物に言わせ、『こころ』で結局は二人の人物の自死を描くことになり、絶望に至るかもしれない、きびしく重い問題を抱えつつも、なお人間への希望的関心を残していたように思われる。晩年大学でまた文学論を講じてみたいと話したというが、文芸が人間に関係するものである以上は、この問題はどこかで考えなければならないはずのものだからである。鷗外もリルケの「因襲の外《ほか》の関係」(ein Verhältnis außer aller Konvention)、すなわち「人間と人間とが覿面《てきめん》に」(Mensch zu Mensch) 出会うような関係を志向する精神を、「現代思想（対話）」（『太陽』明治四二・一〇）中に述べていた。その内実を異にしていたにせよ、極めて困難な課題を前にして、その解決の方途を探る成否は別としても、自然主義との関係で二人には呼応するものが認められる。*6『ピエールとジャン』を上来のように観察するとき、漱石の小説の特色を、間接的にではあっても、示唆するものがあるであろう。

注

*1　蔵書への反応については菊田茂男「漱石の身辺資料——東北大学付属図書館所蔵「漱石文庫」の日記・断片・蔵書書き入れ・草稿等を中心として——」（『図説漱石大観』昭和五六）参照。『ピエールとジャン』繙読の時期と評価とについては、大島真木「芥川龍之介と夏目漱石——モーパッサンの評価をめぐって——」（『比較文学研究』第33号、昭和五三・六）参照。

*2　『世界文学全集15　フローベール／モーパッサン』（昭和四一）によっても支障のないことを確認したので、以下これによる。ただし、漱石旧蔵本のタイトルにより「小説」は「小説論」とした。

*3　寺田寅彦・松根豊次郎・小宮豊隆『漱石俳句研究』（大正一四）に、東洋城の「写生的の句が先生には少ないといふ訳ではないが——先生の句は多く心持に繋る句が多い」との発言がある。

*4　アルマン・ラヌー著、河盛好蔵・大島利治訳『モーパッサンの生涯』（昭和四八）参照。

*5　『ピエールとジャン』が『行人』に影響を与えたとする論に、伊狩章「『行人』の構想と『ピエールとジャン』」（『日本近代文学』第33集、昭和六〇・一〇）がある。

*6　鷗外旧蔵本フォン・オッペルン＝ブロニコウスキーの *RILKE*（*1907*）には „eine Beziehung von Mensch zu Mensch“ の言葉があって、鷗外・漱石の呼応関係でも注目されるものがある。

# II　上田敏とその遺響

# 敏の詩論――「律」の問題を中心に――

## 一　敏の詩論とその基調

明治三十八年（一九〇五）の上田敏による訳詩集『海潮音』は、わが国の近代詩の歩みにおいて、重要な位置を占めるものである。訳詩とするには、あまりにも創作的であるとする見解もなくはないが、この詩集を世に問うた敏は、詩というものをどう観ていたのであろうか。

敏は早くから、万物を浮かべるこの世界を流転の相として捉えていた。『文学界』で活躍した明治二十年代後半の数々の文章にすでにそれは窺えるが、後年の「律」（『太陽』大正三・一）では端的に、

生は休なき流だ。外界の事物に質しても、内界の表象に省みても、不定こそ唯一の必定だ。外来の刺戟と印象、内発の反応と表現、いづれも皆流転輪廻の相を示してゐる。車輪の廻つて始終無き如く、一切の物、一切の心、尽く皆変化の波に漂つて、動き已まない。

と書いている。敏によれば、流転する世界の只中にあっては、人は受動的生に甘んじなければならない。しかし、これを静観し、諦視する者には、そこに万物の諧調を成り立たせている一定の律が感得されると言い、この律について、「拍子である、節である、間である、節奏といふも可、拍節と呼んでもよい。上下、左右、緩急、遅速、強弱、表裏、明暗、弛んでは張り、張つては弛む玄妙不可思議の波を支配する根本力であつて、要するに生の本体は偏にこの律に現れてゐる」と述べる。そして、この律・リズムを捉えた者は、「受動物体の域」を脱して、「生の流を制御する能動の生物」となりうるのであり、律は「生の鑰」であると主張する。敏こそこの律を捉え得た人であったと矢野峰人は述べているが、[*1] 右のような世界観・人生観は、おのずとその文芸観とも密接な関連を保ち、これを方向づけることになる。

上の立場から敏は「創作」(『太陽』大正三・一)の一文において、芸術家の任務は、生のみならず、万有に潜み流れる律の一部を選出し、これを芸術的に表現することにあると説く。すなわち音楽・舞踊・彫塑及び絵画などとともに詩文の制作にあたっても、ここにその要諦があるとする。こうした芸術観は当初から変わらなかった。『海潮音』出版後の「詩話」(『明星』明治四〇・一)には、「感情を生命とする人間胸奥の精神は、終に必ずリズムを頼とする。」と見え、この律・リズムこそ芸術・文芸の美に中心的に参与するものであった。[*2] したがって、美意識を喚起し、深い感動に誘うような文芸作品を作り上げるには、人の内面や感情はもちろん、森羅万象に奥深く幽かに波動となって潜み流れている律を捉え、これを具象化しなければならないということになる。

このように説く敏にとって、「詩は常に文芸の中心」(「詩話」)であらねばならなかった。「美術の翫賞」(『文学界』明治二八・五)中すでに、「人の思想は到底散文を以て顕はし得べきものならず、智の界にあり、意の域にあるものは、枯淡なる平凡の散文を以て伝へうべきも、幽遠なる人心の蘊奥に至りては、多少音韻の助を仮らずむば、終に之を発揮すること能はざらむ。」と主張していたから、こうした詩の位置づけは当然であり、小説を文芸の季子と呼んでいる。[*3] しかし、文芸史ではそうであっても、小説を軽視したわけではなかった。そのすぐれたものにいたっては、その精神は高潮に達しているはずで、「自ら一種のリズムを生ずる」と考える(「詩話」)。『しがらみ草紙』に発表の森鷗外訳、シュビンの「埋木」を愛読し、樋口一葉の『文学界』掲載作「たけくらべ」を高く評価したのも、そのためにに外ならなかった。

それでは、詩あるいは広く文芸作品に、いかにして律・リズムはそなわるのであろうか。この問題については、「典雅沈静の美術」(『帝国文学』明治二八・九)の一文で、「真情から発した言語」は自らそれをそなえると述べ、その基本的態度に関して、「唯我々は誠であれ、真に感じた事を歌へ、歌ふ事の大小を択ばず、自分でしみじみと思つた事を詩にせよ」(「新体詩管見」〈『心の花』明治三七・三〉)と主張する。敏は再三、再四「誠」ということを説き、この態度・精神が、新体詩を作っている人に最も欠けている点であると批判し、新体詩の病弊は想が真率ではなく、人生に対する思想も皮相に止まり、借り物の言葉で表現していると批判した。[*4] 与謝野晶子の『みだれ髪』(明治三四)や『春泥集』(明治四四)を認めたのも、真率な心から詠まれた作品と見たからであり、「誠」を説くことも敏の詩論の一特色をなしている。[*5]

作詩上「誠」ということの必要性を強調したのは、そのころの詩壇・文芸界の傾向と関連していた。旧套・古態の心と形式の執縛とを脱し、新時代にさきがけこれに即応した創作を求めるあまり、新しい思想・内容・精神に執して無理をきたすことになって、作品に真実の想がこもらなくなるという憾みがあったからである。また、これと表裏の関係で、格調・節奏など韻律面あるいは形式面への配慮が軽んじられるきらいもあった。

『海潮音』中に「遙に此書を満州なる森鷗外氏に献ず」との献詞を呈していた、『於母影』(『国民之友』付録、明治二二)の先達に、敏は明治三十九年八月八日の書簡で、「『中央公論』に新体詩に対する諸家の意見ありしを御覧に相成候や、随分驚き入ったる意見の陳列に御座候」としたためている。新体詩に対する意見とあるのは、「現時の新体詩の価値」と題し、七月に『中央公論』の記者が求めた諸家の見解のことである。それには八月号から十月号にかけて多くの人の回答が掲載されたが、思想の重要性を強調し、「作詩上の技巧の如きは、苟も思想なくして立つべからざることを知らば、たゞ程度上の問題に過ぎず候。」と答えた岩野泡鳴のものなど特に相容れない意見として読んだにちがいない。同書簡では、当代の多くの者が「詩想の起伏して自と声調を成す」ことを忘れていると指弾している。

こうした考えは、「清新の思想声調」(『帝国文学』明治二九・一二)において、「清新の声調なくして清新の思想を伝へむと欲するは殆ど望むべからざるなり。「形ありて想生る」とはこの世紀に於ける仏蘭西の一詩社の揚言なれど吾邦今日の批評界に対しても一服の清涼剤なるべし。」と説き、新思想の発揮を渇望するものであるが、思想と声調と、内容と外形との渾然たる一致融合した作品を求め、内容と形式とを分離して内容に重きを置いて考える人を戒め、両者が渾融していなければならないことを訴えた。そういう詩こそ「誠」の態度・精神による作品であった。こうした主張は、「細心精緻の学風」（『帝国文学』明治二九・八）で行い、「詩文の格調」（『韻文学』明治三一・四）でも繰り返した。

以上のように観察すると、敏は、詩におけるいわゆる内容・思想の重要性を否定したわけではなかったことがわかるが、詩の詩たる所以のものは、それをも含んだ形で、律・リズムがもたらす「格調の美」にあるとする立場は動かなかった。そういう意味で室町時代成立の『閑吟集』に心を寄せ、近世の歌謡を愛惜してやまなかったのも首肯される。そこに、人情の機微、民衆の心が、律にのせられておのずと、しかも巧みに詠み歌われていると感じていたからである。元禄時代の三味線歌謡を集成した『松の葉』所収の、

鳥も通はぬ山なれど、住めば都よ我が里よ。　（第一巻　本手　二　鳥組）

などの佳調のあるものを好んだことは、この間の事情を窺わせる。[*6] プロバンスの詩人テオドール・オーバネルの“Tout auceloun amo sou nis”をウィリアム・シャープ訳“Every little bird loves its nest”から翻訳して名訳の誉れ高い次の詩「故国」には、これに類似する表現がある。[*7]

小鳥でさへも巣は恋し、
まして青空、わが国よ、

うまれの里の波羅葦増雲《パライソウ》。

七五調で訳してあるが、このように格調の美を重んじるのも、敏の資質・趣味性やその世界観・文芸観に由来するものであった。上に引用した諸文の発表時期にはかなりの幅があるけれども、その主張は変わるところがなく、おのずと一系の詩論をなしているのである。

## 二　敏における美の二方向

そもそも敏にとって、美は芸術の本質に最も重要なものとして関係するのであるが、そうした美をどのようなものとして求めていたのであろうか。こうした問題を考えようとするとき、その評論の双璧と見てよい「典雅沈静の美術」と「幽趣微韻」(『江湖文学』明治三〇・五)とが注目される。前者においては「典雅」は「クラシカル」の訳語であるとして、これを「美術に於ける最高秀美」と捉え、それが、かの古代ギリシャの美的精神に由来することをほのめかし、「典雅なる美術は奔湍の渓谷に激して、瀧津瀬をなす如きものにあらず、岷江楚に入りて水、鏡の如く、沈静平淡、裡に萬趣の変化を蔵せる如きもの」と述べる。格調との関連で捉えるとき、典雅沈静はその精髄であると解し、しかもそれはあくまで平静なのではなく、「熾烈なる感情を節抑した」ところにはじめて生ずるのであって、情熱の微弱なところには生まれるものではないという。したがって、この美は「清秀の態」「荘重の風」をも具えることができるのである。調和の美と言ってよいであろう。森亮が『海潮音』の訳者を「導いた美の理念はアポロン型に属してゐる」と捉えたのも、そのためであろう。[*8]

上述の典雅沈静を、敏は、概して古典に現れた美と考えていたようであるが、「幽趣微韻」の一文では、「現代民衆の神経は、幾百年来の経験と遺伝とに因て頗る鋭敏多感を加へたれば精緻なる観察を逞うして、微妙なる陰影を識別せむとす。」と述べ、近代人が幽趣微韻の詩境を願い求める傾向があると捉える。そして、「われらは色彩を望まず、たゞ陰影を捉へんと欲す」というベルレーヌや、「幽婉縹緲、捉ふべからざるかの陰影」を熱望するというボードレールの言葉を引いたあと、

既に今日の詩人はゴオチエ（一八一一—一八七二）の文に現はれたる如き色彩の絢爛たるを襲用するのみを以て満足せず、朦朧として思議すべからず、而も縹緲として「幽婉の妙を感ぜしむる陰影を画かむとす。茲にまた一歩を進めて野花芳草の香を詞章の間に伝へ「形」にあらず「色」にあらず、はた「影」にあらず、幽趣微韻溢るゝばかりなる「香」を捉へむと欲するものはなきか。

と、幽趣微韻の風趣のある詩を文芸界に期待した。敏にあっては、典雅沈静と幽趣微韻とは、このように美の大きな二方向として矛盾することなく捉えていたようである。そしてそのいずれの根底にも律・リズム・節奏を認める考えのあることが窺われるのである。

敏のこうした二方向への傾倒は、西欧古典や美術あるいは近代の詩文に接してなされるところが多かったに違いない。その点で直接指導を受けたラフカディオ・ハーンや音楽にも導いてくれたラファ

エロ・ケーベルの存在を見逃してはならない。[*9]それとともに特に私淑していたウォルター・ペイターは注目される。敏はこの英国の批評家を「恩師」「師父」として仰いだと言い、「近英の散文」(『帝国文学』明治三〇・九)では、自らを顧みて「零細なる吾文芸の識見に於て、若し自ら一種の主張あり、一片の真理あらば、其大半はペエタアの賚なるべし。」と打ち明けている。これは初期に限られるものではなく、晩年までもそうであった。[*10]明治四十三年の自伝的小説『うづまき』がその『享楽主義者マリウス』(一八八五)に示唆を得ていることは疑いなく、『文学概論』(大正二・九〜三・六)にはペイターの文芸観が滲み出ている。

上来、律に中心を置いて万物流転・誠・美といった観点から考察したが、敏におけるそれぞれの主張がペイターの『ルネサンス』(一八八三)や『鑑賞』(一八八九)その他の著作に導かれるところのあったことは明らかで、西欧古典・ギリシャ芸術への関心もこの英文人をとおして深められていったことは疑いない。それには漢籍や日本の古典への深い造詣が関係していたことも明らかで、情熱と静謐とを兼ね備えた敏の資質に負うところも大きかったと思われる。

## 三　敏の訳詩の実例

上に観察したような持論・主張が意識的、無意識に『海潮音』の背景にあったであろうが、その「序」も、詩に対する考えを知る上で見逃してはならない。特に象徴詩への言及には、他の諸文に窺えないところがあり、この問題を取り上げ、広い視野から考察すべきであろうが、[*11]ここでは、律の理論的根底に中心を置いたので、この方面の具体的例二、三を取り上げたい。

『海潮音』の「序」においては、詩の翻訳の基本的態度に関し、各詩の原調を重んじ、「高踏派の壮麗体を訳すに当りて、多く所謂七五調を基としたる詩形を用ゐ、象徴派の幽婉体を飜するに多少の変格を敢てした」と、その苦心を語り明かしている。その点、尾上柴舟の『ハイネの詩』（明治三四）は抄訳であったけれども、殆ど一律に七五調をとっているのと趣を異にする。また、「逐語訳は必らずしも忠実訳にあらず」とし、「成語に富みたる自国詩文の技巧の為め、清新の趣味を犠牲にする事あるべからず」とも主張した。

象徴詩の起こって来た趨勢に触れた条では、「素性の然らしむる所か、訳者の同情は寧ろ高踏派の上に在り、はたまたダヌンチオ、オオバネルの詩に注げり。」と自らの好みを述べている。この言葉から推測して、上掲の「故国」も訳者の愛してやまなかった詩に相違ないが、「海のあなたの」も注目される。原詩「海のあなたの」*De-la-man- d'eila de la mar* は、「恋愛と自然と死とを主題とする典雅」な抒情詩集『笑《ゑみ》割るる柘榴』（一八六〇）のⅪに由来する。[*12] すなわち、南フランスにあって、遙かな海の彼方ダーダネルの方へ恋人を求め、海原を渡って行く心を歌った五行九節から成る作品である。つとに島田謹二が明らかにしたように、[*13] これは原詩集からの翻訳ではなく、シャープの英訳"To a far land across the sea" によったもので、しかも原詩の第一節だけを訳したものであった。

海のあなたの遙《はる》けき国へ
いつも夢路の波枕、

波の枕のなくなくぞ、
こがれ憧《あこが》れわたるかな、
海のあなたの遙けき国へ。

ここには『松の葉』の作品のリズムに通うものがあり、これを応用するところがあったであろう。抒情小曲ともいうべきこの詩の美しい調べについて、安田保雄は、島田の研究を踏まえたものであるべく、「近世に発達した七七七五の民謡調を二つにわけて最初の二行を歌ひ出し、つゞく三行目を二行目最後の「なみまくら」を受けて「なみのまくらのなくなくぞ」と頭韻を用ゐて七五としてゐるあたり、彼が愛読してゐた『松の葉』の小唄等を頭に置いてのことかと思われるが、つづく四行目を「こがれあこがれ」と畳んで七五とし、最後の行を最初と同じ詩句を用ゐて七七と結んでゐるのとともに、まさに神技と言ふべく、類まれな美しくやはらかい韻律をとほして、海のあなた遙けき国への憧憬が涙ぐまるゝまで身にしみる名品となつてゐる」と、その韻律を分析した。[*14] 近世の歌謡とのつながりの深いことを明らかにしたのである。右の訳詩はアレントの「わすれなぐさ」を、次のごとく訳した技巧をも思わせる。

ながれのきしのひともとは、
みそらのいろのみづあさぎ、
なみ、ことごとく、くちづけし、

はた、ことごとく、わすれゆく。

鷗外が敏に届けたヤコボースキー編纂の詞華集中の次の „Vergissmeinnicht“ によったという。[*15]

Ein Blümchen steht am Strom
Blau wie des Himmels Dom,
Und jede Welle küsst es,
Und jede auch vergisst es.

韻律的構成では、原詩・訳詩がそれぞれ二行ずつで組になっているが、両篇ともその具体相は異なる。すなわち原詩の音節は6・6・7・7でかつ抑揚格をとっており、脚韻はａａｂｂ型であるのに対し、訳詩は七五調であり、前二行が4・3・5、後二行が2・5・5となっていて、脚韻は踏まない。両言語の性質上厳密な照応を求めるのは困難であるとしても、詩全体の構成からすると、アレントの詩の前半と後半との韻律的関係に訳詩の前半と後半とのそれを対応させた感があり、精妙な技巧を凝らして、原詩のリズム・節奏を生かそうとした跡が窺われる。島田謹二は、訳詩の第二行の「み」、第三行の「なみ」と第四行の「はた」との工夫や全体の韻律的美に注目しているが、また訳詩「わすれなぐさ」の先蹤として『於母影』中の平仮名表記の四行詩「花薔薇」に対する意識もあったであろうと推定する。[*16] 佐藤春夫の作品にはこうした敏の翻訳詩の遺響の聴かれるものが散見するのである。
上田敏が近世歌謡に関心を寄せたのも、その節奏・リズムが、人の心の蘊奥、ひいては森羅万象に潜む律を捉え示していると感じ取ったことにあった。上掲の諸作を選んで翻訳したのも、そうした点への共感があったからに外なるまい。したがって、訳詩の律は思想そのものと融合一体化して、人の心の律動、万物の生気を感じさせる表現にまで高められていなければならなかった。そこにこの学匠の求めた美も表現されることになるのであって、右に挙げた訳詩はこの間の事情の一斑を示すものであった。

**注**

＊1　矢野峰人著『日本英文学の学統』（研究社、昭和三六）参照。
＊2　上田敏「芸術としての文学」（『大阪朝日新聞』大正二・七—八）参照。
＊3　上田敏「小説」（『太陽』大正三・五）参照。
＊4　上田敏「文芸管見」（『活文壇』明治三二・一二）参照。
＊5　注＊1参照。
＊6　安田保雄著『上田敏研究—その生涯と業績—〔増補新版〕』（有精堂、昭和四四）参照。
＊7　島田謹二著『近代比較文学』（光文社、昭和三一）参照。
＊8　森亮「『海潮音』の性格」（矢野峰人編『上田敏集　明治文学全集31』筑摩書房、昭和四一）参照。
＊9　注＊7参照。
＊10　田部重治「上田敏先生とペイター」（『英語青年』第一一二巻第一二号、昭和四一・一二）参照。
＊11　この方面から問題を取り上げたものに岡崎義恵著『日本詩歌の象徴精神　現代篇』（宝文館、昭和三四）、

笹淵友一著『「文学界」とその時代（上）』（明治書院、昭和三四）、窪田般弥著『日本の象徴詩人』（紀伊國屋書店、昭和三八）、その他がある。
＊12 引用の評言も含め杉冨士雄著『南仏抒情詩人テオドール・オーバネル』（大修館、昭和三五）参照。
＊13 島田謹二「「小鳥でさへも巣は恋し」」（『文化』第二巻第六号、昭和一〇・六）、安田保雄編『海潮音』原詩集』（冬至書房、昭和四四）参照。
＊14 注＊6参照。
＊15 注＊7参照。
＊16 注＊7参照。

付記　上田敏の研究史については拙稿「上田敏」（長谷川泉編『現代文学研究・情報と資料』至文堂、昭和六一）がある。

# 敏と万物流転の思想——ペイター、マーテルリンク、ベルグソンの影響——

## 一　敏のペイター受容

万物は流転するという思想に接し、その思いを深くした近代日本の作家・詩人は少なくなかったであろう。しかし、これがその世界観・人生観・文芸観の基調を形成する重要な契機となった点で、上田敏は特異な存在であった。敏の生来の資性によるところのあったことはいうまでもないが、そういう思想の形成にあずかった一人として、まず十九世紀英国の批評家、感覚的経験によって美を認識し印象批評を展開したウォルター・ペイター（一八三九—九四）に注目しなければならない。

この英国文人を我が国に初めて紹介したのは、『ルネサンス』（一八七三）、敏のいわゆる『文芸復興論集』の「結論」を意訳したものともいうべき平田禿木の「草堂書影」（『文学界』明治二七・三）であった。『禿木遺響　文学界前後』（昭和一八）によると、ペイターへの傾倒ぶりは、一友人をして「あゝ今日も平田は何かに感じてゐる」と言わしめるほどのものであった。笹淵友一は、これを明治二十四年（一八九二）ころのこととし、敏もこの時をあまり隔てない時期に読んだはずであると推定するが、禿木[*1]との親しい交友をとおして右の英国作家はより深く印象づけられたであろう。ペイターが敏にとっていかに大きな存在であったかは、「近英の散文」（『帝国文学』明治三〇・九）に、「零細なる吾文芸の識見に於て、若し自ら一種の主張あり、一片の真理あらば、其大半はペエタアの賚なるべし。此近英散文の大家は、かくて吾に於て殆ど師父の如き思あれば、如何なる賛辞を以て、其幽麗なる文致の上に加ふべきかを知らず。」と書いていることにも知られる。

その受容の位相については、「嘗てキンケルマンの古代美術史を繙き、典雅沈静なる希臘思想の俤を窺得たるの感ありしが、其後幾くもなくして、ペエタアの文芸復興論集を手にして、益々独逸の大批評家の説を信じ、進で近世の曙に於る古代思想、基督教精神の融和に就て発明する所ありき。」と語り明かしている。つとに西洋学芸の世界に広く親しんでいた敏は、ヴィンケルマンによって本格的にその方面への情熱が掻き立てられ、ペイターによりさらに識見を拡大深化し、感性を磨くことになったのである。この先人が美しいヴィンケルマン頌を捧げている一事からしても、それはごく自然の進展であったといえよう。

ペイターの著作の殆どに目を通していた敏が、最も多く言及したのは『ルネサンス』であり、景仰するこの批評家受容の集約的反応をそこに見ることができる。西洋文化に底流するギリシア思想・芸術と音楽との関係、芸術・文芸享受の問題とともに、万物流転の思想にも、この書によって接したのである。一八七三年（明治六）の上梓にかかる『ルネサンス』は、第二版で「結論」を削除し、第三版においては些少の字句に修訂を加えて初版の形に戻したが、敏の繙いたのは第三版であった。著者

はこの版で、プラトンの『対話篇』の「クラテュロス」に由来する言葉を標語として、

ヘラクレイトス曰く、万物は流転して、何ものもとどまることなし。

と原語で掲げ、「結論」の章を、「あらゆる事物および事物の法則を変転つねなき一時の様態のように考えることが、ますます現代思想の一般傾向になってきている。」（別宮貞徳訳）と起筆する。そして、具体的に人間の「外面的なもの」つまり「肉体的な生命」と思想・感情等の「内面的な世界」とを論じ、当代の趨勢における芸術の存在意義について述べる。すなわち、我々には死刑を宣告された人のように限られた時間しかないが、最も賢い人たちは芸術・音楽で過ごすという。なぜなら、「詩的情熱、美への願望、芸術のための芸術への愛」が、人生という「幕間」を広げて所与の時間に、「偉大な激情」による「生き生きとした生命感」、「愛の歓喜と悲しみ」、「自然に従事するさまざまな形態の熱心な活動」等を生きる体験を可能にさせるからである。ペイターによれば、芸術は、「過ぎゆく瞬間にひたすら最高の性質のみを与えること」を約束するものであった。

『ルネサンス』の論は、イアン・フレッチャー著『ウォルター・ペイター』（一九五九）にも述べるとおり、単なる「芸術のための芸術」という信条を表明することに尽きるものではなかったが、わが国の社会の風潮にはまだ美を愛する心が普及していないと嘆く敏に、極めて有意義な論として読まれたのである。

先掲「草堂書影」について敏は、「故ペエタアの遺稿」（『帝国文学』明治二八・五）で、「禿木子がペ

エタアの想を伝ふるや幽艶の筆を染めて遙かにヘラクライトスの神韻を含ませ巧みに其縹渺たる幽趣を捉らへ得たり。」と評し、「結論」の所説をヘラクレイトスを軸に理解したところの存することを示しており、万物流転→刹那の生→芸術を愛する心→真の生、という芸術至上主義の立場を自らの拠り所としたさまが窺われる。「細心精緻の学風」(『帝国文学』明治二九・八)の冒頭には、ペイターを消化した形で、これを学問と併せ次のように書いている。

凡そ人生の歓楽に数はあれど学芸の妙趣ばかりこゝろゆくものはあらず。いたり深く識高まるにつけつゝ其秀抜超俗の味ひは愈々心に染みわたりぬべし。あながちに名聞利達を追ひ求めて、思ふがまゝの財を積みえたりとも、清逸なる人生の真趣は捉らへらるべきにあらず。却て学に志し芸術の道に身を托するものはいひしらずのどけき楽しみを享けて、さわやかなるわが世の秋に休ふことを得るものなり。然れども翻て考ふるに芸術は決して消閑の遊戯にあらず、かの軽ろびた心ならひにけふはこの道の片端を窺ひ、あすはかなたの学にたづさはりてつひに世を終るまで学芸の聖殿にのぼること能はざる如きは独りみづからの不幸のみかは、当代の学風を乱す口惜しさあるべし。

こうした思想は、自伝的小説「うづまき」(『国民新聞』明治四三・一・一―三・二)の主人公牧春雄の一時期の文芸観に織り込まれることになる。タイトルは上記「結論」中の語にも由来すると思われるが、この小説に刺激を与えたペイターの『享楽主義者マリウス』(一八八五)第二部第八章「さまよう小さき魂」に見られるヘラクレイトスの事物と精神との「永劫流転」説に関する解釈も、印象深いものであったに相違ない。「近英の散文」に、この小説について、「ペエタアの中心思想、芸術観は独特の名文を以てくまなく発揮せられたり。」とあるからである。なお荒川龍彦は、ペイターには死への意識が強かったとし、[*2]事実『享楽主義者マリウス』にもそれは窺われるが、『うづまき』には、死の問題に多少触れるところが見える程度であって、その方面への筆をあまり費やしてはいない。

万物流転の思想は、敏の場合、このように初め「刹那」の観点から、耽美的に、芸術のための芸術という芸術至上主義の文芸観と不可分の関係で捉えられることになった。『文学界』仲間だった島崎藤村が、「昨日、一昨日」(『早稲田文学』大正八・一)の一文で往時を回顧し、「上田君は純然たるエキゾオチシズムの立場から学芸の鑑賞を楽まうといふのであつて、上田君と私との出発点の相違が明瞭に感じられて来た。当時平田禿木君は私達二人の書いたものを読み比べて、自分はむしろ上田君の立場に賛成すると言はれた。」と語ったような敏の方向には、その資性とともにペイターの影響もあずかっていなければならない。藤村は、敏・禿木とは別途に出て北村透谷の跡を追い、「もつと心の戦を続けて行かう」としたのであった。

英国のこの批評家・小説家への敏の言及は明治二十八年(一八九五)を頂点として減少し、『文学界』終刊の翌三十二年にはその名を挙げた文章はなくなり、内容的に関係するものも、以後は散発的となる。しかし、矢野峰人が、[*3]「ペイタアが人生観の根底には、Herakleitos の所謂「万物流転」の大法に対する悟徹にある」と道破した先人の影響を深く宿しながら、敏は自らの思想を展開するのである。オットー・リープマン著『実相分析』(一九〇〇)の鷗外による部分訳『審美極致論』(明治三五）の一節には、「嗚呼、悉皆暴流（Pantarhei）とはHerakleitos（c, 500a. Chr.）の語なり。同じ人は又云く。人は同河を再渉すること能はずと。」と記すけれども、書の性格も関係してか、論点は流動する相を定着させるものとしての芸術の意義にあり、人生態度とのかかわりには論を及ぼしてはいない。鷗外も「偶感二首」（『明星』明治三七・一）中「PANNTA RHEI」の題で、「常とやいふあらずとやいふ君見ずやかは瀬の此世ゆく水の音」の一首を詠み、また平出修の逝去を悼んで漢詩一首を作ったが、ヘラクレイトスの思想に特に立ち入った文章を草することはなかった。もって敏の特色が知られるであろう。

## 二　敏のマーテルリンク、ベルグソン受容

ペイターに続いて注目されるのは、神秘主義思想・象徴主義を背景として自然主義に対抗したベルギーの詩人・劇作家・思想家モーリス・マーテルリンク（一八六二―一九四九）である。敏がこの人物に初めて言及したのは「白耳義文学」（『帝国文学』明治二八・一）であって、以後期待を寄せつつその活動を見守っていたが、明治三十八年から盛んに紹介と翻訳とを開始する。若き日の武者小路実篤と志賀直哉とに最も好きな作家であると語った一事、「トルストイ」（『中央公論』明治四二・二）で、「殆ど凡べての問題に就いて、常に此白耳義詩人の意見に心服してゐる」と書いていることにも察しられるように、後半の敏はマーテルリンクから文芸的、思想的養分を貪欲に吸収したのであった。[*4]明治三十九年三月、敏は明治大学における「マアテルリンク」と題する講演で、諸方面にわたる活躍を紹介

した後、その運命論について下のごとく解説する。

運命は一条の河のやうなもので、吾々は盃で、其水をしやくつて飲む。或人は白い盃を以て飲む、他の人は赤い盃に水を受ける。水は元来無色なれど、此方の覚悟一つで、どんな色にもなる、之が人間の豪い所だといふ説は、殆ど東洋の哲学に似て居る。心さへ確であれば、幸福を得られる、そこが所謂『知恵』だ。正義の観念があれば、『運命』がどんなに迫つても大丈夫、覚悟を定めて居て、心に誠があれば必ず鬼神も逃げてしまふ。人間は悟が肝腎だといふ非常に雄壮な楽天観を得たのはマアテルリンクの特色だ。都合の好い小楽天観でもなく、呑気な楽天観でもなく、一旦絶望の淵に立至つたのを奮然盛返したのがマアテルリンクの長所だ。

続いてレフ・トルストイと対比し、喫煙の道徳的問題を比喩的に取り上げ、マーテルリンクはこれを不道徳とはしないと紹介し、「人間といふ者は奇態なものでだん〳〵進化して来た途中に、さういふ道徳上の難問に度々遭遇したものだ。併しこれ迄どうにか斯うにか其処を抜けて来た。」とする。そして、人間は知恵があり、どこまで進化するかわからないと見る立場から、「世間では何事についてもくよ〳〵悲観する人があるが、それはいけない。実の所屹度どうかなる。怠けてゐてどうにかなるうではいけないが、勉強すれば必ずどうかなるものだ。」と説き、右の運命論に拠って、「どうかなるといふ思想は、人間の最大知恵であらう。」と強調するのである。

右の運命・知恵・正義・誠及び道徳の諸契機と人間・人生とのかかわりについては、このベルギーの作家の『知恵と運命』（一八九八）、『埋もれた宮殿』（一九〇二）、『二重の園』（一九〇七）、『花の知性』（一九〇七）等の感想評論集で論じているが、これらを「どうかなる主義」という点で咀嚼、吸収したのは、敏独特の理解のしかたであり、同時にこの主義は自分の立場・思想を表したものに外ならない。「文芸と社会」（『東亜之光』明治四一・二、三）に、「何でも分らない時には好い方に従ふと云ふのが私の主義なのです。（中略）どうかなるだらうと云ふのは、悪くなると云ふ意味ではない。好くなるだらうと云ふ意味なのです。」とあるのは、この間の事情を示す。しかし、この主義は、努力という人生態度を前提としたものでなければならなかった。

明治大学における講演では、「万物悉く無情」という言葉を使っているけれども、万物流転の思想とマーテルリンクとは、まだ十分に融合されているとは言い難い。敏にあってこの思想の特色ある展開は、明治四十年（一九〇七）十一月から翌年十月にかけての欧米巡遊後のことになる。一年にわたるこの旅行で、自然の風光を鑑賞し、人々の趣味、社会の情勢を観察し、幾人かの詩人・作家に接することもできた。ヴィンケルマンやペイターの論述を実地に確認もしたようであるが、こうした体験をとおして特に芸術・文芸と社会との緊密な関係を肌で感じ、新たに目を開かれるところが少なくなかったのである。当初「芸術のための芸術」を主張する考えを奉じていたのに、「人生のための芸術」を説くようになったのも、この旅行を契機としていた。もとより芸術を愛する心は少しも変わらなかったし、右の二つの立場が截然と区別できるものでないことは理解していたが、次第に後者に傾いていくことを述べるようになり、『思想問題』（大正二）の「序」では「芸術は畢竟「人生のための芸術」であらねばならぬ」と断言するに至った。

西洋体験後のこうした推移はマーテルリンク受容のしかたにも響き、帰朝後の『うづまき』から触れ始めるアンリ・ベルグソン（一八五九—一九四一）への関心の方向とも連動することになる。「現代思想」（『国民雑誌』明治四四・一二）の中で「仏蘭西の生んだ最も光輝ある哲学者」と呼ぶベルグソンは、一九〇七年（明治四〇）第三の主著『創造的進化』を出版していたから、西洋の文芸界・思想界に人一倍鋭敏な触覚を立てていた敏に、滞仏中その盛名は入ったはずである。その講義の日のコレージュ・ドゥ・フランスの前には、オペラ劇場の前のように無数の高級車が並び、一九〇五年ころにはその哲学がパリのサロンでのア・ラ・モードになるという景況を呈していたからである。*5

　敏が明治四十三年十月から四十四年二月までの間、十二回にわたって京都大学で行った公開講演は、『現代の芸術』（大正六）として、没後その速記録に修訂を加えて刊行された。この書は欧米巡歴の成果を反映したもので、新村出の寄せた「序」には、「本講演は博士が西遊東帰の後二年、京住ひの歳月なほ浅きころ、筆端に口演意気最も昂りたる際に方りて行はれしもの」と記している。

　講演で敏は、「ヘラクレイトスはパンタレイ、即ち万物流転と申しましたが、ベルグソンも亦、人生生活は絶え間なき回転である。世の中に決して固定したものはない。万物は凡て常に流動して居ると言つて」いるとし、二人の思想から共通点を摘示した上で、「近世の深くものを考へる人人は、万物流転をすべて認めて居る。」と話すのである。「現代思想」の一文では、この観点から、流転する→動く→進む→飛躍する、という論理をたどり、『創造的進化』の特に第二章中に説かれる「エラン・ヴィタル」（生の飛躍）を拠り所としたにちがいなく、「現代の思想が生活を重んじ、人生の理想は飛躍に在りとやうに解するに在ることがわかる。」と講説する。「現代の最も進んだ人達は皆努力主義である事である。人間は動いて居る。生きて居る。真を求めんとする憧憬。其努力を始終遣り直ほして動いて行くのが本統の生命ある人達である。」と述べる『現代の芸術』の一節も、同趣旨のことを説述したものに外ならない。

進化論における機械論・目的論いずれの立場をも超えようとする、右のフランスの哲学者の思想に依拠して敏は、講演で、「若し従来の科学の説いた如く原因の通りの結果があれば、言はゞ凡ての事が決定されてゐるので、我々は進んで何をする気力もなくなる訳である」が、「世の中はさうではない。事に依ると面白いことがある。(中略)事に依つたら何うかなると云ふ願が、此人生に努力をさせる一の衝動となる」と語り、「現代思想」ではこれを承け、

我々は「どうかなる」といふ言葉の本当の意味を解せねばならぬ。さういふ楽天的の考があつてこそ勇気ある生活をなすことが出来るのである。私はベルグソンやロダンによつて、やゝもすれば緩まんとする我が心を緊張させることにしてゐる。

と述べる。ここに至ってベルグソンは「どうかなる主義」と結びつけられたのである。敏にあって、流転・努力・創造・進化・飛躍という諸契機は『創造的進化』の所説により整斉され、マーテルリンクの如上の思想もその中に吸収されたのである。敏がベルグソンに心酔したのは、進化論における機械論、敏のいわゆる決定論・定命論の打破と「生の飛躍」の哲理とのためであった。たとえば、『創造的進化』の第一章の、「意識をもつ存在者にとって、存在するとは変化することであり、変化する

とは成熟することであり、成熟するとは限りなく自分で自分を創造することである。」（松浪信三郎・高橋昭允訳）といった叙述は目を引いたはずであり、これがマーテルリンクの運命論と織り合されて、西洋体験後の思想を特色づけるのである。すなわち明治四十四年の講演「運不運」は、前掲『埋もれた宮殿』中の一章の紹介であるが、「今日世界の思想家中には昔日の定命論が漸く勢を失つて新しい意味の自由論が現はれて来たが、運不運の説も、此大勢と方向を同じうする」と言い、「貴族主義と平民主義」（『京都教育』明治四四・七）で自分の根本思想である旨を断り、「生の肯定を基礎として、人間に自由があり、世界に創造のある事を信じ」ると述べた一事にも、それは如実に現れている。

限りない未来に目を向けて努力し前進しようとする立場から、ロダンの彫刻やヴェラーレンの詩を解釈する敏は、『二重の園』中の疾走する自動車について書いた一文に感動し、それに触発されたとおぼしい「飛行機と文芸」（『大阪朝日新聞』大正二・一一・三〇―一二・二）を発表する。これら文明の利器に、人類の期待する前進的形姿を象徴的なものとして感じたからであった。キェルケゴールを我が国に最初に紹介した一人としての栄誉を担ったけれども、[*6]宗教的愛の精神にかかわる「飛躍」を、ベルグソンの「生の飛躍」と同一次元で受け止めて自論の強化を図るという奇態な論理を展開したのも、右の観点に立ってのことだったのである。

このように敏は、マーテルリンク、ベルグソンによって理想主義の足場を固めたのであるが、「古今の流転」「永久の変化」によってすべてのことを解釈し、我々はこれによって頓悟したいという「現代思想」の行文にも明らかなとおり、その根底に万物流転の思想が存したことはいうまでもない。この二思想家を併せ考えるべき旨を説いた西宮藤朝の『近代十八文豪と其の生活』（大正八）、ベルグソンをヘラクレイトスの「新祖述者」とする視点を設定する伊藤源一郎編『現代叢書ベルグソン』(大正四)等の先蹤として、敏の著作は見逃しがたい。

こうした敏には、しかし、漱石のような時間・空間・意識等にかかわる心理学的観点からのこの哲学者への照射[*7]が少なく、人生批評・文明批評から関心を示したことに特色が著しい。労働運動とベルグソンの思想との関連に注目したのも、このことと無関係ではなかったであろうが、全体的に生活・人生の問題にやや性急に引きつけて紹介したきらいなしとしない。一つの時代的状況を示唆するところがあろう。ベルグソンが重視したウイリアム・ジェイムズに触れながらも、この哲学者・心理学者にそれほど関心を表さなかった点は漱石と一種の対照を示し、ベルグソン受容の方向を暗示する。ダーウィン、スペンサーの学説に早く接していたにも拘わらずこれに傾倒しなかったのは、時代の先端性の問題とも関係したに相違ないが、文芸への心酔と『創造的進化』への傾注との時期的関連、生物学上の新学説に触れた機会等のことがあずかっていたと思われる。「余の愛読書」(『中央公論』明治三九・二)がもう少し遅く書かれていたら、ヴィンケルマン、ペイター、マーテルリンクとともにベルグソンの名をそこに見いだしたはずである。

## 三　敏における万物流転の思想

敏において熟成した世界観・人生観・文芸観は、明治四十四年から翌年にかけて発表した文章を中心に編んだ『思想問題』(大正二)に集約されているといってよく、『独語と対話』(大正四)は、特に文芸観に関係したものが目にとまる。これに『うづまき』を加えるならば、敏の思想の変遷の大要がおさえられるであろう。これらをもとにして、前節までの考察を踏まえペイター、マーテルリンク、ベルグソンの言説がどのように渾融されてこの学匠の思想となっているかを観察したい。

ベルグソンの哲学を反映する「学問と流行」（『中央公論』明治四五・五）、「律」（『太陽』大正三・一）の書き出しは、『ルネサンス』の「結論」の冒頭と契合する。マーテルリンクの「春の訪れ」（『二重の園』所収）に触発されたと思われる「春と人」（『大阪朝日新聞』明治四五・四・一四）にも、「流転の世に処して真に生きようと思ふ人は恒に珠玉の光る如き焔を挙げて、揺がず、靡かず、燃えねばならぬ。」とある条をはじめ「結論」に類似した叙述が見いだせる。しかし、この一文は、初期の敏のペイター受容に見られる消極的享楽主義をこれらの二人によって脱し、「人生の渦巻に身を投じて、其激流に抜手を切つて」泳ぐ「積極の享楽主義」（『うづまき』）の姿勢で執筆した観のある随筆的評論であって、その筆致にはマーテルリンクの感想評論を思わせるものがある。「旧思想新思想」（『心の花』明治四五・六）に「人間の知恵は波に乗つて進む所にあり」、「動いて変化して前へ前へと進むのが人間の執る可き、はた執らざる可からざる道で」あると述べる箇所は、マーテルリンク、ベルグソンを自らの思想に消化した「どうかなる主義」の要諦を示した文字と解される。しかしそれは、『享楽主義者マリウス』に「仮説」とあっても、

ギリシャにおけるヘラクレイトスの最初の追随者たちに起ったことが、いまマリウスにもおこった。このローマの弟子もまた永劫流転の考えにとどまった。彼は彼をとりまく大きな流れの中

に、花や、大小の魂や、野心的な学説などが押しながされてゆくのを見たが、その流れの源と行く末は目路《めじ》のそとにあって、問題としてとりあげようとしても、確かな手がかりがなかった。たがいに争って流される経験の対象から一つの普遍的な生命に飛躍し、全物質界の変化はその普遍的な生命の一脈博にすぎぬとしたヘラクレイトスの大胆な思索は、マリウスにとっては、一つの仮説にすぎなかった。（第八章）　（工藤好美訳）

と記すような思想にその萌芽を認めることのできるものである。そういう点で上の諸々の文章は、晩年の敏におけるペイターの再生であるといえないことはない。マーテルリンクを「何処までも近世科学の結論、研究を材料として、自分の議論を平気で立てゝ居る。」とする『現代の芸術』を視野に置くならば、「律」の左の条は右記三人の所説を総合して書いたものと読むことができるであろう。

生は休なき流だ。外界の事物に質しても、不定こそ唯一の必定だ。外来の刺戟と印象、内発の反応と表現、いづれも皆流転輪廻の相を示して居る。（中略）理知の分析も、内心の直覚も、ともに、之を解し、之を認める。（中略）人生は当来に向て突貫する騎兵の大集団に似てゐると説破した現代の哲学者は、印度にも希臘にも発した古の思想を復活したのであって、近世科学の研究と臆説を得て、あの「流動の哲学」を唱へ出した。

これに続いて、右の大河のような流れの世界にあっては、人は受動的生に甘んじなければならないが、これを静観諦視する者には、万物の諧調を成り立たせている一定の律が見えてくると説く。そしてその律を、拍子・節・間・節奏・拍節と呼んでもよいと言い、それは「上下、左右、緩急、遅速、強弱、表裏、明暗、緩んでは張り、張っては緩む玄妙不可思議の波を支配する根本力」であるとし、生の本体はこの律に現れていると述べ、一文を、「この律を捉へよ、其人は生の秘密を「さ、取つた」人である。身は自覚なき受動体の域より蟬脱して、生の流を制御する能動の生物となり、喜び勇んで生と共に働き、共に創作することができる。人をして自由ならしめる生の鑰はこの律だ。」と結ぶ。

万物流転の思想は、このように内化されて、律・リズムを重んじる世界観・人生観の中枢を形成する。ここに至ると、もはやそれは敏独自のものと言わなければならない。したがって文芸観も生の流れから一種の律を抄出することにその基調が置かれることになる（「創作」〈『太陽』大正三・一〉）。創作だけでなく翻訳においても要諦はここになければならなかった。こうしたところに敏における芸術のための芸術から、人生のための芸術への推移を見ることができる。万物流転の思想の積極化がその契機となったことは、改めて注解を加えるまでもあるまい。

風聞子の「柳村余談」（『文芸研究　上田敏号』昭和三・五）には、

柳村氏のモツトオたる「万物流転」は有名なもので、旅館の芳名録にも「万物流転―上田敏」と書いたさうだ。それも多くは「パンタライ」とギリシヤ語で書いた。

と記されている。明治・大正をとおして、鷗外に劣らず多くの西洋の作家・詩人・思想家を紹介したこの学匠は、自然主義とは別途に出て、新浪漫主義・象徴主義・理想主義的文芸、及びその思潮への道標を、万物流転の思想を基盤として、我が国の文芸界・思想界に打ち立てたのであった。「晩年の敏の文芸観の基底に、メーテルリンク的契機の痕跡を指摘することが許される限り、「高踏派的、芸術至上主義的耽美主義者」と敏を一面的に規定する従来の文芸史の誤れる定説（明治書院版『現代日本文学大事典』等）」とする菊田茂男の指摘[*8]は、首肯されるものである。

**注**

＊1　笹淵友一著『「文学界」とその時代　上』（明治書院、昭和三四）参照。
＊2　荒川龍彦著『近代英文学の意味』（南雲堂、昭和四七）参照。
＊3　矢野峰人著『近代英文学史』（第一書房、大正一五）参照。
＊4　菊田茂男「上田敏とメーテルリンク」（『文芸研究』第七十九集、昭和五〇・五）参照。
＊5　淡野安太郎著『ベルグソン』（勁草書房、昭和四九）参照。
＊6　『世界の名著40　キルケゴール』（中央公論社、昭和四一）の桝田啓三郎「解説」参照。
＊7　熊坂敦子著『夏目漱石の研究』（桜楓社、昭和四八）参照。
＊8　菊田茂男「上田敏とメーテルリンク」（福田光治・剣持武彦・小玉晃一編『欧米作家と日本近代文学　3』教育出版センター、昭和五一）参照。

# 石川啄木「卓上一枝」とマーテルリンクの運命論

## 一　「運命」の問題への啄木の意識

満二十三歳の啄木は、勤める社の『釧路新聞』に明治四十一年（一九〇八）三月、六回にわたって評論「卓上一枝」を掲げた。その冒頭をマーテルリンクから始めているが、ベルギーのこの作家の運命論（本書八二頁参照）に、啄木はどのような反応を示したであろうか。

この問題を取り上げるには、それまでに啄木が運命というものをどう意識していたのかということをまず観察しておく必要がある。明治三十五年秋、啄木は盛岡中学校での学業を成就しないで上京した際、友人にその実行を諫められたこともあり、運命の問題については様々に考えをめぐらせるところがあった。日記『秋韷笛語』の「序」には、「運命の神」は「常に天外より落ち来つて人生の進路を左右す」と、予想外の動きを示すものである一事を指摘している。盛岡を離れることになった事情をこの文面は反映していると解されるが、一方上京して自己の才能を開花させるべく、希望を抱いて、運命の問題にも言及したのであった。自己の価値と使命とを思うとき、「運命」を「天が与へて吾人の精進に資する一活機」と積極的に受け止めたからである。

しかし、東京における不如意な生活もあって、翌年再び帰郷を余儀なくされた。以後時に上京したりするが、『渋民日記』(明治三九)では「たとへ如何に平和な境遇に居ても、自分は心の富のために不断に戦ひ、苦しみ、泣かねばならぬ運命を荷つて居る。」(三月九日)と前途に思いを致し、翌日与謝野鉄幹宛に「今迄生活の冬枯の中にいぢけ候ふ私」としたためている。けれども、春を迎えると愁眉を開き、渋民尋常小学校の代用教員として教壇に立って、「新しい色彩に染められた」(四月一四日)思いもしたのであった。このころ左のように筆を走らせている。

世には、『知識にあらず、運命こそ人間の万事を司配するものなれ。』といふ極めて劣弱な考へを以て居る人間が多い。『然らば、正義、公平、謹厳、謙譲等のもの、人間の万事を司配するにあらざるにや。』とは、これらの人間に対して、古へのプルタークが提供した絶叫であつた。

立身出世への心の特に強い時代であったから、当時青年に好まれた『プルターク英雄伝』を啄木も読んだのであろう。日記中前者の言は、在来西欧で特に中世まで広く信じられた、運命絶対観とでも呼ぶべきものであるが、これを「劣弱な考へ」と言い、一方、人間の力を極めて重視する後者の考えも、誤っていると批判する。そして、「人間と神との連絡を是認し、運命を以て他界の勢力とせず、我々内在の根本性格の発動とする」のが、この際の唯一の答えであると述べる。すなわち、この視点に立って、「運命」は「人間の根本性格」であると言い、「偶然の出来事」はすべて「必然の運命」であると捉え、そういう自己の運命を担って奮闘した人が英雄であったと記す。啄木にとって「奮闘」とは、血と涙とにより「理想の光明城」を攻め取ろうとする努力の謂であった。自分が代用教員となったのもまた「運命」であり、そこに涙も恨みもある、とその心中を打ち明けている。理想に向かおうとする心の抑えがたいものを自覚すると同時に、置かれた状況に嘆息をもらさざるを得ない心境でもあった。

けれども、校長排斥運動が関係したのか、一年後免職となって一家は離散の憂き目に遭い、自らは単身渡道して函館・小樽・釧路と生活し、その途次妻子や母を受け入れた。この間、人間というものの存在の小さなことを痛感し、年の暮れには「天」の語を用いて自身の文運のことや経済的に窮乏情況にある家族のことをも思い、苦悶するのであった。しかし、明治四十一年に入って間もなく、若い男女の心に接して明るい光を感じ、日記に「運命と云ふ事が切りに胸中を往来する」(一月一一日)と書いたが、上来観察した期間、啄木が常に経済的問題を抱えていたことは記すまでもあるまい。やがて僧職の父と寺の檀家との間の問題も起き、それが啄木の肩にも重くのしかかってくることになる。実例は挙げないが、およそ人は苦境・逆境にあるときこそ運命の問題が意識されるものであり、啄木の場合もそうであった。

## 二　マーテルリンクの運命論と啄木

上のような問題意識のあった啄木は、六節から成る「卓上一枝」を次のとおり書き始める。

「どうにか成る」てふ思慮は人間の有する一切の知識中の最も大なる知識なりとは、神秘家マアテルリンクの言へる所なり。人既に死生の大事に会す。其力量、其思慮、遂に及ばず。茲《ここ》に至つて憮然として嘆じて曰く、「どうにか成る」

人は常に何者よりも先づ自己を信ぜんとす。然も其力の遂に及ばざるを悟るや、又奈何ともする由なし。乃《すなは》ち其身心を一擲して、動かすべからざる自然の力に屈服し了る。「どうにか成る」の一語は実に斯くして人生最甚深の声たらずんば非ず。

『渋民日記』を見ると、かつてマーテルリンクの『盲人』や『メリサンダ』等感嘆を禁じ得ず読んだとある。英訳によったとも考えられるが、記すタイトルから推して、なでしこ訳「盲人」(『万年艸』明治三六・九)、正宗白鳥の「ペリアスとメリサンダ」(『新声』明治三五・九)であったかもしれない。坪内逍遙校閲・白鳥編著『マアテルリンク物語』(冨山房、明治三五)もあった。いずれも原作者の初期の執筆にかかる、暗い運命観に彩られた戯曲である。上田敏はつとに「白耳義文学」(『帝国文学』明治二九・一)を著しており、その十年後には「正義の不可思議」(『芸苑』明治三九・三)を発表し、鷗外も「マアテルリンクの脚本」（『心の花』明治三六・六）を公にしていた。「どうにか成る」という思慮をめぐって啄木が挙げたのは、明治三十九年三月明治大学における敏の講演を活字化した「マアテルリンク」（『明星』明治三九・五、六）であったかと思われる。少なくとも話柄の原由はこれでなくてはなるまい。しかし、翌年八月十五日函館からの宮崎大四郎宛書簡では、「何とかなるといふのは人間の最もよい考へだとマアテルリンクが申候由、よい考へか悪い考へかは知らぬが、然し仲々心細い考へに候」とある。微妙な書き方であるが、敏の当該評論を、直接は読まず、そのまま翌年三月に至ったとすると、在京中敏と言葉を交わしたか、第三者経由であったのかもしれない。いずれにせよ、啄木が右の運命論になんらかの形で触れていたことは確かである。

講演「マアテルリンク」で取り上げた関係の論は初期のそれではなく、明るい論を展開した時期のものを中心としており、敏はこう説述する。すなわち「運命」は一条の河のようなもので、元来無色であり、これを飲む人の覚悟によってどんな色にもなる。こちらの心さえ確かで「知恵」があれば幸福は得られ、「正義」の観念や心に「誠」があれば運命が迫って来ても大丈夫であるという論を提出したこのベルギーの作家を推奨する。

続いてトルストイと比べて喫煙の道徳的問題を比喩的に取り上げ、マーテルリンクはこれを不道徳とはしないと紹介し、「人間といふ者は奇態なものでだん〳〵進化して来た途中に、さういふ道徳上の難問に度々遭遇したものだ。併しこれ迄どうにか斯うにか其処を抜けて来た」と述べる。そして、人間は知恵によりどこまで進化するか解らないと言い、「世間では何事についてもくよ〳〵悲観する人があるが、それはいけない。（中略）怠けてゐてどうにかならうではいけないが、勉強すれば必ずどうかなるものだ。」と説き、「どうかなるといふ思想は、人間の最大知恵であらう。」と強調する。

上の運命・知恵・正義・誠及び道徳の諸契機と人間・人生とのかかわりについては、この新ロマンチシズムの将星の一連の感想評論集『知恵と運命』（一八九八）その他で論じている。これらを「どうかなる主義」という点で咀嚼・吸収したのは、敏独特の理解の仕方であり、同時にこの主義は自分の立場・思想を表したものに外ならなかった。釧路で啄木が読んだかどうかはわからないが、敏が「文芸と社会」（『東亜之光』明治四一・二、三）において、「何でも分らない時には好い方に従ふと云ふのが私の主義なのです。」と述べているのも、上の見解を補うところがある。この主義は、努力という人生態度を前提としたものであった。後の明治四十二年一月『スバル』の友人を訪ねた際、啄木はマーテルリンクの『二重の園』（一九〇七）の英訳を借り出している。

## 三　啄木における上田敏の「どうにか成る」の問題

「卓上一枝」では、きびしい人生的状況を想定し、「どうにか成る」の一語を「人生最甚深の声」と理解したものの、すぐ続けて「深く自己を信じ深く個性の権威を是認する者にとりて、此上なき屈辱の声たらざるなからんや。されば、一面時として自暴自棄の嘆声たる事あり。然も再度此境に思念し来れば、自然の力に屈服するは却つて動かすべからざる自然の力を以て自己の力とする所以なる事あり。」と筆を進めている。詩集『あこがれ』（明治三九・五）に序詩「啄木」を寄せ、以後も温かく見守ってくれた人の所説を読んでいたならば、現実に照らし合わせてみるとき、啄木にはあまりにも楽天的な響きをもっているものと感じられたであろう。[*1]が、「どうにか成る」という語だけを取り上げ、しかもこれを「屈辱の声」「自暴自棄の嘆声」に転じる可能性のあるものとして書いたため、敏の論旨との間に齟齬・ねじれを来していることは争われない。この問題をどう解釈したらよいであろうか。

こう観察を進めて来るとき、ここでは理解・読みのずれが問題なのではなく、「個性の権威」や人間に対する重い「自然の力」の問題から、時代と社会との現実的只中における個人の存在について考えを及ぼそうとしたことが、関心の対象でなければならない。すなわち啄木が、自然主義文芸からの刺激を受けた観点からさらに語を継いで、「ライフイリユージヨン（生活幻像）」という言葉を挙げ、一般にこれを「希望」「理想」という美名で飾っていると指摘した上で、従来の人間・社会の虚飾を剝ぎ取ろうとするこの主義の立場によって、下のように述べていることである。

一切の生活幻像を剝落したる時、人は現実暴露の悲哀に陥る。現実暴露の悲哀は涙無き悲哀なり。何となれば人一切の幻像に離れたる時唯虚無を見る。虚無の境には熱もなし、涙もなし、唯沈黙あるのみ。此境に入れる者は所謂平凡なる悲劇の主人公なり。どうか成ると言ふ人なり。

吾人は自然派の小説を読む毎に一種の不安を禁ずる能はず。此不安は乃ち現実暴露の悲哀也。自然主義は自意識の発達せる結果として生れたり。而して其吾人に教訓する所は唯一あるのみ。曰く、「どうにか成る。」「成る様に成る。」

吾人は自然主義文学に対する世論の囂々《がうがう》たるを厭ふ。先づ一切の不確実なる成心を除却して、然る後静かに思ふ可き也。乞ふ問はむ、「人生を司配する者、汝なりや将《は》た彼なりや。」

西欧の自然主義文芸についても理解していた敏は、「絶望の淵に立至つた」場合をも踏まえて述べたのであるが、啄木は長谷川天渓の「幻滅時代の芸術」(『太陽』明治四〇・一〇)・「現実暴露の悲哀」(同上、明治四二・一)や、わが国の文壇における自然主義の小説を援用して反応したのであった。[*2] そして、「どうにか成る」の語句を敏とは別様の趣で捉え、一個の独立した人間が静思によって虚無的になった際の心理的、精神的強さを考えたようである。敏の解釈の積極的なのに対し、啄木のそれはいわば負の心理的契機もはたらき、多少の屈折をも蔵していて消極的とでも言えようか。

「卓上一枝」の書き出しで、「「どうにか成る」てふ思慮は人間の有する一切の知識中の最も大なる知識なり」と引いていたが、宮崎大四郎宛書簡でも同様に書いていた。これは敏による「どうかなるといふ思想は、人間の最大知恵であらう」という言葉と、「知識」「考へ」「知恵」とそれぞれ語は微妙に異なるが、表現自体としてはほぼ重なる。この時啄木は新浪漫主義・理想主義の精神を、一つにして理想主義という視点から考えてみようとしたのかもしれない。しかし、右の引用部分では、一方自然主義に期待する心を表しており、対立する二つの主義の融合から新たな思考・思想の構築を図ったごとくである。その心中がよりはっきりしたものとなったのは一年後の《NIKKI. I》、いわゆる『ローマ字日記』の四月十日の記事である。[*3] ここでは「自然主義は初めわれらの最も熱心に求めた哲学であった」と言い、時代が推移したことを述べて、「我等の手にある剣は自然主義の剣ではなくなっていた。――少なくも予一人は、もはや傍観的態度なるものに満足することが出来なくなってきた。」と記し、次のように考をめぐらせている。

作家の人生に対する態度は、傍観ではいけぬ。作家は批評家でなければならぬ。でなければ、人生の改革者でなければならぬ。また……

予の到達した積極的自然主義は乃ちまた新理想主義である。理想という言葉を我等は長い間侮辱してきた。（中略）「ライフ・イリュージョン」に過ぎなかった。しかし、我等は生きている。また、生きねばならぬ。あらゆるものを破壊しつくして新たに我等の手ずから樹てた、この理想は、もはや哀れな空想ではない。理想そのものはやはり、「ライフ・イリュージョン」だとしても、それなしには生きられぬのだ――

一歩前進することを考えていた啄木は、しかし、すぐ続いて棒線で区切ってから、「今朝書いておいたことは嘘だ、少なくとも予にとっての第一義ではない。」と言うが、理想と現実、思考と行動との間に揺れ動いてはいるものの、「卓上一枝」を草した時の心中の要をより明確に示していることは間違いない。ただちに否定しているものの、日記中とはいえ、積極的自然主義を新理想主義として提唱している一事は、精神の方向を示唆していて注目されてよい。個の存在を重視し、いわゆる実行的であることを望んでいたものと思われる。ただし当時の社会・文壇でかまびすしかった自然主義論についての啄木の見解に関しては、「きれぎれに心に浮んだ感じと回想」（『スバル』明治四二・一二）を経て、翌年八月下旬あたりの執筆にかかる「時代閉塞の現状」（『啄木遺稿』大正二）を俟たなければならなかった。[*4]

このような問題を経て啄木は、「卓上一枝」で人生を支配するものをさらに問うて以下五節を当て、自然主義、ニーチェ、ショーペンハウエルと思索を進めている。このあたり敏のマーテルリンク説述中に、ニーチェ、ショーペンハウエルに触れていて対応性があるように見えるが、偶然とも考えられ、問題はさらに混沌とした中に入っていき、運命論の外のことになった観もある。結局「卓上一枝」は「生死の大疑」を解くことはできないというところに帰着する。「予は、予の半生を無用なる思索に費したるを悲しむ。知識畢竟何するものぞ。」とマーテルリンクや敏を否定し、「人は常に自己に依りて自己を司配せんとす。」としつつも、「一切の人は常に何者にか司配せらる。」と言い、その「何者」かの「面を知らず、其声を聞かず。之を知恵の女神に問へども黙して教ふる所無焉。」と書き、筆を擱いている。もって評論の冒頭に設定した、人間の運命の問題に対する答えとしたのであった。懊悩をも示しているが、問題が問題なだけに、啄木ならずとも思索に困難な課題であったと言えよう。

果たして自身この一文の程なく後の四月二十二日付け大島経男宛書簡の中で、「かの卓上一枝の如きも編輯局裡の走り書き、畢竟するに私胸中の矛盾をそのまゝ表白したるものに過ぎず候。」と語り明かしている。[*5] 釧路における生活の苦しい状況や自分の気質、生に呻吟する重い心理的面の一斑については、大島に宛てた手紙にも察しられるが、当時の書簡とこの評論とからは、虚無に向かう心とともに、一方また青年の鬱勃たる心中も推知されるのである。

北国での啄木はやがて文学に自分の、そして一家の命運をもかけることを決意したのであった。明治四十一年五月七日付け鷗外宛書簡で、この間の心事を打ち明け、家族を当分函館の友人に頼んで上京したとしたためている。以後の人生航路を視野に収めて言うと、海外の情勢、時代思潮、社会や文壇の動静、自分の思想的歩みと経済的状況との関係もあり、啄木は鉄幹・敏・鷗外の許を次第に離れて、わずかな友人から直接間接の助けを時に得ながら、しかし、夏目漱石の作中人物の情熱や、二葉亭四迷の著作によっても刺激を受け、社会主義・革命思想の方面に確かな足どりで新しい第一歩を印したのであった。いわゆる大逆事件がその決定的な機縁となったことは改めて記すまでもあるまい。[*6]すでに「時代閉塞の現状」を執筆していた啄木は、この段階に至ると、もはや自分一己の運命の開拓という意識を越え、社会の、ひいては国家の問題にまで取り組み始めていたと推測される。クロポトキンへの関心は、この間の事情を象徴的に現している。けれども、折から病魔の襲うところとなったのであった。

上田敏によってわが国に将来された新浪漫主義の驍将は、鷗外や特に白樺派の若い作家たちに影響を与えたが、[*7]啄木に対しては、それほどではなかったようである。両者を分けた最大のポイントは「知恵」の意義の了解と生活状況とであったであろう。しかし、啄木が早く二、三の作品から感銘を受けたこともあり、またその影響に浴した吉井勇や木下杢太郎の戯曲に関心を示したことを見落としてはなるまい。啄木の視野に入っていた小川未明も、マーテルリンクから刺激を得た一人であった。

マーテルリンク・敏・啄木の関係から言えば、比較文学分野における発動（信）者・媒介者・受容（信）者というつながりのケースを上のように観察できるかと思う。

**注**

＊1　二人の全般的関係については岡田英雄「啄木と上田敏」（『国文学攷』第六号、昭和三七・五）参照。

＊2　啄木における自然主義については、国際啄木学会編『石川啄木事典』（おうふう、平成一三）の「自然主義」（若林敦執筆）等参照。
＊3　『石川啄木全集　第六巻』（筑摩書房、一九七八）の翻字による。
＊4　臼井吉見著『近代文学論争　上』（筑摩書房、一九七五）参照。
＊5　『石川啄木全集　第四巻』（筑摩書房、一九八〇）の「解題」に引用の書簡参照。
＊6　森山重雄『大逆事件＝文学作家論』（三一書房、一九八〇）、岩城之徳著・近藤典彦編『石川啄木と幸徳秋水事件』（吉川弘文館、一九九六）、注＊2の「大逆事件」（近藤典彦執筆）及び関係事項参照。
＊7　菊田茂男「志賀直哉とメーテルリンク――調和的精神の形成についての序説――」（『文芸研究』第四十九集、昭和四〇・二）、「日本近代文芸におけるメーテルランクの受容と展開・序説」（『人文学会誌』4、平成一五・三）、大津山国夫著『武者小路実篤論』（東京大学出版会、一九七四）、拙著『鷗外文芸の研究　中年期篇』（有精堂、一九九一）等参照。

# 村野四郎「昆虫採集箱」と上田敏

日本の現代詩壇を代表する詩人の一人となった村野四郎に、大正十四年（一九二五）二十五歳の年の作にかかり、読売新聞社の詩コンクールに入選した左の一篇がある。後年の詩法・詩風を占うものを感じさせる詩と言ってよいと思うが、この間のことを上田敏との関係を視野に入れて考察することとしたい。

昆虫採集箱

1

小児の貪婪《たんらん》は日々につのり
（――かくして稚いゆめは食われ――）
数多い　小さい理解の犠牲者が

日にうつくしい遺骸となって並列《なら》べられる

2

おさない手が青い留針を持って
美しいものの脊から胸へと刺しつらぬく

小さい科学者よ
防腐剤を忘れるな！　せめて腐らぬ様に——

「一人の詩人が歩いた道」（『現代詩読本』昭和三一）によると、川路柳虹のもとの会合から生まれた『炬火』に「時間」「復讐」等の作品を発表したという。そして、この二篇を挙げ、そこに「新しい感覚（物の新しい感じ方）や表現の仕方」があったかもしれないが、若さから来る未成熟な「批評や諧謔の論理」も連れて入ってしまっている、と打ち明けている。事は後者のサタイヤ（諷刺）の技法に関係するのであるが、『炬火』掲載作は殆どこの詩法で書いたもので、これらを収めたのが処女詩集『罠』（大正一五）であったとも記している。「昆虫採集箱」もこれに入っており、第一連の「犠牲者」「遺骸」の語、第二連の助言的・忠告的表現から、寸鉄詩的・諷刺詩的契機が認められる作品と解される。ただし少年に対するものであることを考慮したのか、そのような契機はあまり強くはない。

上田敏との関係で考察の焦点としたいのは、掲出詩のキイワードと考える、第一行の「貪婪」の語である。まずこの語の用例について観察すると、室町時代中期の『文明本節用集』に「貪婪　タンラン　欲心深義」とあることが目に留まる。上田萬年・松井簡治の『大日本国語辞典』（大正六）を閲するに、「たんらん」は「貪婪　貪林　極めて慾のふかきこと。どんらん。強欲。」となっており、「どんらん」には「貪婪（貪惏）に同じ。」と説明がある。釈清潭の『国訳漢文大成　文学部第一巻　楚辞』（大正一二）を繙くと、「衆皆競ひ進み以て貪婪《たんらん》たり」と見え、註に「財食のみならず、総ての欲望を逐うて止《や》まざるものを貪婪《たんらん》と言ふ。」とある。児島献吉郎訳注『国訳漢文大成　春秋左氏伝　下』（大正一〇）では、「実に豕心《ししん》ありて、貪惏《たんらん》にして饜《あ》くこと無く、」とあり、野上弥生子は「若い友へ」（『婦人公論』昭和一一・三）において「子供たちの頭の食慾は胃袋以上にたんらんですから、」と平仮名表記を用いている。

「どんらん」の訓みでは『太平記』卅九「高麗人来朝事」に「蓋是嶋嶼《ケダシコレタウシヨノ》居民不レ懼《オソレ》二官法一ヲ、専務《モツハラツトム》二貪婪《ドンランヲ》一。」[*1]と見え、滝沢馬琴の『椿説弓張月』にも「この三郎太夫忠重は、稟性貪婪《うまれつきどんらん》便佞の小人にて」（前・十四回）とあるなど[*2]、如上の用例からも推測されるように、「貪婪」は次第に慣用的に「どんらん」と読まれることが多くなったのであろう。明治三十六年（一九〇三）生まれで、言葉への好悪の情に激しいものであった森茉莉も、『私の美の世界』（昭和四三）で、「愛情というきれいなものにも、装身具や宝石にも、硝子にも貪婪《どんらん》な私」（「硝子工房の一室」）と書いている。近年の手ごろな国語辞典では大概「貪婪」は「どんらん」とはあっても、「たんらん」の見出しでは殆ど登載されなくなっている。こういう傾向を当時すでに村野も感じていたものと思われる。

それで、こうした使用の状況もあって、上の詩では「貪婪」を「どんらん」と慣用的に読まれることを惧れ、清音的な「たんらん」のルビを付けたものと推察されるが、それは何よりも作品世界からの必然的な読みによるものでなければならなかった。「貪婪」は、生理的、心理的現象を表す語であって、元来形体に関係する語ではあるまい。しかし、掲出詩における「貪婪《たんらん》」の語は、四角い昆虫採集箱の即物的な感覚・映像、「子供」ではなく「小児」という濁音をまじえない表現、小さい科学者(科学者は対象に対しては客観性を重んじ、そのため時には非情になりうる人であろう)、その昆虫採集への一途さ、「うつくしい」の語の存在、整列する物と化した標本、箱を捉えた立体的、空間的把握と音声的語感の上で結び付いていると解される。すなわち濡れた感覚・感性を捨て、人と物との関係を、感傷性・抒情性を排除するような表現で捉え、これらすべての緊密な相互連関を支える詩的思考・詩精神にかかわる響きで示しているように感じられる。「貪婪」を「どんらん」とする訓みであっては、その声音によってこの詩の世界は透明性を失って濁りの感覚が入ってしまい、この場合詩作品としては崩れてしまう底のものである。

一体少年時代は誰でも昆虫採集に憧れた経験を持つものであるが、詩の第一連は、その昆虫採集に一途な行為の成果を箱の中に観察し、これをカメラ・アイで捉えたおもむきがあり、第二連ではその行為に焦点を当てて少年に対する作詩者の心を表していると解釈できるであろう。そうした一篇の世界全体としても、「貪婪《たんらん》」の語は、その音響により、この詩の形態性においても、小児の語で把捉した少年の属性・行為の表現においても、その急所の一つと解されるのである。

村野四郎は長篇についてはあまり読まないと自らの読書傾向を打ち明けている。そうすると、育った時代があるとは言え、「貪婪《たんらん》」の語を、『左伝』あたりから得たというよりは、これが詩的言語としての機能を発揮することになったのは、名訳詩集の誉れ高い、上田敏の『海潮音』(明治三八)との出合いにあったのではなかろうか。西洋の風韻を伝えるこの詞華集には、高踏派を代表するルコント・ドゥ・リイルの詩三篇を配してある。一八一八年インド洋上のフランス植民地レユニオン島に生まれ、少年時代をそこで過ごした詩人の作で、題材にもそれは反映したようであるが、敏は『異邦詩集』(一八六二)からは、

沙漠《さばく》は丹《たん》の色《いろ》にして、波漫々《なみまんまん》たるわだつみの
音《おと》しづまりて、日に燬《や》けて、熟睡《うまい》の床《とこ》に伏《ふ》す如《ごと》く、
不動《ふどう》のうねり、大《おほ》らかに、ゆくらゆくらに伝《つたは》らむ、
人住《ひとす》むあたり銅《あかゞね》の雲《くも》、たち籠《こ》むる眼路《めぢ》のすゑ。

と始まる「象」*Eléphants* の一篇を翻訳している。群象が生まれの里の野を捨て、砂丘の連なる果てしない砂漠を行く姿、その様子をうたった作品で、最終連は次のごとくである。

かゝる勇猛沈勇《ゆうもうちんゆう》の心《こゝろ》をきめて、さすかたや、
涯《きはみ》も知《し》らぬ遠《をち》のすゑ、黒線《くろすぢ》とほくかすれゆけば、
大沙原《おほすなはら》は今《いま》さらに不動《ふどう》のけはひ、神寂《かみさ》びぬ。

身動《みじろき》迂《うと》き旅人《たびうど》の雲《くも》のはたてに消《き》ゆる時《とき》。

全体が四行十二連から成る原作は、群象が砂漠を横切って、生まれ故郷を指して行くさまをうたっており、ここを誤訳したという。コース自体については逆をたどった象の群れを描写したことになってしまったわけで、それは下に「かの故里《ふるさと》をかしまだち、」と訳したところに起因したものであった。[*3]

耳《みゝ》は扇《あふぎ》とかざしたり、鼻《はな》は象牙《ざうげ》に介《はさ》みたり、
半眼《はんがん》にして辿《たど》りゆくその胴腹《どうばら》の波《なみ》だちに、
息《いき》のほてりや、汗《あせ》のほけ、烟《けむり》となつて散乱《さんらん》し、
幾千萬《いくせんまん》の昆虫《こんちゆう》が、うなりて集《つど》ふ餌食《ゑじき》かな、
饑渇《きかつ》の攻《せめ》や、貪婪《たんらん》の羽虫《はむし》の群《むれ》もなにかあらむ、
黒皺皮《くろじわがは》の満身《まんしん》の膚《はだへ》をこがす炎暑《えんしよ》をや。
かの故里《ふるさと》をかしまだち、ひとへに夢《ゆめ》む、道遠《みちとほ》き
眼路《めぢ》のあなたに生《お》ひ茂《し》げる無花果《いちじゆく》の森《もり》、象《きさ》の邦《くに》。

（傍線引用者）

「昆虫採集箱」との関連では、右の第九連の、炎暑の中、象に蝟集する昆虫、すなわち飢えた羽虫の群れを写した詩行に「貪婪《たんらん》」とある表現が注目される。けれども、「昆虫採集箱」が訳詩「象」の

場合に比し、はるかに造型性を強めた表現になり得ていて、終行が示唆するようにサタイア（諷刺）的要素があるものの、『体操詩集』（昭和一四）の出現を予示する観も認められるのである。冒頭に引いた詩が、全体としては「象」と無関係の世界を描いていても、「貪婪《たんらん》」の語をおさえるとき、「貪婪《たんらん》の羽虫の群《むれ》」とある関連語彙との親和性を見逃すことはできない。連を示す数字も、当時多くの詩が漢数字であったのとは違って、映像的で、乾いた感覚を表す観のあるアラビア数字をもってしていることも注目される。当時映画が文壇でも芸術の方法として関心を引いたことも想起される。ここに詩壇は新しい一篇の詩を得たのであった。

しかし、村野四郎は、「貪婪」の語を用いる際常に「たんらん」と読んでいたわけではなかった。その点で、後年になるが、『現代詩入門』（昭和四六）における、冬の魚屋の店頭の鮟鱇を主題にした「さんたんたる鮟鱇」（『抽象の城』〈昭和二九〉所収）についての自らの説明が関心を引く。

顎を　むざんに引っかけられ
逆さに吊りさげられた
うすい膜の中の
くったりした死
これは　いかなるもののなれの果だ

第二連では、次第に削り取られて、薄い膜までも切り去られ、鮟鱇はどこにもなく、惨劇は終わっていると叙し、第三連においては、廂から、まだぶら下っているのは、大きく曲がった鉄の鉤だけと写し、その世界は閉じられる。作者は、この魚の悲劇を、現代の現実を生きる人間の状況に何か似ているところがあると感じ、そこに「人間喪失の現場」を見た気がしたという。そして、軒下で空《から》になった鉤が、「何か次に引っかけられるものを待ちかまえているように」見えたが、「この新しい犠牲を待ちかまえる貪婪《どんらん》なもの」、それは、「この世の悪の実態、人間の原罪の正体ではないか」と考えられてきた、と書く。この場合、扁平で鱗がなく、大きな口で、薄い膜に包まれている軟体質を思わせる鮟鱇のイメージも関係して、「貪婪《たんらん》」としていたならば、固形的なニュアンスを持ち込むことになり、その対象を感覚的には的確に表せない気持ちがしたのであろう。

右は散文での例であるが、詩の場合について村野は、「平素から、どんなに感動が白熱していようと、それを詩に表現する言葉だけは、冷酷無比に、機械のように正確でありたい」と願い、「この習性は、若い頃身についた新即物主義の非感傷性の遺伝だ」と思うと語り明かす。そして、詩の言葉が感傷的であってはならないと考える立場から、鷗外の『沙羅の木』(大正四)が口語を「冷酷に、素《す》のままで」用いて「その機能を明確にあらわす」例を提出していることを高く評価し、『海潮音』の訳詩を名文であるとする説には、調子づいた詩の言葉を感じさせる一事から不満を呈したのであった。が、「貪婪《たんらん》」の語は、それだけに敏の用語では印象深かったのではないか。確かに村野が詩の用法で新即物主義に示唆を得てはいても、特に「昆虫採集箱」で「貪婪《どんらん》」とせず「貪婪《たんらん》」としたのは、海外の芸術思潮との関係の有無の埒外にあって、資質的なものに負うてもいたにちがいない。

ところで、安部公房著『砂の女』(昭和三七)の冒頭の場面に、一人の男の行方不明になった原因について、同僚が、一人前の大人が昆虫採集などという役にも立たないことに熱中できるのは、それ自体がすでに精神の欠陥を示す証拠だと言い、「子供の場合でも、昆虫採集に異常な嗜好をみせるのは、多くエディプス・コンプレックスにとりつかれた子供の場合であり、満たされない欲求の代償として、決して逃げだす気づかいのない虫の死骸に、しきりとピンをつきさしたがったりするのだという。まして、それが大人になってもやまないというのは、よくよく病状がこうじたしるしに相違ない。」（傍点引用者）と述べ、厭世自殺まではあと一歩にすぎない、と自殺説を言い出したとある。

　以後、砂地にすむ昆虫の採集が目的である件の男について、彼らマニアがねらっているのは、標本箱を派手に飾ることではなく、結局は新種の発見にあるとし、ニワハンミョウのとりこになった人物を描き始める。*4 大正十三年（一九二四）生まれの作者でも、「貪婪《たんらん》」の語を使えば使うこともできたかもしれないが、流動的な砂の世界での出来事と文体的になじまない対象の問題もあったのか、または使用語彙になかったのか、これを用いていない。「昆虫採集箱」において語「貪婪《たんらん》」が選ばれた理由や感性が、対比的にもせよ推知されるであろう。

　けれども、村野四郎は、突如こうした作品を書いたのではなかった。同じ年川路柳虹の推薦によって『日本詩人』に発表した「四月の朝」には、「四角い四月の窓に」云々という表現があり、遡った大正九年には、荻原井泉水に採られて新傾向俳句欄で一等入選となった「病人夢の話をする朝の白い蒲団」の句を作っていたのである。

枯木が曲った家を憶えている　　四郎

の吟は最後の句になったが、これが重要な意味を持つ句となったことを、「ああいう気持ちがあって詩のほうへはいっていった」と打ち明け、「あれ以上は俳句じゃかけないんです。」と語っている。[*5]俳句では表現できない対象・領域に対する、新しい詩的思考・詩精神の決定的な蠢動を自身のうちに感じたのである。早くから句作し、『沙羅の木』を愛読書とするような村野が、掲出詩を書いたのは偶然ではない。『罠』から、ノイエ・ザハリヒカイト（新即物主義）のフォルムの詩風の『体操詩集』を経て、『抒情飛行』（昭和一七）へと歩むことを占うものが、「昆虫採集箱」にはなければならない。

村野四郎は、『海潮音』の詩史的価値の重要性を認めつつも、[*6]上述のとおり、その詩語には自身の好みとしては、次第になじみにくいものを感じるようになっていたらしい。もちろんそれは、詩の韻律や構成・構造とも関係していたわけであろうが、詩即韻文という考えからイメージ重視への詩壇の移行を詩人自身強く意識していたことも関係していたからにちがいない。そうした中にあっても、対象とのかかわりで音響的効果をも検討・熟慮したであろうことは当然であり、「貪婪《たんらん》」は、音声的に印象深く脳裏に残っていた語に相違なく、これをその機能から考えて掲出詩に用いたものと想察されるのである。

室生犀星は、『我が愛する詩人の伝記』（昭和三三）で、詩作上の体験から、はじめは「詩というものはうまい詩からそのことばのつかみ方を盗まなければならない」と述べている。村野自身「貪婪《たんらん》」の語の由来について語ってはいないが、詩人としての出発を告げる観のある「昆虫採集箱」は、まさにそういう作品だったのではないか。ここに近代詩史における上田敏の遺響の一つを見たい。これは日本文芸が自らの伝統の上に新しい作品と精神とを形成する際に、西洋文芸があずかった一例となるであろう。

**注**

＊1　後藤丹治・岡見正雄校注『日本古典文学大系36　太平記』（昭和三七）による。有朋堂文庫版（昭和二）でも「貪婪《どんらん》」に作る。

＊2　有朋堂文庫（大正七）でも「貪婪《どんらん》」に作る。

＊3　『明治大正訳詩集　日本近代文学大系52』（昭和四六）の安田保雄・剣持武彦・小堀桂一郎・森亮担当の「海潮音」の注釈によれば、その第四連に「皺《しわ》だむ象《ざう》の一群《いちぐん》よ、太《ふと》しき脚《あし》の練歩《ねりあし》に／うまれの里《さと》の野《の》を捨《す》てゝ、大砂原《おほすなはら》を横《よこ》に行《ゆ》く。」とある詩行は、原詩では〈Les éléphants rugueux, voyageurs lents et rudes,/ Vont au pays natal à travers les deserts.〉とあり、「きめのあらい象たち、ゆっくりしたそして粗野な旅人たちは、砂漠を横ぎってうまれ故郷をさして行く。」の意とある。

＊4　その世界については磯貝英夫「作品論　砂の女」（『国文学　解釈と教材の研究』昭和四七・九）、黄翠娥「安部公房『砂の女』論」（『日本語日本文學』32、二〇〇六・七）参照。

＊5　村野四郎・清岡卓行の対談「村野四郎に聞く」（『無限』27、昭和四五・九）参照。

＊6　村野四郎「現代詩小史」（『現代詩　現代日本文学全集69』昭和三三）参照。

付記　村野の詩のテクストは『村野四郎全詩集』（筑摩書房、昭和四三）によった。

# III　小川未明の世界

# 「薔薇と巫女」・「日没の幻影」の世界

## 一　未明におけるマーテルリンクへの関心

小川未明の作家活動期を山室静は三期に分け、文壇に登場してから明治末年・大正初年に至るまでの約十年間を第一期とし、これを「新浪漫主義の時代」と呼ぶ。[*1] 小説「薔薇と巫女」（『早稲田文学』明治四四・三）、戯曲「日没の幻影」（『劇と詩』明治四四・四）はこの期の到達点を示したもので、特に前者は未明の代表作の一つに挙げられている。こうした二作に照明を当ててみたいと思う。

出版にかかわる改造社への未明自筆の年譜明治二十五年（一八九二）の項には、父の春日山神社創建のことで、高田から五智街道を往来して越後の自然が少年の自分に深く浸み込んだと記しているが、こうした生国の風土と第一期の作品との関係について「善と悪の対立」（『中外』大正六・一一）では、死の力におののく自分は、北国の自然を夢想することによってだけこの苦痛を忘れたことがあると言い、初期の作品はこの「悪夢のやうな瞑想」から生まれたと打ち明けている。そうした作品の解明には未明の資性や越後の自然を重ね合わせて考える必要あるが、それとともに西洋文芸からの影響をも見逃すことはできない。明治四十一年（一九〇八）には、新ロマンチシズムの文学を研究する「青鳥会」を起こしたとあるが、「童話を作って五十年」（『文芸春秋』昭和二六・二）の回想によると、当時隆盛を極めていた自然主義とは別途に出て、「どこまでも真実を正しく見ながらも空想的にゆきたい」との趣旨で会を始めたという。会は『青い鳥』（一九〇八）のモーリス・マーテルリンクの刺激によって結成されたのであった。

早稲田在学中未明が講筵にも列して深く傾倒した小泉八雲も、短いながらこの新ロマンチシズムの新星について肯綮に当たった評言を残しており、『マアテルリンク物語』（明治三六）を編んだ正宗白鳥や吉江孤雁ら、この作家に親しむ環境が十分あった。未明が生活苦のため家財を売った際にも、最後まで手元に置こうとしたのは八雲とマーテルリンクであった。[*2] 岡上鈴江著『父小川未明』（昭和四五）によると、それらを手離したのは「薔薇と巫女」・「日没の幻影」発表の前年に当たる。『魯鈍な猫』（明治四三）には、友人が本棚を物色してから、マーテルリンクではなくモーパッサンを読めと助言し、「私の書く小品や、随筆はあまり空想的であるといつて冷笑して帰つた。」と書かれている。

一九一一年（明治四四）にノーベル文学賞を受けた右のベルギーの作家は、少年時代に遊んだフランドルの森・廃墟・噴水・運河、世界の涯から来たような船、薔薇その他の花等々は心に深く残ったのであった。初めフランスの象徴主義に導かれ、処女詩集『温室』（一八八九）を刊行した。シェイクスピア劇に想を得たような戯曲『マレーヌ姫』（一八八九）は注目を浴び、以後静劇（静止劇）といわれる象徴劇を発表して、神秘的な雰囲気の中に霊的なものと死や運命の恐怖を暗示し、不可解な力の現れとしての死（愛もこれに絡まる）や運命（＝大抵は「不運」「不幸」の意味）の迫って来る恐怖が直観されるように描き、不安に包まれる人々とそのはかなさを表そうとした。しかし、中期の感想評論集『知恵と運命』（一八九八）に至ると、不可抗力と思われた死や運命に対する人間の知恵の優越性を認め、『青い鳥』においては自己の内部に幸福を求めている。*3

自らを「厭世家にして宿命論者」とする未明は、「同時に、異常な感覚と神経の思想から成る世界をRationalの立場に置かうとするもの」（「善と悪の対立」）と述べたように、作中に死や運命の到来を予兆等で表す、一種異様で瞑想的な、初期のマーテルリンクの静劇に関心を寄せたのであった。すなわち『ペレアスとメリザンド』（一八九二）その他に登場する脇役の賢い老人は、迫り来る死や運命を予見するが、状況を打開し問題を解決する力はなく、『群盲』（一八九〇）で盲人たちを導く僧もその一人である。エドワード・トーマスの『マーテルリンク』（一九一一）は、『マレーヌ姫』の子供アランを作者の視線を持った役と解しており、大人には感知できないものの動きを感受する赤児の存在も見逃し難い。これらの主人公には確とした性格はなく、台詞もくぐもりがちであり、作品世界の色彩は、時として鮮烈なものを交えるが、白・黒・灰色等が基調をなしている。舞台上の動作や葛藤を避け、単調な筋、短い暗示的会話、台詞間の沈黙等によってその世界が展開することも目にとまる。

未明も「少年主人公の文学」（『文章世界』明治四四・四）において、我々は常に子供のごとく無知・柔順・真率で感覚的でありたいとし、象徴派・神秘派の描く少年は、大抵作者自身が〈Symbolize〉されており、我々はこの「不可解なる力」や「自然」に対しては「少年」であり、またあらねばならぬ、と述べている。上述のマーテルリンクの受容には、未明の場合、越後の風土もあずかった。坂口安吾も同じく越後の風土に「物悲しい単調さ」を感じているが、未明は「単調の与ふる魔力」(『未明感想小品集』〈大正一五〉所収)の一文では、雪国の風土に触れたあと「陰気な、容易に親しみ難い、けれど其処に疎んじ難い、重みと、力と、人生に徹した悲しみがある。是れ即ち北国の自然の色彩が与ふる気分である。」と記し、この気分が芸術上に侵入して、詩・劇・絵画が出来ると言い、次のように説く。

単調な色彩、単調な舞台。単調な人生。単調な会話。而して底に滞つた力は重い、深い、暗いものであり得る。
尚ほ是を深く掘つて行つたら、凄愴の気思はず人の心を締めるやうな、神経質の人には恐怖を感ぜしめて、長く見るに得堪へぬやうな、単調の光、単調の神秘を感ぜしめるに相違ない。然り、神秘的気分は遂に此の単調によつて示されてゐる。白、黒、灰色、此の色は神秘の衣である。鈍き、盲目、倦怠、是等の心持ちは遂に単調の属性に他ならぬ。

そして、近代の神秘派の芸術も、こうした気分を含んでいないものはなく、「南方の文学にしろ、此の神秘派の作品は、遂に単調的気分によつて、人心に透徹せんとしてゐる。」と解釈するのであった。

## 二 「薔薇と巫女」・「日没の幻影」の構成と表現

「薔薇と巫女」の冒頭は、この作品世界の基調を表すかのように、左のとおり始まる。

家の前に柿の木があつて、光沢のない白い花が咲いた。裏に一本の柘榴の木があつて、不安な紅い花を点《とも》した。その頃から母が病気であつた。
村には熱病で頭髪《かみのけ》の脱けた女の人が歩いてゐる。僧侶の黒い衣を被つたやうな沈鬱な木立がある。墓石を造つてゐる石屋があれば、今年八十歳の高齢だからといふので、他《ひと》に頼まれて盲目縞の財布を朝から晩まで縫つてゐる頭巾を被つた老婆が住んでゐる。（以下傍点引用者）

傍点部には、前述の風土や実生活の場が関係したようであり、こうした所に生きる主人公「彼」はある夜夢を見る。月光の下に広がる灰色の砂地の原に何とも定め難い花々が咲いているが、この砂原をさ迷ううちに一本の薔薇を見つける。しかし、生温かい南風が雲を吹き分けて入って来た時、薔薇の花は枯れてしまう。この夢ののち母が死んだので、彼は「前兆」ということを考えるようになる。ある年の晩夏、若い巫女が村に入って来て、臨終の一人の娘に息をひとたびは吹き返させたので評判になった。この時巫女は、人は死後幸福の国で平等に幸福を受けることができると言い残し、南のXの町へ去る。亡母を慕う主人公は、彼女に会うため旅に出、途中一人の老婆からその町と巫女とについて次のような話を聞く。

若い巫女はある豪家の一人娘であったが、蛙や蛇を食い、人の生死を判じるなど不思議な行いをしたので、世間の噂を怖れ、また家の秘密を知られないよう利口な老人を門に立たせている。この老翁は、体は衰え居眠りをすることがあったが、「決して鼠一疋といへども其処を通つたものは覚らずにはゐない。其れ程、彼の霊魂は聡くあつた。(中略)而して老人は常に手に太い棒を持つてゐた。けれど其れは何の役にも立つものでない。」という。ある夜、娘は嵐に紛れて家を出て諸国を歩く巫女になり、老人はなお門を守っているから、いかなる人もその豪家には入れないだろうと、老婆は話を結ぶ。「彼」は秋の末Xの町に至り、その門に辿り着く。しかし、豪家は草生《む》す原の月光の底に礎石を残すのみとなり、ただ「昔の秘密の園」を眺めるだけであった。空しく故郷に帰った彼は、毎日ぶらぶら歩いて暮らすうち、雪が降るのである。

マーテルリンクにこういう作品はないようであるが、未明の作品世界を織りなす契機には類似したものが認められる。利口な老翁は、秘密の守護者として、不可思議なものへの憧れを掻き立てる役割を担っており、「青い門」を守っていることは原色を点じて、未明らしさを現す。「或日、老人は門の扉に倚りかゝつて、横木に手をかけた儘、堅く死固まつてゐた」という姿は、『群盲』の老僧を思わせる。

予兆・前兆を未明もしばしば描く。当初からそうした傾向はあったが、その芸術化では西欧から刺激を受けたようである。ノヴァーリスの場合、たとえば薔薇は夢告のごとく扱われて内面から描かれ、マーテルリンクでは外在的予兆として書かれる。「薔薇と巫女」においては、黄色い薔薇の花びらが、歯の抜けるように音もなく落ちた夢を見て間もなく母が死んだとあり、巫女の存在とのかかわりで主人公が暗示的に書かれている。未明の生家の庭には柘榴の木があったというが、マーテルリンク的な「不安な紅い花を点《とも》した」作中の木も、原色鮮やかなことにおいて未明的である。

「日没の幻影」のあらすじを示そう。――暮れ方三人の旅人が広い砂原を当てもなく歩いていると、一軒の赤黒い小舎を見つける。二人の旅人は怖れてなお歩き続けるが、第三の旅人（詩人）はここに憩うて眠る。そこへ白い着物を着た女が現れ、彼を永遠の眠りに導いてから、小舎の秘密を打ち明けて退場する。その後別の三人の旅人が通り、軒下で死んでいる旅人を見つける。折から不安な赤い月が昇るのである。一方『群盲』の舞台は、深い夜の星空の下の北方の森で暗い所。自分たちを導いていた僧の様子に気づかず方向を見失ってしまった盲人たちは、その帰りを不安な思いで待っている。青白い水仙が死の花のごとく僧の近くに咲いており、やがて彼らは僧に死なれたことに気づくとともに、敵意を持ったある大きな力が不気味に近づいて来る足音を聞くのであった。

「日没の幻影」において、日の没するころ三人の旅人が登場する辺りは、「広い灰色の原には処々に黄色い、白い、赤い花が固つて、沙地に白い葉を這つて、地面から浮き出たやうに、古沼に浮いてゐるやうに一固り宛、其処此処に咲いて」いる。前掲『温室』中、砂漠を行く人の気だるい心を書き入れた詩「温室」や、月光の下、色あせた百合等を詠み込んだ詩「幻影」の世界を思わせるものがある。右のごとき状況設定は「薔薇と巫女」の主人公が夢で見た下の風景に似ている。

月の光りに地平線を望むと、行手に雲が滞つてゐて動かなかつた。（中略）月の光りは一様に灰色な沙原の上を照らしてゐて、凹凸さへ分らない。（中略）たゞ行手には、同じいやうな形の円い沙の丘が連つてゐた。足許を見ると、此処に一かたまりづゝ夢のやうに色の褪めた花が咲いてゐる。白でもない。青でもない。薄黄色な倦み疲れた感を催させるやうな花であつた。其の黄色な花の咲いてゐる草の葉は沙地に裏を着けてゐた。葉の色さへ鮮やかでない。

海に近い砂原らしいが、未明の生地の地理的条件が関係したに相違ない。『群盲』の舞台も海近くである。「日没の幻影」と「薔薇と巫女」とに重なる点の少なくないことは、Xという町の設定にも窺われる。

ところで、マーテルリンクは、不可思議なもの、不可知の存在としての死や運命を、窓や扉の開閉あるいは足音・寒さ等で表現したが、それは不可視的なものである。これに対し未明の両作品では、窓の開閉によって出入りする雪女のイメージのある白い着物の女、南方の出身の若い巫女という具合に、可視的存在として登場する。死の契機を内包する点で恐怖感を与えるところは類似するものがあるが、同時に特定の人物には魅惑的である点に特色を示す。予兆や置かれた状況を暗示する手法として、擬人法・比喩的表現が多く、『群盲』でも、たとえばト書きが、「背の高い葬儀の樹々―櫟・しだれ柳・糸杉―が、その忠実な影で盲人たちを覆っている。」と書かれて登場人物の運命を暗示している。「日没の幻影」で黒い木立を尼僧や黙想する人、魂でもあって疲れた砂漠を歩く魔物に見立てており、「薔薇と巫女」中の「僧侶の黒い衣を被つたやうな沈鬱な木立」も同様の静劇的表現といえよう。

## 三　「薔薇と巫女」・「日没の幻影」の主題

「薔薇と巫女」・「日没の幻影」の主題とその独自性は、前者の「彼」と後者の「第三の見慣れぬ旅人」の想念と行動とに求めることができるであろう。Xの町の人の話を聞いた「彼」は、年若い巫女のことをいうのであろうと思い、豪家の半ば朽ちた灰色の門にたたずんだ時の心中は、「巫女は、奇蹟を行つて人を驚かしたからだ。彼は其様な女を見たいと思つた。而して其様な女に愛されたいと思つた。此の好奇心は、彼を臆せずに秘密の門の中に導いた。たゞ巫女の黒い大きな瞳でぢつと見詰められたい。魔女の手に抱かれて、其の鳶色の縮れた長い頭髪の下に顔を埋めたい。而して紅い頰と熱い唇に触れて見たいと胸の血潮が躍り」、「異常な力を持つた悪魔に可愛がられたならば、もはや、自身は此世に於て孤独な人でない。」と書かれる。

これに対し第三の見慣れぬ旅人は、記憶にあるような古びた小舎を見て、「私だ。どうか窓を開けてくれ。」と乞い、「…悪魔！　悪魔！　私は、暗い奥を見たいのだ。私は秘密を知りたいのだ。而して、窓が開いて、中から黒い毒気が洩れ出て、私の息を止めて、死んでも私は満足である。」と、呼びかけるように「懐しい追懐！　どうか（中略）中に洩れる明るい鮮かな光線の戦いてるのを見せてくれ。怖しい闇の力でも、柔しい追懐の匂ひでも、私は、兎に角此の窓の戸を開けて見たい者だ。」と言う。旅人はこの後眠り、そこへ「白い着物」の女が出て左のごとく独白する。

永遠に此の旅人は眠りから醒めない。昔から、此の窓の下を通る者で、此の窓を開けようと試みたもの、また覗いて秘密を見ようと思つたものは、皆な命を落してしまふ。…この小舎を古びた腐れたものと思ひ、誰も住んでゐないと思ふもの程、愚かなものはない。まあ、この小舎は、ちやうど此の沙原を通る旅人の命を取るために長へに解らない謎となつて、此の沙漠に建てられた小舎だといふことを知らない。私の、いつまでも姿の若いのは、生きた旅人の命を吸ひ取るからである。（中略）私の顔の、いつまでも美しいのは、旅人の中の詩人に恋ひせられ、慕はれるからである。（中略）何といふ私の性質は残忍であらう。其の慕ひ、恋する詩人の命も手を触れるとすれば取つてしまふ。（下略）

「彼」と第三の旅人に共通するのは、若い巫女、白い着物の女によって表される神秘や不可思議なものへの止みがたい憧れであり、生命をかけてでもこれを実感してその秘密を知りたいという欲望である。この憧れを考えるには、未明の「少年主人公の文学」と同時期に書かれた、日記の抜萃の体裁を採る「余も又 Somnambulist. である」の一文が参考になる。明治四十四年二月の日記であろうが、二作執筆時の心情を推測させる文章といえよう。その二月二十三日の記事には、「象徴主義は既に芸術といふ域を脱して誰でも感じなければならない神秘に触れた思想表白の最後に取るべき手段である。」、「神秘は長への謎である。」と記す。「日没の幻影」の第二の旅人は、第三の旅人（詩人）の憧れの対象を「吾等の怖れてゐる自然力、不思議な運命、悪魔」としたが、それは右の「神秘」と同義語にほかならない。「少年主人公の文学」の一節に、「知識をもつてこの人生生活の日常を解釈してさまで驚きもせず、疑ひもせず、慣れて、平気に世を渡つて行くLifeと、常に驚き、怖れ、感覚的、実感的に観て行くLifeと、いづれが多くこの人生生活を送るに当つて、その生活の内容を豊富にしたものであらうか。象徴派乃至神秘派は、即ち空虚なる生活を送ることを懼るるものである。」と記すのは、そういう詩人と一般の人との違いを示すものである。

未明は、「人生を包んでゐる不可解な力」、「吾人の身辺を包める不可抗力、及び不可知なる自然力——"Unknown Power"——」（「少年主人公の文学」）を直覚し、これを瞑想して生活の内容を豊かにし、悩み多い生で充実した時間を得たいという思念を二作の主要人物により表したのである。彼らはいかにしてそれを可能にするのか。上掲「余も又Somnambulistである」には、「自分はSomnambulistのやうに毎日出て歩く。家にゐると頭が痛い。そして門の前に常に誰か来て待つてゐるやうだ。」とある。このように自らをSomnambulist（夢遊病者、夢中歩行者）と規定したことを踏まえるとき、「薔薇と巫女」の主人公が、作品の最後で、「黒い木立や、墓石や、石屋や、婆さんの家の周囲を考へながらぶら〳〵と歩いて毎日、黙つて日を暮らした。」と書かれ、「日没の幻影」の詩人が旅人であるのも合点がいく。漱石の『明暗』における津田由雄が「夢中歩行者《ソムナンビュリスト》」とされている一事も想起され、同時代的に注目してよい問題である。

閉ざされた世界に住む者は、開かれた世界に限りない空想を馳せ、憧れの情を強くする。そうした人にとって、旅は開かれた世界への一つの通路となる。雪の高田に生まれた未明は、空想力の豊かな人であっただけに、開かれた世界への志向が強い。その文芸に南の国や遠い国とそこを旅する人がしばしば現れるのはそのためにほかならない。「霰に霙」（『新小説』明治三八・三）その他の例を挙げるまでもないが、『早稲田大学』で活躍し、高田中学校以来友人でもあった相馬御風は、未明の作中「帰趨なき漂浪児」の多いことを述べる。[*4] 当該二作の人物もこれに該当する。

こうして未明の二作の特質は、日常の背後に潜む神秘への憧れ、不可解な力、不可思議なものとの同一化を願うSomnambulistの文芸とすることができるであろう。マルチノは『群盲』中、僧に死なれた人たちについて、「信仰を失った人間の魂を象徴しているこの不幸な人々は、自分たちの窮境を少しずつ理解してくる。」と述べるが、[*5] この観点からすれば、両作の主要人物は、「神秘」、〈Unknown Power〉への親炙、直観による把握を願い、生の苦悩を克服しようとする精神を表したものと解される。およそこうした方面を解さない者に、人生や世界はどう感じられるのか。「日没の幻影」の幕切れの、第三の見慣れぬ旅人（詩人）の死骸を見つけ、死の原因を憶測しながら話し合った場面に続くところから引こう。

**第六の見慣れぬ旅人**　また、今夜も夢見がよくない。

**第五の見慣れぬ旅人**　夜が、長くなつた。

**第七の見慣れぬ旅人**　此の旅人を葬つてやりたいものだ。

（旅人の一群は倒れたる歌うたひを取り巻いて暫時思ひに沈む。此時、日の沈んだと反対の地平線から、赤い月が上つた。其の色は地震があるか、風が出るか、悪いことのある前兆と見えて、頭痛のするやうに悩ましげな赤い不安な色であつた。）

**第五の見慣れぬ旅人**　あの、月の色を見い。

**第四、第五の見慣れぬ旅人**　あの、月の色は……。
（一同月の方を振向いて不安の思ひに眉を顰む……沈黙……。）

『群盲』では僧が死に、信仰を失った世界が示されているのに対し、「日没の幻影」の主要人物の一人が芸術にたずさわる旅人であることは注目される。マーテルリンクでは宗教的問題が出されていて、祈る人物も登場しており、その限りではいかにも西洋的であるが、未明の場合は、普通の人が感知できない生や日常性の意義を直観する芸術的人間を想定していることが考えられるからである。そこには現代というきびしい現実の只中を生きなければならない未明の想念を託したところがあろう。「薔薇と巫女」よりは、「日没の幻影」の方がこの間の事情をより直接的に表していると言えるかもしれない。そうした意味で両作の旅人は、人生は旅であるという認識による設定であったとも読めるのではないか。

明治四十五年（一九一二）二月早稲田文学記者は機関誌に「推讃之辞」を掲げ、最近一年余の文壇で小説に最も多く寄与した三人として徳田秋声・小川未明・谷崎潤一郎を挙げ、未明については、「熱き情緒と寂しき詠嘆とに生命を求めて、客観を凡て其の中に熔かし来たらんとする所に、独特の境地あり、而も作者の情熱とする所往々にして客観の真実と相抱合せず、為に作物の堅実性普遍性を欠くことありしは其の弊なり。作者今や此の弊より脱して、漸く熱き主観と真なる客観との調熱より来たる無類の作風を完成せんとす。（中略）自然派勃興以来の文壇を通じ、別旗幟を孤守して今日に達せる新人の第一は氏を推すべし。」と称揚した。

明治四十一年春上京した石川啄木は、小島烏水から文壇の状況について、「遠からず自然主義の反動として新ロマンチシズムが勃興するに違ひない。小川未明など云ふ人は、頻りにそれを目がけて居る様だが、まだ跡が見つからぬらしい。」（日記）と聞かされたが、未明はここから新たな歩みを始めたのであった。

**注**

＊1　『愛する作家たち　山室静著作集4』（冬樹社、昭和四七）参照。
＊2　出版年からすれば、リヒャルト・ホビーの英訳二巻本マーテルリンク戯曲集（一八九四―九六）あたりで読んでいたのかもしれない。
＊3　菊田茂男「上田敏とメーテルリンク」（『文芸研究』第七十九集、昭和五〇・五）参照。
＊4　相馬御風「小川未明論」（『早稲田文学』明治四五・一）参照。
＊5　ピエール・マルチノ著、木内孝訳『高踏派と象徴主義』（審美社、昭和四四）（原著一九二五）参照。

## 未明童話のロマンチシズム——「野薔薇」を中心に——

未明は、「童話を作って五十年」(『文芸春秋』昭和二六・二)によると、往時隆盛を極めていた自然主義とは別途に出て、「どこまでも真実を正しく見ながら空想的にゆきたい」と考えたとある。この「空想的に」とある点では、「薔薇と巫女」(『早稲田文学』明治四四・三)、戯曲「日没の幻影」(『劇と詩』明治四四・四)等の作品に実を結んだ。そうした作品は、創作開始時期のものに多いが、後年の童話にも関係する。そして、「真実を正しく見ながら」という姿勢に注目するならば、父親が尽力した春日神社創建への精神の支えとなった上杉謙信に対する崇敬の心も、重要なことであった。この観点に立つとき、未明童話の代表作と見なされる「野薔薇」(『大正日日新聞』大正九・四・一二)が関心を引く。教科書にもよく採られた作品で、大正十二年(一九二三)六月「種蒔き社」などの発起による「三人会」が開かれ、席上朗読されて好評を得るという出発を持ったものである。

「野薔薇」は、「大きな国と、それよりは少し小さな国と隣り合つてゐました。当座、その二つの国の間には何事も起らず平和でありました。／此処は都から遠い、国境であります。其処には両方の国からただ一人づつの兵隊が派遣されて国境を定めた石碑を守つてゐました。大きな国の兵士は老人でありました。さうして小さな国の兵士は青年でありました。／二人は、石碑の建つてゐる右と左に番をしてゐました。」と書き始められる。

二人は寂しい山の中で国境線を守って向かいあっていたが、次第に親しくなる。ところが、両国が戦争を始めたため、敵同士ということになってしまう。自分を殺して手柄を立てるよう勧める老人に対して、青年はもっと北の方で戦うと言って別れる。その後も国境を守っていた老人は、ある日旅人から、小さな国が負け、その国の兵士は皆殺しになり、戦争が終わったということを聞く。老人は夢の中で、一列の軍隊が通りかかり、これを指揮していた青年が黙って礼をし、ばらの花をかいだのを見る。それから一月ばかりして、共に毎日見ていた野ばらが枯れてしまったので、老人は南の方へひまをもらって帰るのである。

この世界はいかにも童話的なそれで、小説では書き表せない構図と情調とが認められる。その文芸的精神・方法については「今後を童話作家に」(『東京日日新聞』大正一五・五・一三)で示されていると解されるとしても、この童話において注目されるのは、大きな国と小さな国、老人の兵士と青年の兵士とが対照されていることである。小さな国が負けたため青年は死んだらしい。本来老人が先に死に、青年はなお生き続けるのが一般である。しかし、戦争はそういう自然の摂理に反して先に青年に生命を失わせる。もとより老人の死も哀れであることに変わりはないが、有為の青年が早く死ぬことはそれ以上に哀れであるといわなければならない。

作品末で野ばらの枯れたことが書かれているが、未明にあって野ばらは、何か生命的なものの象徴と目されていることが多い。「薔薇と巫女」においては、一本のばらの花が枯れてしまった夢を主人公が見た後で、その母が死ぬ例を描いている。このような点を押さえると、「野薔薇」の冒頭の左の場面は特に関心を引く。

ちやうど、国境の処には誰が植ゑたといふこともなく、一株の野薔薇が繁つてゐました。その花には、朝早くから蜜蜂が飛んで来て集まつてゐました。その快い羽音が、まだ二人の眠つてゐるうちから、夢心地に耳に聞えました。

「どれ、もう起きようか。あんなに蜜蜂が来てゐる」と、二人は申し合せたやうに起きました。さうして外へ出ると、果して、太陽は木の梢の上に元気よく輝いてゐました。

のどかで美しく平和な自然の姿は、そのまま老人と青年との関係を表すようである。岩間からわき出る清水で口をすすぐという一事にも、自然に従った平和そのものの生活が窺える。野ばらに群れる蜜ばちは、人為的に設定して取り決めた国境線におかまいなく、自由自在に飛び交っている。春の日は長く、うららかに照りかがやいている。ここには、人為的、人工的な、いわば囚われた窮屈な世界が、自然の世界との対置によって浮かび上がることで、批判されているかのようである。蜜ばちは、「月夜と眼鏡」(『赤い鳥』大正一一・七)や「島の暮方の話」等未明童話にしばしば描かれるものであり、「春風と王様」ほか多数の作品に見られる花と共に、生命的、自然的なものの象徴と解される。花の中でも未明の場合、ばらは特に見逃してはならないものであるが、ここでは人工的に栽培されたものではなく、野のばらであることが注目されなければならない。また、一般に蜜ばちは働くものの象徴とされるが、それに対比された観のある兵隊は、国を守るけれども、それ自体は生産的存在ではない。

　如上の調和のとれた世界を破壊するものが人々の諍いであり、戦争であるが、その点からは、「野薔薇」が反戦童話ではあっても、単なる反戦の作品としてのみ読まれたのでは、そのふところは浅くなってしまう。老人の兵士に先立って青年が死に、手入れをするばらではなく、自然のままに美しい花を咲かせる野ばらが枯れるという関係をおさえるとき、いわゆる「傾向性」を超えた未明の文芸が開示される。「野薔薇」の文芸的力は、小説では書けない、童話というジャンルの特質に大きく負うていて、そこに自然的、生命的なものを押しつめていく人間のおろかさのようなものまでも読み取ることができるはずである。青年の死を悲しむ老人の兵士が持ち場を離れ、南の方へひまをもらって帰ってしまったことの意味も、上のような文脈で捉えなければならない。

　大正十年二月『朝日新聞』に発表の代表作「赤い蠟燭と人魚」もこうした観点から新たな読みが可能である。「眠い町」(『日本少年』大正三・五)などは機械文明が自然的なものを破壊する近・現代の限界を照射し、その弊をえぐり出す作品として今の時点からも、公害や温暖化による地球の危機を訴えるような現代性があろう。「殿様の茶碗」(『婦人公論』大正一〇・一)は、素朴な茶碗に精神の自由の楽しさを見る心が窺われる作品であり、その根底には上述の浪漫性と正義感とが認められる。与田準一が次のように述べているのは、肯綮に当たっているであろう。

　そういえば未明童話には、とくにローマン的な初期作品において、北と南へのイマジネーションが振幅しているように考えられてきます。その想像空間に、東とか西とかいった方位感覚をおぼえないのも（中略）、未明文学としては当然のようとも不可思議とも思えてくるのです。

北の自然と南への思念の中に、何やら旅人がよぎる印象も、さまざまな作品のなかに思い出されます。それらは、自然と社会につつみこまれたなかに勤労する人びとの存在感を浮きぼりにするかのように、旅人がやってこなければならないのです。

はろばろとしたローマン性には、また下界としての自然が語りかけている要素のみか、人びとの内面に住む自然の気息が重要な意味を織りなしていることに思いあたるのです。

こうして書いてきて、国境において、極北において、未明童話を思いおこした私もまた、旅人としてであったことに思いあたります。しかし、現代の旅と旅人が、いかに管理化され、機能化されて、本来の生の意味から遠ざかってしまったかも、未明童話は気づかせてくれるようです。


与田はさらに「野薔薇」について、「毎日見ている景色でも、新しい感じを見るたびに与えるものです。」と、今では見失われがちになっている「日常性の鮮明」を語りかけ、その意味は、「通りすがる旅人の目と無関係ではありません、」と述べている。「薔薇と巫女」や「日没の幻影」の主人公も旅人であった。特に前者は、日常性について、作品の末尾で照らし出すところがある。

杉浦民平の「小川未明論」（『文学』昭和三六・一〇）のように未明否定論もあるが、様々な点においてこの作家は、わが国の児童文学史はもとより、文芸史の中でも、なお問い続けられねばならない存在である。[*2]「現実」を踏まえている未明童話のロマンチシズムについては、その基層にある「空想的に」と「真実を正しく見る」ことを求める精神を見逃してはならない。悪と善とを持っていることが人間には「自然である」から、「正しく冷かに」見ることが重要であり、そこには倫理的意識が潜在すると考え、芸術の任務は「人生の向上にある」とする未明の「善と悪の対立」(『中外』大正六・一一)での主張は、その童話にもなお及ぶところがあろう。

**注**

＊1　与田準一「未明童話の想像空間」(『小川未明童話集』旺文社、昭和五二)参照。

＊2　田中榮一「未明文学における「ロマンチシズム」の意味―ラフカディオ・ハーンとの関係において―」(日本児童文芸家協会『児童文芸』'79夏期臨時増刊、昭和五四・六)参照。

付記　「野薔薇」のテクストは『小川未明選集　第五巻』(未明選集刊行会、大正一四)によった。

# 上京以前の相馬泰三

早稲田大学の英文科を卒業した小川未明の三歳下で、同学科に入学した作家に相馬泰三がいる。夏目漱石の『明暗』についての評論があり、広津和郎・谷崎精二と共に新早稲田派の三羽烏と称され、また高見順によって、最も大正時代的な作家と評された「奇蹟」派の相馬泰三について、上京以前のことを簡略に記してみたい。この方面について、昨今、不明の旨を記している論考にも時に接するからである。

相馬泰三の本名は退蔵。明治十八年(一八八五)十二月二十九日、新潟県中蒲原郡菱潟村大字鋳物師興野四番戸に、父久衛(安政四・一〇・二出生)、母ミス(万延元・七・一出生)の五男として生まれた。鋳物師興野は、信濃川の土手(堤防)に沿った集落で、明治二十二年十二月には十五戸あり、人口六十八、三十年十二月には十七戸、七十九となっている(『中蒲原郡誌』)。菱潟村は、泰三が高等小学校を了えてから上京した三年後の明治三十五年四月一日をもって庄瀬村に合併し、泰三の出生地もこれに伴い、中蒲原郡庄瀬村大字鋳物師興野二〇三番地と改められた。父は医師であり、その薬局だった所が二〇二番地で、二〇二・二〇三及び二〇四番地の一部が相馬家に属していた。庄瀬村は、昭和三十年三月三十一日、当時の白根町を中心とした白根市誕生の際、これに合併して解消し今日に至っている（最近新潟市と合併）。したがって、現在行われている泰三の出生地についての年譜の記載は、上のことを勘案して補筆訂正する必要があるが、ここでは当時の地名を基準として記述することとする。

泰三の祖父清十郎（文政一二・二・一七出生）は、農民であった久五右エ門の長男で、安政元年（一八五四）五月十日に相続。明治十八年九月二十日「補少講義」拝名とあり、「教導職試補」であった。「講義」は大・中・少とあり、「教導職」は神官・僧侶など人を教導する職で明治初年に設置し、十七年に廃止された。清十郎はこれに準ずる役を担っていたわけで、久衛が医師になったのも、そのような祖父の存在が関係したと思われる。祖父は明治二十三年十月二十五日、泰三の数え年六歳で亡くなった。文政十二年十一月二十八日生まれの祖母カズ（可寿）は、中蒲原郡小戸新田の農家熊倉家から嫁いだが、明治十二年六月十八日に死亡。清十郎は、カズ没後の明治十三年六月十日、西蒲原郡横戸村の本間氏から嘉永六年元日生まれのヨブ（よぶ）を後妻として入籍した。ヨブは泰三の世話をすることもあったはずである。大正十一年十二月二十一日鋳物師興野で死去。

父久衛は、明治八年十二月八日東京府下第四大区第七小区菊坂町八十三番地感応院方へ寄留した。この時、医師の資格を取ったのであろうか。庄瀬小学校の『沿革史』には、その年月は不明であるが、「相馬久衛氏ヨリ越佐大観一部（価格十五円）寄贈セラル」とある。明治四十二年・四十三年同校の学務委員九名のなかに名を連ねている。記載はこの両年しかない。大正十一年十四日鋳物師興野で没した。享年六十七。母ミス（ミ寿）は、明治六年十二月十日小戸新田の熊倉氏から入籍、昭和九年八月十三日、東京の三男和雄のところで没した。享年七十六。泰三は両親の葬儀も、祖母ヨブの葬儀の際にも、その事に当たった。

長兄謙蔵（明治九・七・七出生）は、明治二十八年三月東京府小笠原島父島属媒島へ分家した。明治三十一年十二月十日、中蒲原郡須田村鶴森の坂井氏からミサキを迎え、三十七年二月十四日に長女ヒサが生まれた。後年ヒサは相馬家の医業を継ぐ候補としても考えられていたという。明治十三年六月二十日生まれの次兄淳平は、はじめ謙治という名であったが、明治二十一年一月九歳の時に父による改名願いを出し認められた。久衛はこの淳平が医業を継ぐことを期待していたけれども、明治三十四年九月三十日信濃川で水死し、相馬家の医業は一代で終わることになった。

三兄和雄（明治一六・二・二〇出生）は、古河鉱業の重役になった。幼少時に台風の吹き荒れる日、柿木から落ちて左手を骨折し、商業方面へ進むことを決意したという。早稲田の商科の学資は信濃川対岸の田上の地主田巻家からの借財によった。不慮の事故でその返済の不可能になることを惧れ、父は和雄に生命保険を掛けたという。着実に事を進める人で、謹直な性格の人物であったらしい。相馬家を相続した。明治十七年十月五日生まれのすぐ上の兄四郎は、生後二週間で夭折した。明治二十年九月十三日出生の妹ヤイ（八重）は、明治四十年六月庄瀬村菱潟の富山氏に、妹ソノ（明治二三・一二・一五生まれ）は西蒲原郡弥彦村麓の財閥本間鼎一郎に同年三月それぞれ嫁いだ。ウメ（明治二五・一一・二九生まれ）は新飯田村小林氏に大正四年一月嫁して入籍した。明治二十八年七月二十八日出生の妹クニは、東京都小石川の市島氏に大正八年十月嫁いでいる。ヤイ以外は新潟の女学校に学んだという。

泰三のすぐ下の弟恭平は明治二十二年七月九日生まれ、翌年九月六日、泰三四歳の年に死亡した。

父久衛の異腹の弟格平（明治一五・四・三〇出生）と久四郎（明治二一・七・一五出生）とは、泰三とそれほど年齢差もなかったから、共に遊ぶことも多かったであろう。長じてそれぞれ白根町に養子縁組で出、あるいは鋳物師興野に分家した。叔母に当たるくわ（安政二・九・三生まれ）及びいね（文久三・一一・一三生まれ）は、それぞれ明治九年一月と十三年三月に他家へ嫁した。

上のことをおさえると泰三誕生時の家族は祖父祖母、父母、叔父格平・菅雄、次兄淳平、三兄和雄の八名であり、長兄謙蔵及び嫂は独自に家庭を営んでいたが、父親は知識人でもあったわけで、当地では泰三の教育環境は比較的恵まれていたと言えよう。医家を継ぐことを求められたこともあったものの、五男（現実としては三男）の泰三は、当時の家族制度からすればさまざまな葛藤もあったであろうが、〈家〉からはそれほどきびしい制約を受けなかったのかもしれない。

庄瀬小学校の校歌は相馬泰三作詞、橋本国彦作曲にかかり、文部大臣の認可を受けたのは、昭和十三年四月十二日であった。現在の表記のものを次に掲げる。

一、洋々として信濃川／流るるほとりうち集い／日毎に仰ぐ護摩堂の／峰よりのぼる朝日かげ
二、いざや進まん手をとりて／正義の道はけわしくも／堅く誓いて真心を／貫くものに栄えあり
三、同じ教えに父母も／いそしみませしなつかしの／われらが学舎　おお庄瀬／心のわが家　おお庄瀬

同校の『沿革史』には、その前身校の一つについて「明治十七年十月牛崎・菱潟新田・菱潟・鋳物

師興野・蜘手・十二道島・次郎右衛門興野・上八枚ノ各付組合ヲ組織シ始メテ校舎ヲ菱潟ニ新築セリ」とあり、十九年には校舎を鋳物師興野の相馬家の近くに移して「簡易科菱潟小学校」と称したとの記述が見え、明治二十三年七月「村立菱潟尋常小学校」と改称した。泰三は、生家から二キロ離れた庄瀬尋常小学校に通った可能性はないとはいえないが、年齢や交通の便、地域の実情から菱潟尋常小学校に通ったであろうという。そうだとすると、明治二十四年四月にこの校門をくぐり、二十八年三月に卒業したことになる。しかし、明治四十年統合されて現在に至る庄瀬小学校には、泰三の在籍を証するものは残っていない。

泰三はさらに、二十八年四月隣村の田上高等小学校に進んだ。『田上高等小学校沿革史』(明治三四)によると、同校は、南蒲原郡田上村大字田上の田上尋常小学校の一部を借りて明治二十五年八月十六日開校した。泰三入学の前年には尋常小学校の西隣に校舎を新築していたから、木の香も薫る新校舎で学んだことであろう。創設当時の学年及び学科を『沿革史』から抜粋してみると、「明治廿五年六月十七日創設ノ際ハ三学年二学級ニシテ修身読書作文習字算術地理歴史理科図画唱歌体操ノ十一科女児ニハ裁縫ヲ加フ」、「明治三十年一月廿二日学年ヲ増シテ四ヶ年トスルコトヲ認可セラル／同年四月一日ヨリ実施ス学級学科ハ前ノ如シ」とある。注目されるのは「明治三十年二月十二日英語科ヲ正課外随意科ニ置クコトヲ許可セラル／同年四月一日ヨリ実施ス」と見え、泰三が三学年に進んだ四月から、同校では英語が課外授業で希望の生徒に教えられたことがわかる。田上は当時地域の先進地区で進取の気性に富んでいたという。英語の課程表に触れると、毎週授業時数は六時間で、第一学年・第二学年は、「読方訳解習字書取」、第三学年・第四学年は、「読方訳解会話書取文法作文」となっているが、明治二十九年調整の「田上高等小学校教科課程表」には、「英語ノ一科ハ随意科即チ志望ノ生徒ニノミ授クルモノトス」とある。泰三がこれを受けたとすると後年英文科に進んだのも、時代とともにこの環境もかかわったたであろうか。

「田上高等小学校児童遠足旅行運動会一覧表」によると次のとおりである。「明治廿八年六月十三日、橋田矢代田、十月四日駒堂山、十一月卅日五泉小学校。明治廿九年四月廿三日駒堂山ヨリ大沢ニ、十月十七日加茂高等小学校、十月廿五日二本松山。明治卅年四月十四日近郊、五月卅一日、五（日）新潟新発田生徒一人廿五銭（他は寄付）新潟一泊新発田ニ泊水原一泊。明治卅一年六月六日村松」。発表当時好評を博して、文壇に泰三の名を強く印象づけた「田舎医師の子」（『早稲田文学』大正三・七）には、遠足でもしばしば登った駒堂山（護摩堂山）からの眺望が描かれて、作品世界の特色の形成にあずかっている。

『卒業児童名簿』によると、明治三十二年三月二十八日の第二回卒業生で、四年間在学していたことが明らかである。「後来ノ方向」として「独乙協会学校へ入学」とある。医師である父親の希望によったことも考えられるが、実際同校へ入学したかどうかをつまびらかにしない。従来の年譜には私立開成中学に入学とある。なお上掲久四郎は、明治三十五年三月二十八日に同じ高等小学校を卒業しており、泰三とは一年間、共に田上へ通学したことになる。三兄和雄は明治三十年三月に田上小学校を三学年で卒業しているが、泰三は兄とともに二年間は田上に通ったことになろうか。泰三には、その幼少から高等小学校時代にかけて、祖父の死もあったが、兄弟や妹たちの誕生・成長でかなり賑わしいものだったであろう。なお、久四郎の上の兄菅雄は、泰三と同年同月の生まれであったが、明治二十一年一月三十一日死亡していた。

家族をモデルにし、越後を舞台に選び、故郷にゆかりのある作品をも描いた泰三についての、相馬家分家の相馬宝一氏からの聞き書きを含めた若干の調査報告である。なお、その生涯については簡にして要を得た伊狩章の「相馬泰三」(日本近代文学館編『日本近代文学大事典』昭和五二)がある。

付記　本稿はその時代や早稲田ゆかりの作家として同じ越後出身の小川未明の章に付して配置した。

# Ⅳ　横光利一の構想と表現

# 「蠅」の形成と翻訳小説——リルケ及びズーデルマンを視点として——

## 一　「蠅」とリルケの「駆落」

横光利一の「蠅」（『文芸春秋』大正一二・五）は、同時に『新小説』に発表された「日輪」と共に、いわゆる新感覚派の出発を告げることになった作品として注目されてきた。そういう短篇小説の成立の文芸的背景、あるいは題材・構想・文体にかかわる方面に視野を広げた考察を試みたい。

真夏の宿場に乗合馬車へと乗客が集まって来る。やっと馭者は馬車を出発させるが、崖の頂上にさしかかった時、人馬もろとも崖下に落ち、馬の背に止まっていた一匹の蠅だけは青空に飛んでいった、という作品で、「一九二一年作」と記していることを重視すれば、多少問題はあるにせよ、大正十年の脱稿ということになろう。少し後の「解説に代へて（一）」（『三代名作集——横光利一集』昭和一六）では、二十歳から二十五歳までの初期の作品のなかで一番初めに書いた作と打ち明け、「この時期には、私は何よりも芸術の象徴性を重んじ、写真よりもむしろはるかに構図の象徴性に美があると信じてゐた。」と回顧する。そして、この期の最後の作が「日輪」であって、これが文壇への処女作になったと述べ、さらに具体的に「テーマの多くは構図を諷刺として生かすこと」に意を用いた旨を書き、そこに「人生の諷刺」のはたらいていたことを言って、こうも述べる（「初期の作」）。

芸術はすべて実人生から一度は遊離して後初めてそこに新しい現実を形造らるべきでそれこそ小説の小説たるべき虚構といふ可能の世界が展かれ、さうして、これこそ真実といふべき美の世界であると私は思ひ、ひたすら人人の排斥する虚構の世界を創造せんことを願つてやまなかつた。生まの現実を日記のやうに追つ駈け廻し、これこそ真実だと云ひふらすなら、書かぬ前に現実で起つてゐる事実の方がはるかに真実なのである。

「真実といふべき美の世界」の構築を意図したと語り明かすが、「解説に代へて（一）」では「写実的象徴こそ文学の窮極の目的」であるとも記す。横光における「蠅」の位相を示唆する言葉である。こうした小説が成立するには、まず内からの促しがなければならず、その形象化・具象化のため、どのような題材を選び、どういう構成と文体をもって書くかということであったと思われる。しかし、「蠅」の成立過程はわからないが、作品の特質に鑑み、題材の問題から取り上げることとする。この方面からすれば、作中に描かれたような事故は、当時の交通事情からしてもあった。近松秋江は自身を書いたところのある「執着」（『早稲田文学』大正二・四）の一節中、西那須野で乗合馬車に乗った時のことを叙している。山中の道を馬車で行く心細さを強く感じていた折から、一人の客が、「此処の懸崖から、馬が暴れて、馬車が谷底に落ちて死人があったのです。」と話したというのである。横光も同様の事故を耳にしたことはあったであろうし、自身九州へ馬車による旅をしたこともあった。

こうした「蝿」の成立をめぐっては、高橋幸平の「横光利一「蝿」の主題」（『国語・国文』平成二〇・一二）が注目される。この論では、横光自ら「かぶれすぎてゐた」と語った志賀直哉の作品のうち、「出来事」（『白樺』大正二・九）と「蝿」との関係についての先蹤の研究を紹介する。すなわち、作品の分量、作品内の季節、日常の交通機関、蝿や蝶への焦点化、人物で「農婦」と「肥った女」、「母に手を引かれた男の子」と「轢かれそうになった男の子とその母親」、「四十三歳の田舎紳士」と「五十才以上の小役人」とがそれぞれ対応していることの指摘を挙げ[*1]、その論に首肯できるところの多いことを述べる。「蝿」と比べてみるとき、たしかに認められてよいものである。しかし、高橋論は、駆け落ちしようとする若者と娘とに当たる人物の書かれていない点から、森鷗外『諸国物語』（国民文庫刊行会、大正四）所収のライナー・マリーア・リルケ（一八七五―一九二六）の「駆落」をも参考にしたのではないかと解釈する。

リルケ初期の作「駆落」*Die Flucht* は『人生に沿って』*Am Leben hin*（一八九八）所収の短篇で、翻訳は初め『女子文壇』（明治四五・一）に掲載された。当時横光にはこの書をめぐって原著者に即したかたちの知識はなかったであろう。が、少し触れると、原作者は初めこの単行本に「笑いと涙」*Lachen und Wachen* 次に「笑いと涙とのはざまで」*Zwischen Lachen und Weinen* というタイトルを考えた。けれども、アルブレヒト・ローデリヒによる前例に気付いたと、出版社主アードルフ・ボンツ宛書簡（一八九七・一〇・一九）にしたため、前者では「幾分素気なく理屈っぽい響きがする」ので、後者にしようとしたと記す。そして、同月の二十五日の手紙には、書の構造には合わなくても、その成立と個人的考えとから、もっと特徴的に表す題名を提案すると言い、上記の書題にしたと書く。理由は、「全く孤独な人の道に近づくような主題が、或るものは軽快な波の形で、或るものは嵐の前の静けさの透明度をもって、選ばれているから」というものである。

この『人生に沿って』には「小説とスケッチ」*Novellen und Skizzen* と副題があり、富士川英郎も述べたように、人生の只中からというよりは、日常の周辺から得た人生の一齣、その傍らを過ぎて行ったことを書き表した観のある作品集と言ってよい。*2 しかも、当初や次に用意した書名は悲喜劇的要素を蔵しており、これはこれで首肯されるものがあり、「駆落」も、その単行書に入っても妥当であることを感じさせるのである。この短篇は、ギムナジウム（＝高校〈旧制〉）の生徒と一人の少女との恋を描いたものであって、駆け落ちをしようとしたが、その翌日生徒は将来が不安に感じられ、停車場で女の姿を認めてから逃げるという筋である。原題は二重の意味を籠めてそのまま「逃走」あるいは動詞形で「逃げる」と訳してもよいであろうが、若者の愛にかかわる微妙な心の動きを捉えた面白さを考え、鷗外は訳題を「駆落」としたのであろう。

上掲論にもあるとおり、横光利一は上の翻訳集によってこれを読んだことは間違いあるまい。鷗外は『太陽』（明治四二・一〇）に戯曲『家常茶飯』*Das tägliche Leben*（一九〇二）を訳出した折、その人と作品とを紹介した「現代思想（対話）」を付録としたが、『諸国物語』には説明もなく、また鷗外全集も未刊であったから、横光はリルケについては殆ど知らなかったのではなかろうか。しかし、鷗外の『雁』（単行本、大正四）の技法を高く評価し、*3 またいわゆる国語との不逞な血戦をすることになる横光が、「駆落」の文体に注目したとしても意外なことではなかった。

高橋は、こうした作の冒頭が「寺院は全く空虚である。」と始まり、作中「停車場の広場は空虚である。」と書く表現は、「空虚」の語を鍵とする観のある「蠅」の書き出しと照応しているとする説得的な論を示す。原文ではそれぞれ〈Die Kirche war ganz leer.〉、〈Die Vorhalle war leer.〉とあって〈leer〉に「空虚」を当てたことがわかる。〈leer〉は空間的な表現に関係する語であって、この場合そのがらんとした状況を指すとしても、誰一人いない、人っ子一人いないということを表す意味にも取れる。けれども、当時の横光に、「空虚」の語は「構図の象徴性」の「美」につながる、感覚的な鋭い表現として映ったのではないか。これを「がらんとした」とか、人に重きを置いた訳語にしていたならば、注意を引かなかったとも想像される。

下文でも引くとおり、「蠅」は、「真夏の宿場は空虚であつた。」の書き出しにすぐ続けて、厩の隅の蜘蛛の網にひっかかっている一匹の蠅を写す。これがリルケ作中の、二人の視線が「ベンチの木理《もくめ》の上を這つてゐる一疋の蠅の跡を追つてゐる」の叙写からのヒントになったと高橋論は説く。蠅の描写はこれだけであり、「蠅」のような死の問題は出て来ない。しかし、志賀直哉の「出来事」中の蠅や蝶を併せ考えれば、その他の論点についても首肯できるものであり、そのあとで論述があるように、ベンチの蠅ではなく一羽の燕を考察の対象にしている。すなわち「駆落」では、寺院の内天井が高くても、一羽の燕が迷い込んでいて出口を探していることをおさえ、燕が〈逃げ出せない存在〉であるのに対し、横光の蠅は〈逃げ出した存在〉であることを捉え、また時計の時報や繰り返しの表現等についても触れており、「蠅」には駆け落ちする若者も出るのである。

高橋論はまた、主題の追求に際して、当時来日したアインシュタインの相対性理論の受容にも照射するなど時代性を視野に入れ、「蠅」に「主体が相対化され得る世界という発想の一つ」を見ているなど注目すべきものである。論中触れていない『人生に沿って』の方面から考察を進めれば、「蠅」の結末は全く逆の形になっているわけで、右にリルケに少し立ち入ったのは無用のことども思われるが、一応いわば光源にさかのぼってみたということで諒とされたい。次に節を改めて題材的つながりのことから観察を続けることとする。

## 二「蠅」とズーデルマンの『消えぬ過去』

上述のとおり「蠅」は「日輪」とともに関心を引いたのであったが、「日輪」の方はフローベールの『サラムボウ』（一八六二）の生田長江訳（博文館、大正二）にその文体を負うところが大きかった。[*4] 長江には大正二年、ダヌンチオ作『死の勝利』（一八九八）の訳もあったけれども、用語等これよりずっと「翻訳臭くやつて」みようと考え、会話などは、日本における特定の時代と階級とを連想させないようにと意を払い、「出来る限りの普遍的なる日本語を用ひること」（訳者あとがき）にしたという。それが当時の自分の趣味であり方針であると断ったのであった。執筆は「日輪」に少し先立つ「蠅」の場合、管見に入った限りではヘルマン・ズーデルマン（一八五七—一九二八）とのかかわりで論じたものはないようであるが、このドイツの自然主義作家の『消えぬ過去』*Es War*（一八九四）からその題材・構成を示唆されるところもあったのではないか。訳者はハウプトマンと並ぶ作家と捉え、これをその代表作と目し、名声を博した作と紹介する。長江の翻訳は国民文庫刊行会から大正六年（一九一七）二月に「上」を、九月に「下」を出版しており、いま左のような、「一」と始まる冒頭の場面を原文と照合してみるに、特に問題になるような訳し方はないようである。

真昼《まひる》の太陽は停車場の前の踏み平《なら》された広庭を孵《あつ》ためた。――

列車の来る度に町から迎ひに駈けて出た、黄色い郵便馬車の前には、年寄つた白い馬が眠さうにうなだれてゐた。二三台の旅館《ほてる》の馬車も――灰褐色の、車輪にふるい泥の潑ねかつた――埃だらけの並木路《ひろこうぢ》に音をたててやつて来た。その並木路のむかうの端には、味のない二つの赤い塔が、十字架でかざつたその尖頭を、七月の深碧に突き刺してゐる。

けたたましい鈴《べる》の音はもう、列車が隣りの停車場を出たことを相図した……

駅長は赤い帽子をかぶつた。売店の娘は乾酪《ちいず》箱の蓋から埃を拭つた。そして二人の郵便夫《いうびんや》は、その荷物車を砂利の上に押しやつてしやりしやりと音を立てさせた。

「まだ一人も入らない」と料理屋《レストラン》の亭主は、待合室の窓を通して旅館《ホテル》の馬車の出かけるのを見守りながらこぼした、「誰も飲んでくれないのに、ビイルを冷して置いたつて何になるものか?」

娘はくつたくさうにうなだれて、ふるい硬くなつたワツフルの山から、蠅を逐ひのけた。――

そのとき元気のいい二頭の栗毛をかけた開いた母衣附《ほろつき》の馬車が、並木路の上を駈けて来た。

亭主の顔は明るくなつた。

「シユトルテンホオフの方々だぞ」と彼はその帽子をつかみ乍ら叫んだ、「あの若様方もお休暇《やすみ》がみんなになつたんだな。」
馬車は巧みに弧線《かあぶ》を画いて、待ち受けてゐる仲間のそばをすり抜け、裏手の階段まで乗り込んだ。

馬車の後の席にかけてゐた、二人の甲騎兵将校の一人は、徐ろにそのブロンドのすらりとした身を起し、心易げに降り立ちながら、無造作に料理屋《レストラン》の亭主をわきへ推しのけた——折角そのお役に立たうと思つて近寄つた亭主を。（中略）二人は扉を両方へ開け、（中略）馬車の右の方にかけてゐた大柄な婦人の降り立つのを手伝つた。

胸の張つた、腰幅の広い、薄褐色の新しいキツドの手袋を大きな手にはめた、鼠色の塵除《ちりよけ》ヹエルを獅子鼻の上まで撥ねのけた彼女は、悠々と馬車を出た。そして嶮しく不満らしい目付きで、あとにつづく老紳士を見返つた。

「構はずに置いてくれ」と彼は、息子達が彼をも扶けようとしたと力みながら言つた、「この老《おい》耄爺《ぼれおやぢ》もまだ自分の始末は自分でやれるからな。」（中略）

連中は一二等客に宛てられた小さな待合室へはひつた。それは磨き立てた二台の卓《テエブル》と、薄緑の紗をかぶせた石版刷の貴紳の肖像とのほか、蝿取りの装置以上に何物をももつてゐなかつた。装置といふのは石鹸水を入れたガラス罎と、毒紙や二三個の盃に、孔だらけのブランデエパンに被はられたる二の鉢とである。かうした装置の内に、またその周囲に、幾百の溺れかゝつた毒害された蝿が、死滅の苦みにもがいてゐる。

中島健蔵は著書『現代作家論』（河出書房、昭和一六）で横光作品の特色としてデフォルメの手法を見ている。そうした観点に立つとき、『消えぬ過去』は、題材・文体ともに格好の先蹤的作品ではなかったか。七月の真昼の太陽、停車場の前の広庭、そこへ入って来た郵便馬車、馬車から降りた客たち、眠そうな馬、ワッフルにたかる蠅、蠅取り罎の中で死滅の苦しみにもがく蠅――。「駆落」にある「空虚」の語は用いられていないが、時間的、空間的には「蠅」における宿場の場庭の場面に、より類似したところがあろう。保昌正夫はこの短篇の田園的背景を一つの特色とし、これが横光の少年時代に過ごした柘植や伊賀上野とつながりがあったのではないかと述べている。[*5] それにはまた右のごとき情景もあずかったであろうか。「蠅」の場合真昼ではないけれども、その世界の進行とともに正午のころになる。「一」と始まり、「二」へと移る「蠅」の短い区切りについて、「新感覚派時代の作品にしばしば用いられている。場面転換の構成上の方法であり、映画のシナリオの影響を受けている。」というが、[*6]『消えぬ過去』は紙数の多い区切りであるものの、「一」とあって、「真昼《まひる》の太陽は」云々と始まり、以下「二」「三」と展開することをおさえておいてよいであろう。

　真夏の宿場は空虚であつた。ただ眼の大きな一疋の蠅だけは、薄暗い厩の隅の蜘蛛の網の巣にひつかかると、後肢で網を跳ねつゝ暫くぶら〳〵と揺れてゐた。と、豆のやうにぽたりと落ちた。さうして、馬糞の重みに斜めに突き立つてゐる藁の端から、裸体にされた馬の背中まで這ひ上つた。

これに続く「二」は老いた馭者を捜している馬、宿場の横の饅頭屋の店頭で将棋をさす馭者、廂を脱れた日の光が馭者を差すさまを写し、「三」が下のように描叙される。

宿場の空虚な場庭へ一人の農婦が馳けつけた。彼女は此の朝早く、街に努めてゐる息子から危篤の電報を受けとつた。それから露に湿つた三里の山路を馳け続けた。

「馬車はまだかなう?」

彼女は馭者部屋を覗いて呼んだが返事がない。

「馬車はまだかの?」

歪んだ畳の上には湯飲みが一つ転つてゐて、中から酒色の番茶がひとり静に流れてゐた。農婦はうろ〳〵と場庭を廻ると、饅頭屋の横からまた呼んだ。

「馬車はまだかの?」

「先刻出ましたぞ。」

答へたのはその家の主婦である。

「出たかなう。馬車はもう出ましたかなう。いつ出ましたな。もうちと早よ来ると良かつたのぢやが、もう出ぬぢやろか?」

農婦は性急な泣き声でさう云ふ中に、早や泣き出した。が、涙も拭かず、往還の中央に突き立つてゐてから、街の方へすた〳〵と歩き始めた。

「二番が出るぞ。」/(中略)/

「出るかの。直ぐ出るかの。忰が死にかけてをるのぢやが、間に合はせておくれかの？」

「桂馬と来たな。」

「まアまア嬉しや。街までどれ程かゝるぢやろ。いつ出しておくれるなう。」

「二番が出るわい。」と馭者はぽんと歩を打つた。

「出ますかな、街までは三時間もかゝりますかな。三時間はたつぷりかゝりますやろ。忰が死にかけてゐますのぢや、間に合せておくれかなう？」


宿場の場庭から展開を始める「蠅」は、場面の並列的構成による十齣から成る。このような構成は、ハウプトマンの戯曲『織工』（一八九二）についての鷗外による紹介に見え、人物というよりは情況そのものが主人公の役割を担っているとの説明がある。鷗外の『ゲルハルト、ハウプトマン』（明治三九）を横光が読んでいたかどうか不明であるが、文壇はそうした発想の時代に入っていたのである。「蠅」の構成を見ても、人間についてみれば「二」が日の光に照らされる猫背の馭者、「三」が危篤の息子のところへ急ぐ農婦、「四」が駆け落ちする若者と娘、「五」が母親に手を曳かれた男の子、「六」は八百円を手に将来の画策を考える田舎紳士を寸描するが、「三」から「六」まではたまたま一所に集まった人たちである。「七」ではまだ出発しない馭者を写し、「八」は馭者と饅頭とのかかわり、馬と宿場に来た人々の汗の乾いたこと、「九」は出発のシーンを捉える。それぞれの人生を生きて来た、それぞれの未来を抱える人たちが、従来もいわれているように一つの運命共同体としての馬車に乗り合わせた場面である。第一齣の蠅は「九」に至ってやっと描写の対象になり、馬の腰から飛び立ち、車体の屋根の上に留まり直して、馬と一緒に揺れて行く。少ない紙幅にあって「十」は「馬車の中では、田舎紳士の饒舌が、早くも人々を五年以来の知己にした。」と書き出され、他の章より少しだけ長い。このあたりの分析は他に譲るが、[*7]作者の筆は、男の子、農婦、饅頭を食べて居眠りを始めた馭者を写し、馬と蠅との様子から詳しくなる。すなわち、馭者の居眠りを知っているのは蠅だけであると書いて、蠅の動きを写してから、次のような描写をもって作品は終わる。

馬車は崖の頂上へさしかかつた。馬は前方に現れた目匿しの中の路に従つて従順に曲り始めた。しかし、そのとき、彼は自分の胴と、車体の幅とを考へることは出来なかつた。一つの車輪が路から外れた。突然、馬は車体に引かれて突き立つた。瞬間、蠅は飛び上つた。と、車体と一緒に崖の下へ墜落して行く放埒な馬の腹が眼についた。さうして、人馬の悲鳴が高く一声発せられると、河原の上では、圧し重なつた人と馬と板片との塊りが、沈黙したまゝ動かなかつた。が、眼の大きな蠅は、今や完全に休まつたその羽根に力を籠めて、たゞひとり、悠々と青空の中を飛んでいつた。

右の光景は、作者自身の打ち明けたところによると、性欲の発動が結果したことであったという。[*8]そのことに関係する表現は確かに挙げることができる。悲惨な光景と蠅とのつながりは、しかし、いわゆる作家の申し出をもって十分と言えるであろうか。

## 三　「蠅」の構想及び文体

このように観察を進めて来るとき、「出来事」や「駆落」や『消えぬ過去』への関心という、いわば外在的契機に対し、内在的契機として、「蠅」脱稿の前年七月二日消印の佐藤一英に宛てた書簡が注目される。風邪か何かで二、三日寝込んだのであったが、もう起きたと記してから、

寝てゐる時は凡てのものが、青くていきいきしてゐるやうにみえたが、起きるとさうでもないんだ、やつぱり宿場の馬みたいに、いつくるやら分らない物をぼんやりと待つて退屈しとる。空には風があるとみえる。栗と桐と欅の梢が揺れてゐる。こんな真昼に黙つて一人誰かが死んでゐはせぬか、ほつたらかされて。（傍点引用者）

と比喩的に宿場の馬にも及んだものである。この文面には一種閉塞的状況に被われていた横光の内面を示すところがあり、「蠅」の重要なモチーフ、構想の芯、テーマが暗示されているのではないか。真昼に誰かの死が放置されているイメージは、作品冒頭の「空虚」や結末の場面と響き合うところがある。手紙に蠅は記されていないが、題材的に示唆を与えたのは、実際の季節とともに、イメージでは逆の形になるズーデルマン作中の蠅も考えられる。「蠅」末尾に「沈黙したまゝ動かなかつた」とあるあたりは、人数は異なるものの、書簡に記すイメージに近い。これに鷗外や長江の訳書等もあず

かって横光の心象風景の構図化が企図されたのではないか。書簡に「青」はすべてのものの色を表すとあり、それは生命的なものの表象、あるいは希望として見たい心情かと推測されるが、作品では一匹の蠅の向かう青空として具象化されたものであろう。擬人化された蠅は、横光自身の願うところを託した存在と解してみたい。「一」に「薄暗い厩の隅の蜘蛛の網」に引っ掛かっていた蠅が、いま自由な青空に飛び立ったのである。象徴性への種子をはらんでいるような文面に着目するとき、「蠅」成立の基層に横光の様々な心理・心情があり、それを取り巻く情況が関係したかと思われる。

こうした短篇中、馭者がやはり一つの風景――空虚が少しずつ集まる人たちによって埋まっていくのであるが、――を作っていることが関心を引く。しかし、それぞれの生と事情とを持つ客たちの間の人間関係には、稀薄な状態があり、そのまま崖下に落下し、いわばモノの塊として沈黙したまま動かなかったわけである。このような情況について見ると、『消えぬ過去』では、蠅取りのガラス罎に入り、狭く閉ざされた空間で多くの蠅が死滅しているが、横光の短篇では、特定の、しかも一匹の蠅であって、いわばモノと化した人間をよそに自由に空高く飛ぶという点で対照的である。前者の場合、蠅は、人間との関係で特別の意味を籠めている様子はなく、夏の日の日常的なうるさい虫に過ぎないが、後者には人間との対比・対照の構図の中に描かれているのである。そこに作者の言う「構図の象徴性」・「人生の諷刺」を見ることができるであろう。『消えぬ過去』は、「駆落」とともに、作中人物の活躍する場所やその構図をも提供するところがあったに相違ない。些細な事柄では、種蓮華を叩く音の聞こえて来ることを記すのは横光の体験を織り込んだとしても、ズーデルマンが菜種（Raps）の豊作を書き込んでいる一事も目にとまる。「蠅」の野末の状景を生動させているからである。

文体についても翻訳『消えぬ過去』の冒頭場面に、「味のない二つの赤い塔が、十字架でかざつたその尖頭を、七月の深碧に突き刺してゐる。」といったセンテンスがある。同様の描写の若干を挙げよう。いずれも前篇からの例である。

○狭い隙間を通してのみ、菩提樹の緑に弱められた日差がくすんだ金色になつて流れ込んでゐた。「二」

○川は落日の最終の光の中にその道を流れてゐた。その幅広な面はまだ真紅に浸されてゐた。「三」

○金色の光で以て二人の少女を包んでゐたところの吊りランプは、彼に挨拶しながらともつてゐた。「四」

○その庭園は真昼時のきつい日光の中にあつい息を吐きながら横つてゐた。「十一」

こういう新感覚派的な文体と「蠅」の、「廂を脱れた日の光は、彼の腰から、円い荷物のやうな猫背の上へ乗りかゝつて来た。」（「二」）とか、「並木をぬけ、長く続いた小豆畑の横を通り、亜麻畑と桑畑の間を揺れつゝ森の中へ割り込むと、緑色の森は、漸く溜つた馬の額の汗に映つて逆さまに揺らめいた。」（「九」）とある描写との類似も見逃し難い。これらの表現と共に、真昼の太陽を写す劈頭の文や、続いて列車の入って来る停車場は、少し後の「頭ならびに腹」（『文芸時代』大正一三・一〇）の、「真昼である。特別急行列車は満員のまま全速力で駆けてゐた。沿線の小駅は石のやうに黙殺された。」の書き出しを想起させる。翻訳作品への関心が強く、[*9]反自然主義的文体を求める横光は、生田長江の訳業をしばしば繙いたのであろう。在来の言語空間とは異質なものを提示する翻訳調に示唆され、こうして自ら新たな文芸的世界を、その文体で示したわけである。

しかし、そもそも横光自身に如上の文章を書く資質はあった。中学生時代の散文詩「夜の翅」に「微妙な音響に憧る望ましい霊をも、暖く照して洩れるランプの光りが、何物かの暗示の眼の様に、キラリと闇の間に光つてゐる。」（三重県立第三中校友会誌『会報』第十一号、大正五・三）といった文が見えるのである。[*10]『消えぬ過去』の層々累々たる長篇小説の構成・構造に関心を示して様々な技巧を高く評価した漱石とは異なり、横光利一は、その翻訳文体と素材・構図とを自作に利用したのであった。「蠅」のラスト・シーンと反対の構図は、後年三島由紀夫の「人間喜劇」末尾の情景に見ることができる。[*11]

## 注

＊1　渋谷香織「横光利一「蠅」―志賀直哉「出来事」との類似性をふまえた一考察―」（『駒沢女子短期大学研究紀要』第33号、二〇〇〇・三）参照。

＊2　富士川英郎著『リルケと軽業師』（弘文堂、昭和三三）参照。『人生に沿って』と鷗外とについては拙著『鷗外文芸の研究　中年期篇』（有精堂、平成三）参照。

＊3　井上友一郎「横光さんと私」（改造社版「横光利一全集 月報」第十六号、昭和二四・七）、宮口典之「森鷗外と横光利一」（酒井敏・原國人編『森鷗外論集』新典社、平成一三）、井上謙・神谷忠孝・羽鳥徹哉編『横光利一事典』おうふう、二〇〇二）の「森鷗外」（小泉浩一郎執筆）の項参照。

＊4　たとえば多くの作家を挙げている伊藤整「創作における影響の問題―横光利一の場合―」（日本比較文学会編『比較文学研究（1）問題と方法 漱石研究』矢島書房、一九五四）、小田桐弘子著『横光利一●比較文学的研究●』（南窓社、昭和五五）等参照。その文芸史的位置づけについては磯貝英夫「新感覚派の発生とその意味」（『国文学』昭和四〇・二）参照。

＊5　『保昌正夫一巻本選集』（河出書房新社、二〇〇四）の『横光利一』（全）や、詳細な解釈は栗坪良樹「横光利一・「蠅」と「日輪」の方法―表現者の行程―」（『文学』一九八四・一）参照。

＊6　『川端康成／横光利一集　日本近代文学大系42』（角川書店、昭和四七）の頭注（神谷忠孝担当）参照。

＊7　注＊4＊5＊6参照。

＊8　注＊4の保昌正夫の書の『横光利一』（全）のIII参照。

＊9　栗坪良樹編『鑑賞　日本現代文学第14巻　横光利一』（角川書店、昭和五六）、清田昌弘著『石塚友二伝』（沖積舎、平成一四）参照。

＊10　注＊9及び横光利一研究会『増補改訂　青春の横光利一―中学時代の日記・書簡を中心に―』（平成二・八）、玉村周著『横光利一』（明治書院、平成四）参照。

＊11　『三島由紀夫事典』（勉誠出版、平成一二）の「人間喜劇」（清田文武執筆）の項参照。

## 「春は馬車に乗つて」とその表現史的位相

「春は馬車に乗つて」(『女性』大正一五・八)は、横光利一の代表作の一つとなったものである。そこにダリヤが書き込まれてあるが、これを視野に入れて、表現史的位相から作品の世界を若干観察してみたい。

メキシコ原産のダリヤは、一七八九年ヨーロッパに渡り、わが国への伝来は天保十三年(一八四二)オランダ船によるものであったが、以後改良が重ねられ、近世では二十余種になり、ダリヤ、ダリヤスの他に天竺牡丹の名称も行われた(日野巌著『植物歳時記』一九七六)。横光、十二歳の明治四十二年(一九〇九)には、内田魯庵の日記(明治四五・七・五)に「ダーリヤの全盛驚くべしで、溝口伯爵や康楽園がダーリヤの雄を称する時代も遠からず過ぎるかも知れぬ。」と見える国民新聞主催の品評会が話題を呼んだのであった。

一体小説では、伊藤左千夫の「野菊の墓」(『ホトトギス』明治三九・一)が早い方の例と思われるが、無理に他家へ嫁がせられ、その後出産がもとで逝ってしまった従姉の民子の墓に、政夫が天竺牡丹を携えて出かける場面がある。仏に手向ける花としてこの名が採られたのであろう。永井荷風は『ふらんす物語』（明治四二）中、パリの街角の花園に咲く紅色のダリヤを女の衣装に見立てており、明治四十三年から発表の鷗外の『青年』では、都会風で現代的な、束髪の娘がダリヤの花とのかかわりで描かれている。「田楽豆腐」（『三越』大正元・九）には、草花の市に出かけ「毬《まり》のやうな花の咲く天竺牡丹」を求めようとしたものの、これはなく、「花弁《はなびら》の長い、平たい花の咲くダアリア」しかないとあり、鷗外の場合は区別していたようである。漱石は、明治四十五年連載の『彼岸過迄』中この花を人物評の際に織り込んでいるが、当時菊に比し品がないと感じて好みではなかったらしい。時代を相当下る堀辰雄の『美しい村』（昭和九）には、村の花屋の畑のダリヤは、野生の草花とは異なり、人工的に育てられたものと捉え、村の西洋的、都会的な雰囲気を醸し出すことにあずかっている。

横光との関係では、大正三年（一九一四）前田晁訳の『キイランド短篇集』を挙げなければならない。所収の短篇小説「枯葉」は、一枚の画に見入る人物と画中の恋人同士に照明を当てたもので、画中の少女は左のごとく書かれている。「枯葉だわ、」と呟いて立ち上がった彼女が家の方へ通じる小道を歩き出し、男がその後に従う場面である。

少女は項垂れ気味になつて、花床に目を遣りながら歩いて行つた。萎れ臥したじやがいもの茂みの上に、ちぎつて捨てられた造花のやうに紫苑が咲いてゐた。ダリヤは折れた茎の上に無恰好な縮れ頭を曲げてゐた。蜀葵《たちあふひ》はてつぺんに小さないぢけたやうな芽を出して、幹にはべつとりと腐つた大きい花が総のやうについてゐた。

そして、えもいへぬ断腸の思ひが若い女の胸に深く食ひ入つた。花が萎みつつあつたやうに、少女は人生の冬に向つてゐるのであつた。

「春は馬車に乗つて」はタイトル自体、フィンランドのアレキサンデル・ランゲ・キイランド（一八四九―一九〇六）の、春の光とともに歌われる一美人の女性を服装によって指している「希望は四月の緑の衣を着て」に示唆されたものであろうが、[*1]横光のこの短篇は次のように始まる。

海浜の松が凩に鳴り始めた。庭の片隅で一叢のダリヤが縮んでいつた。
彼は妻の寝てゐる寝台の傍から、泉水の中の鈍い亀の姿を眺めてゐた。亀が泳ぐと水面から輝り返された明るい水影が、乾いた石の上で揺れてゐた。

肺を病む妻と看取る夫とを対象としたこの作品は、展開の節目節目で、ダリヤを、妻、ひいてはその肺と対応する表象として描いている。その二箇所を引くと下のとおりである。

○　ダリヤの茎が縄のやうに地の上でむすぼれ出した。潮風が水平線の上から終日吹きつけて来て冬になつた。

○　花壇の石の傍で、ダリヤの球根が掘り出されたまま霜に腐つていつた。亀に代つてどこから か来た野の猫が、彼の空いた書斎の中をのびやかに歩き出した。妻は殆ど終日苦しさのために何も云はずに黙つてゐた。彼女は絶えず、水平線を狙つて海面に突出してゐる遠くの光つた岬ばかりを眺めてゐた。
彼は妻の傍で、彼女に課せられた聖書を時々読み上げた。

「枯葉」では、立ち枯れの折れたダリヤや草花のしぼみが季節の推移を表し、作中人物の心理や運命との関連をひびかせているが、「春は馬車に乗つて」もこれに通ずる描写をしている。ただ、作品末の一節において、「彼と妻とは、もう萎れた一対の茎のやうに、日々黙つて並んでゐた。しかし、今は、二人は完全に死の準備をして了つた。もう何事が起らうとも恐がるものはなくなつた。さうして、彼の暗く落ちついた家の中では、山から運ばれて来る水甕の水が、いつも静まつた心のやうに清らかに満ちてゐた。」と、死を迎え入れるような場面の描叙になっているところは異なっている。

この草花を詠んだ短歌は特に明治四十三年ころからしばしば見えるが、北原白秋に『桐の花』〈大正二〉の連作的哀傷歌のうち、「君と見て一期《いちご》の別れする時もダリヤは紅しダリヤは紅し」と、人妻との苦しい恋の心中を、切迫した形で詠んだ歌がある。一方、凋落の季節の中、生命力の豊饒さに注目した尾山篤二郎に「霜月となりて朝さむしダリアの根掘ればその根に子らの多しも」(『野を歩みて』〈大正一〇〉所収)の一首もある。キイランドや横光の小説とはちがった文芸的イメージといえよう。百田楓花の「ダリア咲くはじめて君を許されしなつかしき日となりにけらしな」(『愛の鳥』〈明治四三〉所収)のごとく、よき思い出に心安らかに浸ることを詠じた歌もある。若山牧水は「うつとりとダリアの花の咲きて居り、ひとのなやみを知るや知らずや」(『山桜の歌』〈大正一二〉所収)と詠んでいる。

こうして概観すると、ダリヤを愛の心理とかかわらせたり、艶麗な花としてその美を歌ったりしているものが多いが、病む人にはなにがなしにうとまれることもあるものの、病む人とダリヤとの取り合わせはしばしば見えるのである。

詩壇では自由詩社の一人福田夕咲に『春の夢』（明治四五）があり、「病める少女」が、

　悲しい追憶《おもひで》の酔ざめの青いほゝゑみ、
　病院の白いベットと
　くつきり紅いダーリヤの花と。

と書き出され、熱が高く脈も早いという少女の言葉を写した後に、「窓から射しこむ薄日《うすび》に、／大理《なめ》石《いし》のやうな胸をひろげる。」の詩行が見いだせる。紅いダリヤは白いベットと対照をなし、青いほほえみと映発する形で表現されていて、作品世界の場とともに横光の「花園の思想」（『改造』昭和二・二）を連想させる。

伊藤整は、風景描写と観念とが美しい綾をなしているような文体を持つと読むキイランドについて、新感覚派的文章に近い形のものをそこに見るが、[*2]ポール・モーラン（一八八八—一九七六）の堀口大學訳『夜ひらく』（大正一三）も見逃してはならない。「訳者の言葉」には、その文章は鋭敏な感受性と観察力により、在来の文章が「理性の論理《ロジツク》」で事物間の関係を叙していたのに対し「感覚の論理《ロジツク》」をもってした、とある。そして、下文に引くような花合戦の描写について、「二行半である。（原文について云ふ。）簡潔であると同時に華麗なこの文章、唐突であると同時に真実なこの観察。一度この文章

を読んだ後では、われ等がこれまでに幾度か読まされた他の作者の花合戦の記述が、（中略）どれもこれも皆うそであり。《ママ》わざとらしいつくりもののやうに思はれる」と批評し、そこに「新しいイマアジと感覚の世界」を見る。その典型としてのダリヤの花の描写は所収作「匈牙利の夜」からの引用である。ウィーンの陽気なミュージック・ホールらしい所で、作中の「僕」は、一人の「痩せた筋肉を着て、静脈を襟巻きにして、腕環の関節を持つた、骨の影の目立つ、神々しい獣物のやうな顔をした女」を選ぼうと考える。


　この女を選ぶことによつて夢のやうに心易い優越を私は感じた、さうして夢の中のやうに私は子供らしくいゝ気持になつて云つた、「━僕にはこの麒麟と驢馬との混血児《あひのこ》のやうな女が気に入るのだ。」

　私の開いた口の中へ、咽喉の奥までダリヤの花が一輪とびこんだ。花合戦。花園が空中に浮んで消えた。

　シユウベエルトの（中略）曲に合せて、二人の猶太女が舞台の上で踊つてゐた、神経質に、哀れつぽく、私たちの秋波にも、思はせぶりに吹く煙草の煙にも、剃り立の青い頭をした男たちが、かの女たちを吸い込むやうにしてしきりに傾けてゐる杯《コップ》の光にも、全く気がつかぬ様子で。

（傍点引用者）


文脈から推して、右のダリヤは、「巴里の花園」と称する酒場の女たちによる声や活力等を図像的に表したものであろうか。この一節は花合戦の立体的描写等、言葉間の新しい衝突による一つの言語空間を造形的に示した観があり、新感覚派的表現はそこここに散見する。生田長江が横光の表現技巧と共通点があると指摘したことに関係して横光が、「ユーモラス・ストオリイ」（『文芸春秋』大正一四・五）の一文中、モーランの感覚描写にはさして感心しているものではないと弁解していても、相当意識していたことは疑いない。好んだキイランドと相乗的な形で、「感覚の論理《ロジック》」による文章・文体は、堀口大學を通しても刺激を与えたはずである。モーラン、横光両文芸における線的描写も関心をそそる。

上に引いた「春は馬車に乗つて」の場合、ダリヤは図像的手触りを感じさせて、季節や状況の間接表現となっているものの、即物的にダリヤの形象をもって、作品は終わってはいない。病む妻が春を迎える明るい心と照応するようなタイトルをも思わせるように、スイートピーの花束が届けられ、長い冬季を経た家への早春の訪れを記していることが注目されなくてはならない。近代日本の作家で横光が最も評価した鷗外の作品では、前掲「田楽豆腐」に、毎年草花の市が立つと西洋種の花が次第に多くなるが、主人公木村が、花隠元をあつらえておいて取りに行くとスイートピーをくれる、とある。実際の鷗外の場合であろうが、次に「とうとう木村の庭でも、黄いろいダアリアを始《はじめ》として、いろんな西洋花が咲くやうになつた。」と見える。こうして自然にまかせている庭に、この観賞用のスイートピーも淡紅や桃いろ、白の花を咲かせて目を楽しませたのであろう。佐藤楚白の詩「眠れる微笑」（『自然と印象』第一一集、明治四三・六）中、詩「病室」の前に配置されてある一篇「閉された窓」にも「スウィトピイの優《やさ》しさ」と書かれている。

「春は馬車に乗つて」では、水甕の清らかに静かな水のことを叙した場面は、二人の心象風景を表したものであろう。続いては、やがて海には白帆が増して来たことを叙し、右に少し触れたように、「或る日、彼の所へ、知人から思はぬスヰートピーの花束が岬を廻つて届けられた。／長らく寒風にさびれ続けた家の中に、初めて早春が匂やかに訪れて来たのである。」と記して、戯曲にも関心のあった作者は、夫がその花束を捧げるように持ちながら妻の部屋へ入ったことを描き、会話によって左のシーンが展開して幕といった感じがする。


「たうとう、春がやつて来た。」

「まア、綺麗だわね。」と妻は云ふと、頬笑みながら痩せ衰へた手を花の方へ差し出した。

「これは実に綺麗ぢやないか。」

「どこから来たの。」

「此の花は馬車に乗つて、海の岸を真つ先きに春を撒き撒きやつて来たのさ。」

妻は彼から花束を受けると両手で胸いつぱいに抱きしめた。さうして、彼女はその明るい花束の中へ蒼ざめた顔を埋めると、恍惚として眼を閉ぢた。


楚白の詩の場合同様に、妻が優しさを感じたにちがいない花が点綴されていることが注目される。前田晁はキイランドの作風に関し、題材は「聡明な眼を以て人生の表裏を看破し洞察しなければ、迚も書けさうにない」もので、手法は「自然と溢れるやうに楚々とした芸術味を漂はして」いると評した（訳者「緒言」）。横光のこの短篇も、そういう趣がないことはなく、スイートピーの花束を書き入れて、妻への鎮魂の作となりえた、温かさを感じさせる作である。＊3 当時多くの女性から評判をとり、「美しい小説」（片岡鐵兵「横光君との想ひ出」）と評されたのも（横光利一全集、月報八〈昭和一一・九〉）、こうした点も関係したと思われる。発表誌にも作者の心遣いがあり、単行本（改造社、昭和二）の函の画も心温まるものを感じさせる。

こうたどってくると、「春は馬車に乗つて」におけるダリヤは些細な一つの形象として描かれているに過ぎないように見えるが、その背後に横光の文章・文体の空間的、造形的な把握のあることを感じさせる。その感覚・認識、文芸的精神と方法とは、張った太鼓腹に虹の弧を配合するなど、曲線や直線のイメージを織り込んで、図形的、図像的表現を多用する「ナポレオンと田虫」（『文芸時代』大正一五・一）を経て、「花園の思想」その他の作品にも及び、新しい展開相を示すことになる。西欧文芸・文化がそれへの刺激を与えたわけである。ダリヤの形象は病む妻を季節の推移の中で表現したけれども、その関係から、これとは対照的に優しく美しいスイートピーを最後の場面に描いて、地名も織り込まず、夢のごとく馬車が明るい春を撒きながらやって来る一齣を表した小説は、横光に向ける女性たちの人間的関心と相俟ち、新感覚派の代表的な作品の一つとなったのであった。

ここで実生活の方面に触れれば、作中の妻は、横光の同人誌仲間小島勗の妹キミであり、大正十五年（一九二六）六月二十四日逗子に隣接する小坪の肺結核療養所〈湘南サナトリウム〉において息を引き取った。享年二十三。内縁の妻であったが、その二週間後に籍が入れられたのであった。後年の高弟石塚友二は、かつて菊池寛の許にあった那珂孝平に連れられて、中野の横光のところへ初めて伺った際、キミは六畳間で縁側の方に頭を向けて横臥しており、親子丼が届いたとき、隣室の彼女は半身を起こし、蒲団の上で、「なにもお構い出来ず粗末なものでごめんなさい」と挨拶したとある。その後キミは正木不如丘から診察を受けたこともあったというが、正木は、堀辰雄『風立ちぬ』のサナトリウムで肺結核患者を診療する医師として登場する。昭和に入って誌上で結核相談を担当する作家でもあった。大正十四年横光は中野から葉山へ、彼女を転地療養させ、やがて上記療養所に入れた。この間原稿を書かなかった横光であったが、秘かに菊池寛の心遣いからの援助を貰うこともあったらしい。「春は馬車に乗つて」は、こうした私小説的題材にもなる事柄を排除した形で書かれた作品で、彼の作中「機械」(『改造』昭和五・九)・『旅愁』(昭和一二―二一)と共に最も関心を引いたものであった。[*4] 戦後の斎藤信夫作詞、海沼実作曲「夢のお馬車」(昭和二三)は童謡であって、しかも花を織り込んではいないけれども、一般にはそのメロディーと併せ、「春は馬車に乗つて」を読む人にいくらか作用するところがあったかもしれない。

なお本稿では詳述しなかったが、近代日本の詩を観察すると、西欧の文芸・文化からの刺激を得た横光利一のいくらかの小説と呼応するかのごとく、相対的には時間的把握は少し後退し、図像的、造形的、空間的把握が前面に出るようになったことがわかる。短歌はジャンルの特色も関係してか、この方面では明確な相を示してはいないが、小説・詩においては、その感覚・認識・感情・心性にかかわる新しい文芸・文化の精神の胎動・誕生があったと言わなければならない。日本の近代文芸・文化史は、ダリヤの形象を、その表現史でたどるとき、一つの新しい段階に入っていたことを告げているのであり、[*5]「春は馬車に乗つて」はそうした作品の一つであった。

## 注

＊1　キイランドと「春は馬車に乗つて」との関係については、「花が萎みつつあつたやうに、少女は人生の冬に向つてゐる」の表現が、ダリヤの描写に影響を与えたと述べる小田桐弘子著『横光利一●比較文学的研究●』（南窓社、昭和五五）中の「『春は馬車に乗つて』の構造論」がある。

＊2　伊藤整「横光利一文学入門」（『臨時増刊　文芸　横光利一読本』昭和三〇・一〇）参照。

＊3　実生活・実地とこの作品との関係については、『川端康成／横光利一集　日本近代文学大系42』（角川書店、昭和四七）の注釈（神谷忠孝担当）、栗坪良樹編『鑑賞　日本現代文学第14巻　横光利一』（角川書店、昭和五六）、清田昌弘著『石塚友二伝』（沖積舎、平成一四）参照。なお「鎮魂」の作との解釈は栗坪の著書にも見える。

＊4　注＊2の雑誌巻末のアンケートによる。

＊5　拙稿「ダリアの形象―日本近代文芸・文化史の一齣―」（『新潟大学教育学部紀要』第三十九巻第一号、平成九・一〇）参照。

# V 戦時下の小説とその背景

# 太宰治「佐渡」とその時代背景

太宰治は、昭和十五年（一九四〇）十一月十六日乞われて新潟高校（旧制）で文芸部主催による講演をした。市民もまじっていたが、聴衆の中には少し前の五日の『新潟新聞』に、「短篇ラヂオ小説（後九・三〇）」として、「ある画家の母／太宰治・作／北沢彪　外」とある記事を読み、実際放送を聴いた人もいたかもしれない。「みみづく通信」（『知性』昭和一六・一）中「甘い」と自評した、全集では「リイズ」と題される作である。太宰文芸弘通の一資料として掲げると、「短篇ラヂオ小説の第三夜は太宰治氏が新しく執筆したものである大体の筋は次の如くである」と前置きし、こう続く。

私の友人杉野君《すぎ》は若い画家《ぐわ》である彼は何時も風景画など描いてゐたが、ある日モデルを使つて人物画《ぐわ》を描きたいといひ出し、彼の母親が出かけて一人雇つてきたところがその少女は田舎から出て来たばかりでとても彼の描かうとしてゐる絵のモデルにはなれさうもなかつた彼はがつかりしてしまつたそれから四五日して私が彼を訪れると、彼は留守で、あのモデルの少女がにこ〳〵しながら出てきた。驚いて彼の母親に聞くと事情《じ》はかうであつたつまり彼の母親はその少女が全然絵のモデルになれない事《こと》はわかり切つてゐたのだが、その田舎から来たばかりの少女がモデルの周旋屋《しうせんや》にゐるのが不愍《ふびん》でならなかつたので、連《つ》れてきて丁度女中もゐないので家事《じ》を手伝《てつだ》つて貰《もら》ふことにしたのだといふのである。
私は杉《すぎ》野君の母親の温い気持をしみじみと感《かん》じた。

高校での講演終了後太宰は海岸に案内してもらい、寄居浜に出て海と佐渡ケ島とを遠望した。夜はイタリア軒において文芸部の生徒と食事をしたが、いろいろ言葉を交わしたという。[*1]この時の様子は、翌年早々発表の「みみづく通信」に書かれているが、「佐渡」（『公論』昭和一六・一）と組にして読むと、より効果的に当時の太宰の姿に間接的にせよ触れることができるであろう。[*2]ここではその時代背景を視野に置き、後者を取り上げることとする。

太宰治は、講演翌日の十七日午後二時、四八八トンの白いおけさ丸（太平洋戦争では末期にさしかかると、黒みがかった灰色に塗り替えられた）に乗船して新潟を出港した。二等船室に入ったとある。座ったり横になったりの格好であれば海は見えないが、立ち上がれば船窓から海上を見はるかすことになる。階段を降りて入る三等船室もあったが、船賃は安いものの、穴蔵を思わせる船倉といった感じがする。太宰はここには入らないで済んだわけである。船から外を眺めようとすれば、甲板に立つのが最上であること言うまでもない。太宰も船腹の甲板に出たのであった。島が近づくと、小佐渡の山並みを見て、これを佐渡と思い、次にその奥から姿を現し始める大佐渡に戸惑うあたりのことやその風景描写をめぐって、佐渡人である青野季吉は、「さすがに純粋の感覚を生命としてゐる作家の目」に驚き、不思議な感覚を味わって、そこに文学というものの力を感じたのであった。[*3] 実際最初に目にした小佐渡を前に船は港に着く気配を感じさせないことから、地理的状況が呑み込めず、不審に思う太宰を尻目に船は進む。時刻も夕暮れが迫ったころ、島の白い燈台（姫崎燈台）の沖を過ぎる。

海面は、次第に暗くなりかけて、問題の沈黙の島も黒一色になり、ずんずん船と離れて行く。とにかく之は佐渡だ。その他には新潟の海に、こんな島は絶対に無かつた筈だ。佐渡にちがひ無い。ぐるりと此の憋島を大迂回して、陰の港に到達するといふ仕組みなのだらう。さう考へるより他は無いと、私は窮余の断案を下して落ち附かうとしたが、やはり、どうにも浮かぬ気持であつた。ひよいと前方の薄暗い海面をすかし眺めて、私は愕然とした。実に、意外な発見をしたのだ。誇張では無く、恐怖をさへ覚えた。ぞつとしたのである。

時刻もあり、あたりの暗さも関係して、未知の所だけに不安を感じ、それは恐怖心にまで及ぶ体のものだったようである。そういう心理状態のところへ、突如新たな光景が立ち現れる。

汽船の真直ぐに進み行く方向、はるか前方に、幽かに蒼く、大陸の影が見える。私は、いやなものを見たやうな気がした。見ない振りをした。けれども大陸の影は、たしかに水平線に薄蒼く見えるのだ。満州ではないかと思つた。まさか、と直ぐに打ち消した。私の混乱は、クライマックスに達した。

これまで多少ユーモラスに筆を進めて来たところがあるだけに、大陸を「いやなもの」を見たような気がしたとある表現が注意を引く。これは地理的錯覚の問題だけではなく、心理的問題の方に重きがあったのであろう。それには、当時のいわゆる日華事変すなわち日中戦争のことも絡んでいたのではないか。帰京するとすぐ執筆し「みみづく通信」を載せることになる雑誌『知性』に、太宰は去る一月「鷗」を発表していた。一つはそのこととの文脈が考えられなくてはならない。しかし、「鷗」には、ものいわぬ鷗に自己をなぞらえる表現があり、中国戦線に関係する事柄には、あまり筆をやらない心中を打ち明けた感があり、その陰がここに落ちているのではないか。「鷗」における「私」は、戦線から送られて来る兵士の小説を読み、その指導に当たる作家であるが、自身を省みるとき肩身の狭い思いをし、あわれな存在であることを強く意識する人であった。

「鷗」の「私」は、三鷹の奥の畑中の家に住み、芸術の火を守ろうとしている。「私」を人が「太宰」と呼んでいることを耳にすることも書かれているが、新潟高校卒業生が講演依頼に伺ったのも、この家であった。その「私」は、自身を波の動くまま無力に漂う「群衆」の一人にすぎないのではないかと思う。そして、「いま、なんだか、おそろしい速度の列車に乗せられてゐるやうだ。この列車は、どこに行くのか、私は知らない。まだ、教へられてゐないのだ。」という。時代・社会への認識が感覚的に示されている。そうした彼も、強い祖国愛を持っているが、そのことを大きい声で言えず、かつて「出征の兵隊さんを、人ごみの陰から、こつそり覗いて、ただ、めそめそ泣いてゐた」こともある、「丙種」の劣等の体格の持ち主であるという（甲種・乙種・丙種とあった）。が、兵士への思いは深く抱いている。

しかし、「佐渡」においては、満州は一国であって、同じ大陸ではあっても、下文でも触れるとおり、少し別のことと思っていたにちがいない。当時北満航路と称された船便は、新潟港が一大拠点であり、東京での日常とはまた異なる現実を意識したかと思われる。新潟では大野屋旅館に泊まった太宰は、新聞を手にしたであろうか。いま十一月の『新潟新聞』から新潟市関係の記事を織り込んでその見出し・脇見出しの若干を拾ってみよう。

○大陸に希望は燃ゆ／十八少女単身渡満／村衆へ範を示す（十三日）
○不安は自ら除け／移民へ〝尊き〟一針／満州開拓研究所長談（十四日）
○南寧欽県／我軍撤退に関し／大本営陸軍部発表（十五日）
○銃後婦人の意気／内野にこの記念寄付（同上）
○三大将親任式／海軍中将正四位勲一等／山本五十六（十六日）
○暫し攻撃を中止／戦野で皇居遙拝（同上）
○勲を語らず／故松田君凱旋（同上）
○シベリア戦の老勇士／戦友の霊を慰む／廿四日白山神社にて（十七日）
○亡き部隊長の勇士／絵に再現して贈る／参戦画家笹岡氏の報恩（十八日）
○郷土勇士近影／清水特派員撮影（十三―十七日）

冒頭に引いたのは、山形の少女についての記事であるが、新潟のみならず広く配信されたものであろう。こうして諸記事を整理してみると、満蒙開拓を勧めるもの、中国戦線の情況、国力を支える銃後の記事、大陸に活躍する郷土勇士の写真と近況、帰還戦没兵とその葬儀ということになる。おそらくどの地方紙も同傾向であったに違いなく、国民を督励し、かつ戒めるものの多かったことを感じさせる。全国紙には「「日満支経済建設要綱」成る／「東亜共栄圏確立促進」」といった見出しの記事が掲げられるなど（朝日新聞、一一月五日）、上昇する国運を報じるものも多かったはずである。

右に挙げなかったが、太宰が乗船した日の同時刻、新潟白山小学校ではこの年度の市の入営兵壮行会が、写真から推定すれば盛会に行われていた。これに対し戦没兵の村葬・町葬関係の記事も見え、新潟県関係では、十三日には「偲ぶ・涙も新た！／小中川村追弔法要」とあり、以下十五日寺泊町（五柱）、十六日刈羽郡西中通村、青海町、十七日木崎村、十八日亀田町と連続する。「鷗」の「私」は新聞を読んだことも書いており、太宰が、仮に新潟・佐渡旅行中新聞を読まなかったとしても、兵士の出征やその葬儀と戦没者にかかわる遺族の関係記事に対応する事柄は、三鷹におけると同じように、一つの空気・雰囲気として旅中の「私」にも作用し、ひいては作品の色調にもかかわるところがあったのではないか。特に鋭敏な感覚の持ち主の太宰であったから、旅先でも微妙なものを感じていたと推察されるのである。

佐渡の初日は夷に投宿し、翌日相川に向かう。車窓からの風景については、「山が低い。樹木は小さく、ひねくれてゐる。うすら寒い田舎道。娘さんたちは長い吊鐘マントを着て歩いてゐる。村々は、素知らぬ振りして、ちやつかり生活を営んでゐる。旅行者などを、てんで黙殺してゐる。佐渡は、生活してゐます。一言にして語ればそれだ。」とある。こうした目は相川に着いても変わらなかった。「鞄を抱えて、うろうろしてゐるのが恥ずかしいくらゐである」と記すのは、いかにも太宰らしいが、それに続いて「いまは、日本は遊ぶ時では無い。」と書いているのは、右の文脈を引く。そういう心理が、島の人を生活者として捉え、自己と対比したごとくである。『新潟新聞』十五日には「遊興にも〝一定限〟／其筋積極的干渉?」の見出しの記事もあった。

「私」は、すぐの帰京を考えたけれども、船便のためそれは翌日のことにし、宿を定めてから金山のことを問うと、「ええ、ことしの九月から誰にも中を見せない事になりました。」との答え。当時鉱山は三菱が経営していたが、国策により前年労務計画で朝鮮から募集・官斡旋・徴用（実際はおそらく強制連行）によって労働力を集め、この昭和十五年は明治以降最大の産金高を記録したのであった。[*4]早くは幸田露伴が坑内を見学して「佐渡ヶ島」（『新小説』明治三〇・一）を発表したこともあったが、太宰の場合戦時下でもあり、機密保持等のことも見学の禁止に関係したものであろうか。

太宰のこの旅の年には、相川大間の火力発電所が完成しており、前々年には、東洋一の浮遊選鉱場もその一期工事を終えて操業が開始されていた。戦後修学旅行で、斜面に建つその巨大な施設に接し圧倒された記憶や、発電所の方は港の残映が稿者（清田）にはあるが、太宰は海岸や山を歩いたことを記しつつも、近くへは行かなかったらしく、金山の一部が見え、ひどく小規模な感じがしたとの感想をもらしているだけである。

作品は、早朝旅館の外に出てまだ薄暗い中、夷港へのバス停留所に立つ「私」の目に映る人々を、ぞろぞろと黒い毛布を着た老若男女の列が通る。すべて無言で、せつせと私の眼前を歩いて行く。

「鉱山の人たちだね。」私は傍に立つてゐる女中さんに小声で言つた。

女中さんは黙つて首肯《うなづ》いた。


と写して閉じられる。働く人たちは、右の統計の数字に貢献したわけである。佐渡は歴史の島であり、多くの文人・作家が訪れた文芸の島であり、蕉門の宝井其角の「罪無くて配所の月や佐渡生れ」の句に関心を抱いていたはずの太宰は、*5 この方面に筆をやってはいない。しかし、太宰の心事はもちろん、はからずも時代の一つの姿を心のレンズで写し撮ったところに、作品「佐渡」の特色を示したところはあるであろう。

太宰の新潟・佐渡への旅行の翌年十二月八日未明、大陸での苦戦をかかえ込んだまま、わが国は米英と戦闘状態に入ったのであった。

注

＊1　伊狩章「旧制新潟高校と太宰治　初めての講演」(『太宰治研究』3、和泉書院、平成三・七)参照。
＊2　拙著『鷗外文芸とその影響』(翰林書房、平成一九)参照。所収論考中、太宰の佐渡紀行では、海上の気象・風波については虚構があるのではないかと述べたが、参考に『新潟新聞』の天気予報を掲げる。
十五日　管内全部［今晩］から［明日］は南西の風大体は曇りで時雨もありますが時々晴れ間もあり寒く

なつてきませう、明日いつぱい風波があります

十六日　南寄風穏かな良い天気で多少の雲も出ますが温度は夕方下りますが日中は暖かです

十七日　[管内全部]風穏かで割合暖かなよい天気ですが後には多少薄雲が出ます

＊3　青野季吉著『佐渡』（小山書店、昭和一七）参照。

＊4　鉱山関係は『佐渡相川の歴史　通史編　近・現代』（相川町、平成七）参照。

＊5　注＊2の拙著参照。

# 中島敦「山月記」の表現「もの」をめぐって

茨木のり子がその文章を好んだ作家のなかに中島敦もあったが、その中島は昭和十七年（一九四二）十二月短命の三十三歳をもって亡くなった。代表作の一つとして、同年二月『文学界』に掲げられた「山月記」が挙げられよう。執筆は昭和十六年四月遅くとも五月初めごろまでという。太宰治の「佐渡」（『公論』昭和一六・一）発表の年のことにかかり、当時のいわゆる日華事変、すなわち日中戦争下であって、太平洋戦争直前ということになる。

唐の玄宗の時代、李徴[*1]は、博学才穎であったが、その性狷介のため官を辞して詩人になろうとしたがなれず、気が付いてみると虎になってしまっていた。その彼が、たまたま道を通りかかった、出世した、かつての友人に一事を依頼する。——こうした「山月記」に左の一節がある。

　他でもない。自分は元来詩人として名を成す積りでゐた。しかも、業未だ成らざるに、この運命に立至つた。曾て作る所の詩数百篇、固《もと》より、まだ世に行はれてをらぬ。遺稿の所在も最早判《わか》らなくなつてゐよう。所で、その中、今も尚記誦せるものが数十ある。之を我が為に伝録して戴き度いのだ。何も、之に仍つて一人前の詩人面《づら》をしたいのではない。作の巧拙は知らず、とにかく、産を破り心を狂はせて迄自分が生涯それに執着した所のものを、一部なりとも後代に伝へないでは、死んでも死に切れないのだ。
（傍点引用者）

この箇所の語りを「他でもない。」と始めるあたり、いかにも羞恥心・自尊心を覗かせた感があるが、関心を引くのは、依頼の理由について「一人前の詩人面《づら》をしたいのではない。」と言っていることである。ここでは詩人としての自己を世に示そうとする心は、相当後退しているのではないか。詩人としての自恃の念からであれば、「作の巧拙は知らず」という表現はしなかったはずである。言うところははるかに深く、その要点は、続いての「産を破り心を狂はせて迄自分が生涯それに執着した所のものを、一部なりとも後代に伝へないでは、死んでも死に切れない」という切実な思いにあった。それまで自己の存在を支えて来たものとしての詩を後世に残したいということである。ここで「産を破り心を狂はせてまで」執着した「詩」としないで、「もの」としたのは、同語反復を避けた表現であることは明らかながら、語「もの」を用いた心理も、そこには関係したのではないか。

こうした一節における表現上の「もの」について、少し立ち入ってみることとしたい。一体「もの」とは、何か容易ならざる類《たぐい》の語であるらしいことは、出隆著『空点房雑記』（岩波書店、昭和一四）所収の「「もの」と「こと」によせて」にも窺われる。一文は、辞書における記述・説明の問題として二語を取り上げた論であって、本稿とはねらいを少し異にするため、これを引く際、出隆による辞書からの引用はここでは省略する場合の多いことを諒とされたい。出隆は、『大言海』で「もの」

〈物〉が四つの項目に分けられていることを述べ、第一項については、出隆による註との断りをまじえて、他の辞書からの用例等（［　］内の引用）に評言をも織り込んで引いているので、行論上ここではその細目と主な用例だけを残して写すこととする。

（一）凡そ、形ありて世に成り立ち、五感に触れて其存在《ある》を知らるべきもの、及、形なくとも吾等の心にて考へ得らるべきものを称する語。（二）事《こと》。［用語例「茂能《もの》申す」「物思ふ」「物淋し」「物のあはれ」等々］。（三）ことば。言語。［用語例、「物などいふ」「物をいふ」「物いひ」］。（四）しなもの。又、おくりもの。（五）事のわけ。道理。［用語例「もののわかつた人だ」］。（六）或所。出向ひて行くべき所。［用語例「物へ罷る」「物詣で」］。（七）食物《くひもの》。飲食物。（八）接尾辞の如く、各語に添ふる語。

続いて「もの」〈物〉の第二項については「者の意より移る」とあって、出隆はこう写している。

（一）神の異称。（二）鬼魅。邪神。妖鬼。物の気《け》。物狂。物の態。物の託《つ》きたるもの。［「人にまれ、何にまれ、魂となれる限り、又は、霊ある物の幽冥に属《つ》きたる限り、其物の名を指し定めて言はぬを、ものといふより邪鬼《あしきもの》と訓めり。又、目に見えぬより、大凡に、鬼（万葉集、七四十「鬼《もの》」、魂（真字伊勢物語、第廿三段「魂《もの》」）を、ものと云へり）といふ注目すべき割註がある。*2」

第三項については、その接頭語的な点で前二項と区別され、しかも名詞であることにおいて、第四項に挙げる「ものあたらし」「もの悲し」というような「他語の頭に接き、熟語となりて、其意義を添ふる語」とは区別されたのであろう、と述べる。そして、

（一）其物を、直に其事と指しあてて言はず、何事をもひとつに、つかねて云ふ語。又、接頭語として用ゐる。（二）兵器《つはもの》。［例、「物部」「物具」など。］――［そして、これにつゞけて、恐らく（一）と関係した句としてであらう、次のやうに述べられてゐる。］――「物になる」とは、然るべきものになる意。［物のきこえ］とは、物事のきこえ。人ぎき。世上の評判。

と引く。こうした一文中、出隆は、上掲第一項の（一）の有形無形の「もの」の解説や、「物の気」・「物の託《つ》きたるもの」等を指す場合の第二項の細目の鬼魅等（二）の説明から、「古い用法での「もの」と覚しきものが今日の我々の普通の用語のうちに見出される」とし、「何ものに就てもそのものの名を指定しないでそれとなく不定に言ふとき」に用いていると言い、次のごとく述べる。

ところで、この不定な用法の「もの」のうちにも、指示さるべきものを定《さだ》かにそれと指して言はうにも言ひ得ないがためにたゞ漠然と「もの」と言ふ場合と、指し示してそれと言ひ表はし得るがわざと差控へてか或は他の何かの理由で斯く不定に言ふ場合とがある。勿論この間の区別は、これを言ふ人の気持ちによることで、その境界は客観的には定められまい。

上に引用した事柄と併せ、右の説明が「山月記」の前掲の「もの」の解釈に際し、示唆するところがあるのではなかろうか。作中の李徴にとっては、この「もの」が自分自身を懸けて来た詩であることはわかっているが、同語反復を避けるとともに、出隆のいわゆる「これを言ふ人の気持ち」からすれば、何か不定に言いたい心が動き、詩に付帯し、その底に潜んでいるようなものに思い至るところがあったからに外なるまい。また詩を「もの」と表現することによって、詩と自己とのかかわりが今初めて摑めるようになり、その結果「作の巧拙は知らず」と少し客観視する境位に至って、記憶する詩を残すことを友人に頼んだということではなかったか。

こうした語「もの」を考えるとき、上掲『大言海』第一項（一）の、感知され、または思惟されうる有形無形の「もの」という意味の説明、第二項（二）の「物の託《つ》きたるもの」、第三項（一）の「其物を、直に其事と指しあてて言はず、何事をもひとつに、つかねて云ふ語。」とある説明に注目したい。特に第三項の場合について、「ものになる」という言葉は、ばらばらに分かれていることがまとまることであると説く出隆は、「ひとつにつかねて」という点が「もの」そのもののかなり本質的な要素をなしていると思うと述べる。そして「それを言ふその場その時での感じなり考へなりがそこで何らか一つに纏まつてゐるところのその点が「もの」である」とひとまずの解釈を示しているのである。そうすると、李徴の場合何がひとつに束ねる事柄の対象であったのかということである。それが自作の詩を指すことのほかに、詩に付帯する何か、不定に言いたい心情、さらには来し方の作詩を中心としての諸事情・状況等を併せ考えることが出来るのではないか。

語「もの」をめぐっては、和辻哲郎の「「もののあはれ」について」の左の記述も注目されてよい。*3

物いふとは何らかの意味を言葉に現はすことである。物見とは何物かを見ることである。更にまた美しきもの、悲しきものなどの用法に於ては、ものは物象であると心的状態であるとを問はず、常に「或るもの」である。美しきものとはこの一般的な「もの」が美しきといふ限定を受けてゐるに他ならない。かくの如く「もの」は意味と物とのすべてを含んだ一般的な、限定せられざる「もの」である。限定せられた何ものでもないと共に、また限定せられたもののすべてである。究竟の Es であると共に Alles である。

上来問題とする「もの」、それは自分でも何か御しかね、かつ自分を翻弄し操るかの感じさえある、得体の知れぬような対象であって、それが和辻のいわゆる、限定されていない、しかし同時に限定されているものと換言できるのではなかろうか。右の解釈を援用すれば、今の李徴にとって、それは「意味と物」を含む「究竟の Es（それ）」であり、同時に「Alles（すべて）」であったのではないか。

こうおさえて典拠となった李景亮撰の「人虎伝」から、上掲李徴の依頼に対応する条を引くと、「虎曰く、我れ旧文数十篇あり。未だ代《よ》に行はれず。遺藁《ゐかう》ありと雖も当《まさ》に尽く散落すべし。君我が為に伝録せば、誠に文人の口閾《なかま》に列する能《あた》はずとも、然も亦子孫に伝ふるを貴ぶなりと。」とある（『国訳漢文大成　晋唐小説』）。己《おのれ》を懸けようとした心中は「文人の口閾《なかま》に列する」望みをひとまず措いた形であるとしても、その詩を子孫に伝えたいという願いは示されたことになる。が、ここからは「山月記」の「産を破り心を狂はせて迄自分が生涯それに執着した所のもの」に対応する表現まではなおまだ読み取れないように思われる。

　このように観察してくるとき、李徴が、詩人になれず、虎になってしまったような自身の資性をめぐって、師に就いたり詩友と切磋琢磨したりしなかったのは、「臆病な自尊心と、尊大な羞恥心との所為《せい》」であると打ち明けていることが注目され、この表現からは中島敦の昭和十一年十一月作「狼疾記」（『南島譚』〈昭和一七・一一〉所収）が関心を引く。作中の三造は一生の目的として、二つの生き方を考える。一つは「出世──名声地位を得ること」であり、もう一つは「一日一日の生活を、その時〳〵に充ち足りたものにして行かうといふ遣り方」である。しかし、彼の治《なお》りようにない「臆病な自尊心」と「人中に出ることをひどく恥づかしがる」性癖によって後者の途を選んだのではなかったかとは思うものの、その二年後の今の生活の「あぢきなさ」を思い、そして考えるのであった。

　こうした人物の心情・思念は、勝又浩も述べるように、李徴の告白につながっていくものと解される。[*4]一体作品のタイトルともした「狼疾」とは、そこに『孟子』から標語として掲げてあるとおり、「指一本惜しいばつかりに、肩や背まで失ふのに気がつかぬ、それを狼疾の人といふ」（原漢文）と記す文に由来する語であって、中島における、その重要性については、つとに武田泰淳が注目していたところである。[*5]そういう狼疾は、李徴の「執着した所のもの」と「これを言ふ人の気持ち」（出隆）につながる事柄として捉えることができるのではないか。

　この問題をおさえるとき「狼疾記」の三造が小学校の先生の話による、地球と太陽とが滅びた暗黒の宇宙の話を聞いたことに端を発した「存在の不確かさ」から「人間の自由意志の無さ」ということとが浮かび上がってくる。これは「街で見かけた、大きな瘤のある男」のことにかかわる心情・思念に結び付くところがあろう。「この男」から「独立した・意地の悪い存在」のように「宿主《やどぬし》の眠つてゐる時でも、それだけは秘かに見覚めて嗤《わら》つてゐるやうな・醜い執拗な寄生者の姿」が、三造に「希臘悲劇に出て来る意地の悪い神々のこと」を考えさせ、こういう時、「何時も、会体の知れない不快と不安とを以て、人間の自由意志の働き得る範囲の狭さ（或ひは無さ）を思はない訳には行かない。俺達は俺達の意志でない或る何か訳の分からぬもののために生れて来る。」と考えるのである。ここにも「もの」の語が見えるのである。こうした場合、世界の形而上学的根本原理としての「盲目的意志」を説くショーペンハウアーの哲理に対する意識はどうだったであろうか。

「山月記」で詩を残そうとした李徴の願いには、右の「存在の不確かさ」に対する心を多少とも響かせていたものかどうか。これは微妙な問題であり、時間の尺度を考えれば、詩のようなはかないものが地球の滅びという宇宙的問題と対置出来る類のものではあるまい。しかし、中島は、「人間の夢も愛情《なさけ》も滅びなむこの地球《ほし》の運命《さだめ》かなしと思ふ」と詠みつつも、「しかすがになほ我はこの生を愛す喘息の夜の苦しかりとも」の一首も歌っている。*6 場合によっては自己の存在証明とでもいった方面に関係することを、作家としてその小説に思うことが、どの段階かにおいてあったにちがいない。

表記の問題に及んで考えるならば、「悟浄歎異」（『南島譚』今日の問題社、昭和一七・一二）には、「自由な行為とは、どうしてもそれをせずにはゐられないものが内に熟して来て、自づと外に現れる行為の謂ひだ」と見え、「李陵」（『文学界』昭和一八・七）には「感動が、陵の内に在つて、今迄武との会見を避けさせてゐたものを一瞬圧倒し去つた。」とあり、「もの」の語に傍点を付し、その表現には自覚的なところがあったことは確かである。こうした例からすれば、傍点を振ってはいない「山月記」の「もの」はどうであったのか。その指すところは、それがすぐ詩とわかるわけであり、これに特に注意を払うことを促してはいなかったらしいことは、特別の手だてを講じなかったことにより推察されよう。しかし、「もの」の語性からすると、単に同語反復を避けるためだけの表現であったとは考えられず、さりげない形のままにしておいたと考えられないことはないのである。

ここで少し文脈をたどってみると、誦記する詩を吐いて書き取ってもらった李徴は、自ら嘲るごとくに「羞しいことだが、今でも、こんなあさましい身と成り果てた今でも、己は、己の詩集が長安風流人士の机の上に置かれてゐる様《さま》を、夢に見ることがあるのだ。岩窟の中に横はつて見る夢にだよ。嗤《わら》つて呉れ。詩人に成りそこなつて虎になつた哀れな男を。」と、倒置法を織り込んで訴える。そして、その語りに耳を傾けた一行は、「事の奇異を忘れ、粛然として、この薄幸の詩人を嘆じた。」と続き、李徴は、事ここに至った運命をたどってから、もう一つの依頼をする。まだ故郷にいる妻子が飢凍をまぬがれるよう計らってやってもらいたいというのである。彼は、さらに言う。「本当は、先づ、此の方を先にお願ひすべきだつたのだ。(中略)飢ゑ凍えようとする妻子のことよりも、己《おのれ》の乏しい詩業の方を気にかけてゐる様な男だから、こんな獣に身を堕《おと》すのだ」と。こうして白い月光の下、咆哮を残し叢中へと姿を消したのであった。

中島敦が南洋から帰ったのは昭和十七年三月であったが、妻たかは、「帰ってから、ある日、今迄自分の作品の事など一度も申したことがありませんのに、台所まで来て、/「人間が虎になつた小説を書いたよ。」/と申しました。その時の顔は何か切なさうで今でも忘れることができません。あとで、「山月記」を読んで、まるで中島の声が聞える様で、悲しく思ひました。」と思い出の一齣を書いている。*7 主人公の心情が作者のそれであったことを感じた身近な人の言葉であるが、この回想は、中島にとっての「究竟のEsであると共にAllesである」ことにタッチしているのではないか。心の中のものを作品として吐き出したいと語った中島の言葉と結び付くもののあったことをも推想させる。

人としての時間が少なくなり、虎としての時間の増えていく身を思うことは、宿痾のため書くことの不可能になる状態の近づいていることの意識の反映でもあったであろうか。南洋行前に深田久弥に託した「山月記」は、そうした事情もあずかり、帰京後改めてのっぴきならぬ作品として意識され、台所での言葉になったのに相違ない。意味的に「つかねる」語性のある「もの」を用いた中島敦を思うわけである。没後発表された「李陵」とともに原典で厚く鎧っている「山月記」であるだけに、かえって中島の心中も作品に堅確に措定されたのではなかろうか。そこに彼独自の方法と様式とが認められるであろう。

妹・折原澄子に、中島がパラオから帰京した際、戦争には強い疑問を持っていたゆえに、姉が戦争遂行への決意らしいことを一度述べた時、「兄がきっぱり否定した」との回想がある。*8 中島敦は、儒をもって家学とする家に生まれており、しかも、中国古典を題材にした作品を多く書いていることからすれば、米英だけではなく、日中戦争をも意識するところがあったのではないか。また、作品が書かれて七十年、人間から異類へと日々変わって行かざるを得ない身の李徴の心理は、時空を異にしていても、いわゆる認知症を始め加齢に伴う病への不安を打ち明ける人のことを考えれば、極めて現代的な小説としても迫って来るものがあるのである。

## 注

＊1　李俄憲「李徴と李陵と―中島敦文学の特質に触れて―」（『解釈』二〇〇一・二）（のち『中島敦文藝の研究』〈希望社、二〇〇二〉所収）参照。『古譚』の中で「山月記」を解釈した論としては佐々木充著『中島敦の文学』（桜楓社、昭和四八）等参照。

＊2　万葉集の用例は一四〇二番の「…可放鬼香《サクベキモノカ》」（40ウ）を指す。

＊3　和辻哲郎著『日本精神史研究』（岩波書店〈初版、大正一五〉、昭和一三・第一〇刷）所収の論参照。

＊4　勝又浩編著『中島敦　作家と作品』（有精堂、昭和五九）参照。

＊5　武田泰淳「中島敦の狼疾について」（『中島敦研究』〈筑摩書房、昭和五三〉再録）参照。

＊6　歌とその背景については鷺只雄「中島敦と短歌―享楽主義の終焉―」（『都留文科大学紀要』八集、昭和四七・八）〈『梶井基次郎・中島敦』有精堂、昭和五三〉所収）参照。

＊7　中島たか「お礼にかへて」（『中島敦全集1』〈文治堂書店、昭和三五〉付録「ツシタラ4」）参照。

＊8　折原澄子「兄のこと」（田鍋幸伸編著『中島敦・光と影』〈新有堂、平成元〉）参照。

# 石塚友二「菊の秋」の文体

**石塚友二**いしづか／ともじ　明治三九 1906・九・二〇〜昭和六一 1986・二・八。小説家・俳人。本名友次。新潟県生。高等小学校卒。農業に従っていたが、大正十三年上京、東京堂書店に勤め、小説を横光利一に師事、昭和十八年『松風』（昭和17）によって、池谷信三郎賞を受賞した。重厚な私小説である。以後、小説で身を立てる一方、石田波郷と共に俳句雑誌「鶴」を刊行、俳人として十五年「俳句研究」に『方寸虚実』を発表して、その図太い生活描写で俳壇を驚倒させた。「別れ路や虚実かたみに冬帽子」あくまで小説家の俳句である。（下略）（草間時彦）

（『日本文学大事典』明治書院、平成六）

芥川賞の予選委員の一人であった川端康成は、「第十五回芥川賞選評」（『文芸春秋』昭和一七・九）で、右の作家の「松風」（『文学界』昭和一七・二）をまず推し、中島敦の「光と風と夢」（同上、昭和一七・五）を次としたものの、二篇ともに授賞したかったと言ったが、ここでは「私小説作家」を自称する友二作「菊の秋」（『文学界』昭和一八・一）の文体に照明を当ててみたい。[*1]

越後蒲原・笹岡（沢口）生まれの友二と見てよい「私」（姓は太田）は東京で勤めているが、作品は「季の弟が、いつの間にか上京してゐて、芝のある西洋料理店のコック部屋に住み込んでゐたには、驚くよりも、まづ、情なさと憤ろしさが何より先だつて感ぜられた。あれだけ云つてきかせたのに分らないのか、分つてもきかうとしないのか、と、しんから腹の煮える思ひで、弟が一途に憎かつた。」（傍点引用者、以下同）と始まる。話は前年のことにさかのぼる。金策のため帰省した「私」に、信濃川に懸かる萬代橋を中心とした新潟はこう映った。

木橋時代四百八十間の長橋の風情を謳はれ、それは確かに或る個の美観をなしてゐたが、交通量の著しい増加、負荷力のますます加はるばかりの各種交通機関を頻繁に渡すためには、長橋の誇りと風情は喪つても、耐重性の強度をまづ尊重しなければならぬことは当然であり、しかも初めて目にした石の萬代橋は、河岸に建ち並んだ近代風な建物と相応し、また悪くない眺めを齎らしてすらゐるのだつた。――新潟の変化は、必ずやあの石橋を渡つて来るであらう、否変化は既に来てゐて、この古めかしい街筋に、恰も近代を象徴するかに思はれる百貨店が、しかも向き合つて二軒も建つてゐるのである。

竣工してそれほど経ていない長橋を渡った太宰治は描写しなかったが、二年後に友二は、右のように記す。下文でふれるように、この小説の文体の特色の一つが、書き出し同様はやくもここに表れている（傍点部参照）。「私」は、古町の洋菓子屋に勤めている十四歳年下の弟四郎に久しぶりに会って帰京するが、弟からは勤めのつらさを訴えられ、東京に働き口がないかと相談をかけられたのであった。弟の言うつらさは一種のわがままにすぎないと判断し、あくまで新潟で辛抱して、新潟で成功することを心掛けねばならないことを言い含め、本人も納得したので事は落着したと思っていたところ、上述の仕儀のようなことになったのである。

先の説得は、実家の事情、菓子職人への道を歩き始めた本人の経緯を踏まえ、「一に二に辛抱と努力を措いて世に成功の手段などあるべくもない」と、実例を挙げて繰り返したもので、新潟で成功を危ぶむような心では東京での成功など思いも及ばないことを強調して、もし安易に東京に走るようなことをしたならば、お前とは縁を切ると言い、たしかな念の押し方をして別れたのであった。その後寄居浜へ出て海を見てから、白山神社、信濃川とまわって駅に着いた「私」を弟が見送りに来た時も、昼間の話を蒸し返し、「放念一途、克己修行、苦労耐忍、さういふこと以外に顧るべき必要のものは今は何もない筈の所以」を述べ、誤っても東京へ出たいなどと考えるな、と執拗にその言葉を繰り返すのであった。

ところがその後、福島にいるはずの、三歳違いの弟廉が偶然遊びに来合わせていたところへ一通の封筒が届き、見ると末の弟からである。作品はこう続く。「弟の四郎がいつの間にか、新潟とは凡そ方角違ひの熱海に飛んでゐるのである。私にとつては、同じやうな莫迦を演じたとしか考へられない二人が、一人は生身を以て、他は手紙を以て計らずも兄の家で邂逅したのだつた」。読み終わった「私」は、手紙を投げつける見幕で、「これを読んでみろ。お前も莫迦なら四郎も莫迦だが、廉の莫迦さは念の入つたもんだ。一体何のためにわざわざ四郎を新潟から呼ばなければならないんだ。大莫迦めが…」と叱り、こういう言葉も続く。

　新潟で働いてゐるとばかり思つてゐたのに、いつの間にか熱海くんだりへ行つてゐて、しかも行くときには一言の知らせもなくここを素通りしてゐて、困つて来た揚句に助け舟を頼んで来るなんて法はないゾ。廉がどんな言葉で頼んで来ようが、きいていいことと、きいてはならぬこと、従いかねることとの判断ぐらゐつきさうなもんぢやアないか。

　このように弟に対する「私」の説得・訓戒・叱責の仕方をみると、いわば対句的に二つの事柄を並列、あるいは対立的に挙げ、念のいった、執拗でさえあるものである。それは、否定や肯定の表現の対置、繰り返しと追加等々さまざまであり、聞く方にとっては実にくどく感じられる言い方で、言葉が言葉を生むといったところもある。「笠にかかつてふんづけるやうに私はいふのだつた」とあるのも故なしとしない。しかも、そうした二項を挙げて終わるのではなく、さらに決定的な追加の言葉を置く。右の「大莫迦めが…」や、「お前はいま俺のいつたこと、去年俺がいつてきかせたこと、この二つを忘れず覚えておくがいい。」と説き、「しつかり胸に刻みこんで置け。」と続く命令口調もその例になる。「お前真逆、東京へ出ると約束をしてきたんぢやアあるまいナ。さういふつもりで熱海から暇を取つたんぢやアなかつたろうナ。新潟へ戻つて修業するはずだつたナ。」と、「釘を並べ打つやうな言ひ方」で念を押すという一節もある。弟への愛憎こもごもの心事から、右のような言い方になったのであろう。

作家レベルに視点を置けば、関東大震災の翌年春上京して勤め人になったとはいえ、農家の次男に生まれ、家族の苦労を肌で知っている友二であった。祖父の代で没落し、手放した田畑を少しなりとも取り戻したいという一家の悲願を、祖母の言葉でも痛いほど感じていた彼は、高等小学校を卒業すると、朝夕仰ぎ見る五頭山《ごずざん》の麓で、自らも三年間農業に従事した人であったから、何よりも堅実・堅確にということが心にあり、上の言葉、文の構造に反映したのも当然である。その彼に農民の心情、ものの考え方が根底にあったとしても意外ではなく、「百姓《ひやくしやう》に泣けとばかりや旱梅雨《ひでりづゆ》」と詠む俳人でもあった。石田波郷は彼に「東北人的な粘着力」を見、「表面気が弱さうに見えながら内面極めて剛腹一歩も譲らぬ強気」を認め、また「誠実を最も大切とする生活信条」の人と捉えている。[*2] それが右の文体の形成にあずかったことは明らかである。

昭和十六年（一九四一）十二月八日、米英との間に戦端が開かれると、事情から同居させていた四郎への召集は確実と思った「私」は、「その目で見、その心で扱ふ」ことを心掛けてやらねばならぬ、とひそかに決めたのであった。が、間もなく郷里から弟への「シヨーシユーキタイサイフミ」の電文を読むことになる。折から弟は結婚話を出すものの、時勢を考えて反対していた時である。そこで、心ばかりの歓送会を開いてやろうと考えるのであるが、相手は一人娘であり、弟は婿養子になるわけであった。しかし、「女の問題以来まともに顔を向け合ふことの稀だつた、顔を合せても陰気な目を向ける方が多かつた四郎の、張り切つた生き生きした表情を非常に気持よく見た。」というようになる。そして、弟に「何か切ないものの美しさ、そんな風なもの」をも覚え、兄として狭い自宅で知友や弟の結婚相手と考える女性をまじえて、ささやかな宴を張るのであった。

「松風」においては中程に、「わが恋はうせぬ新樹の夜の雨」と詠み込んで主人公の心情を叙していたが、ここでも左のごとく一篇の字眼としての句を置き、時代の証言となる俳人作家の小説となった。

酒がいい加減に廻つたところで皆に頼み、国旗へ署名して貰ふことにした。俳句をやる友達が多く、自然俳句が多く書きこまれるのだつたが、一亙りしたあと、私も俳句を捻つてやりたくなり、しばらく考へた後、

心置なく征けよ菊咲く時の秋

かういふ句を認めた。菊咲く時の秋は拙いが、心置なく征けよ、に私の心は籠つてゐる、弟よこれを見よ、さういふ心で、弟の餞けは出来た、さう思ふのだつた。

終行で多くの読点と呼びかけや副詞「さう」の語を用いて弟への纏綿した情を表しているが、事柄の推移と心理の襞をしっかりと、しかも地味に追う、根気ある堅確な文体は友二の特色として注目され、その点では、萬代橋を描写・説明した前掲例のような長文がしばしば見える一事も関心を引く。

ところで、友二には「兄弟」(『三田文学』昭和一〇・二)の一篇もある。東京で勤め人をしている英二が、嫁いだ姉の家庭をK町(郡山に擬せられる)に訪ね、近くに住む弟をまじえ、農家出の兄弟姉妹が久方ぶりに語り合うというものである。これに比し「菊の秋」は、出征する弟という重い時代的、社会的テーマを私小説として書いていることを見逃してはなるまい。それで、「私」の心情もあって、おのずと文末に「のだつた」という、新たな認識をも含む、物語的詠嘆の表現をとることが多くなっ

たのではないか。結婚に至る自己を描いた「松風」にもこの文末表現はしばしば見え、「兄弟」の場合はやや少なくなる。が、「菊の秋」は目立ち、その文体的特色の一つが表れた趣である。

「松風」・「菊の秋」ほか四篇を収める小説集『松風』（小山書店、昭和一八・五）の「あとがき」に、小説を書くことが生涯の念願と打ち明ける友二は、甲氏（横光利一）から、「松風」のことで「近頃文壇の秀作と存じ愉快に堪へず、深更独り祝杯を挙げました。A氏賞など問題にせずますます精進さるべし。」との手紙を受け取ったとある。文面には批判の文字も見えるが、「これほどの名文は近ごろ稀であり、美しさを内に包んだ含羞の趣き捨てがたいものがあつた。」と記している。一生に一度甲氏に褒めてもらえる小説が書きたいと友人にも聞かせていただけに、その喜びは大きく、また当初自ら受賞など問題にせず云々と考えもしたらしいが、同時に不安を感じるところもあったという。事は期待通りには運ばなかったけれども、選考過程で受賞圏内に近づいた際、郷里の老父母、その他の人たちのことを思ったこと、東京の二十年も無意味ではなかったと記して「僥倖を祈つた」ことも「私の誰にも明かさない心事だつた」（昭和十八年二月）と書いている。

故郷とのつながりを強く意識していたこの作家の文学的精神の結晶とも解される一句を

彼方なる空恋ひし日よ雪の五頭　　友二

と刻んだ碑が、七十四歳の年の昭和五十四年秋有志によって故園の地に立てられたのであった。[*3]

注

＊1　この作家については伊狩章・箕輪真澄・浮橋康彦監修『越佐文学散歩　上巻』（野島出版、昭和四九）の「石塚友二」（田中栄一執筆）、石塚友二先生句碑建立発起人会『こゝろの山河―石塚友二先生句碑建立記念誌―』（昭和五四）、清田昌弘著『石塚友二伝』（沖積舎、平成一四）参照。

＊2　石田波郷「随筆的人物論　石塚友二」（『俳句研究』昭和一五・六）参照。

＊3　友二を招いて除幕された碑については注＊1の『こゝろの山河』の口絵参照。

# 山本有三『無事の人』の世界

## 一　「すわり」の思想と『無事の人』

『無事の人』（『新潮』昭和二四・四）は、転地療養の旅館で秘かに英国の国際政治学者エドワード・H・カーの著書『平和の条件』*Conditions of Peace* を読んでいる宇多が、為さんという職人の回顧談に耳を傾けながら、日本の将来について考えをめぐらせるという小説である。現在定本とされ、作者の最終意志でもあった改訂版（昭和二七・七）の世界における現時点は、太平洋戦争も末期にさしかかった昭和十九年（一九四四）の早春であり、所は渥美湾に臨む蒲郡あたりらしい。紙幅からすれば、来し方を語る為さんの話がきわめて多く、作中の宇多の位置を考えると、いわゆる枠小説ということになるであろうが、作品の主題となると、為さんの人生やその体験から出た言葉と目下の戦争の帰趨とその後に来る問題、すなわち両者の意味的連関にかかわる宇多の思量も重きをなしている。

こうした『無事の人』は、暗い戦時下をくぐりぬけた時点での執筆であり、それまでの有三の著作の形成契機、モチーフを内包したところが多い。その具体相のいくつかについては下文で取り上げるが、主人公についてみても、昭和十二年から発表の『路傍の石』をはじめ辛抱しながらまじめに人生を生きる苦労人が目立つ。小松伸六が、それらの作品を支えるのはこの「苦労人の倫理」ではないかとさえ思われるほどであると述べたのも故なしとしない。[*1] そうした人物の生の一齣を、ただちに作者の自伝と結びつけることはできないが、そこには有三の〈詩と真実〉を響かせたところはあるように思われる。『山本有三全集』（昭和六・三）の「序に代へて」で、自分の「ふくらはぎの太く重たい足」を知って歩いて来たつもりである云々と打ち明けたような創作態度も、如上の主人公の造型に反映し、人生いかに生きるべきかという問題にふれる作品を書くことにもなったであろう。

その有三に、「すわり」（初出「坐り」〈『新潮』大正一四・七〉）の一文がある。疾走する自動車に乗った体験から、自分たちを乗せて回転する地球のことを思い、はげしく回転し、その頂点で動いていないように見えるコマのすわりの現象に注目する。すなわちコマは「力がはちきれ、いきおいが高まって自ずからすわる」のであり、「すわることは澄むことである」と述べた随筆である。翌月新聞に発表の「途上」を見ると、〈すわり〉は有三にとって求めるひとつの理念となり、思想になっていたことを思わせる。『無事の人』には、この「すわり」の思想も作用しており、これら二篇を書いた作者にとって、思考上その分身として捉えられる宇多は、戦争とその後とに不安を抱いているのであるが、為さんは、右のすわりを体現している人物でもあるように思われる。早朝旅館の裏で濃い霧の中、精神を集中して刃物をといでいるさまを、「静かでありながら、近づくと、はじき飛ばされそうなもの」をただよわせていると感ずるのはその一つである。

真珠湾攻撃翌年刊行というカーの上掲著書の序論には、平和や安全保障を、その直接の目標とする世代は、近い過去の国際関係を見ても、やがては挫折する運命にあると言い、「人間世界のできごとで獲得できる唯一の安定とは、**クルクル廻るあのコマの安定**か、さもなければ**走っている自転車の安定**のようなものだけである。」（高橋甫訳）[*2]との主張がある。最近交換船で帰国した友人が読むようにといって貸してくれたこの書中、宇多は、特にその「安定」のためには戦勝国側が戦後世界における政治・社会・経済及び道義上の諸問題に対し、従来の形の「安定」ではなく「革命・革新」をしようという熱意をもって臨むべきものであるとの論に関心を寄せる。カーは、コマや自転車そのものの安定についてはこれ以上のことを述べていないが、この比喩を用いて絶えざる前進を説く論について宇多は思量をめぐらせる。そして、「これなら、かけ声だけの平和ではなくて、すわる平和、きずきあげられる平和である」と思う。けれども、そういう状態が戦後すぐ実現するとは思えないが、その方向で進んでいくことは考えられないことではないとも思うものの、不安も抱いている。

在来の国際関係と安全保障の実態に対するカーの挑戦的論調は『無事の人』では幾分か弱められた観があるが、宇多ならぬ作家有三は、自身の「すわり」の一文同様コマの比喩を用いている論に驚き、関心はより深められたはずである。それで問題点は、以後にも読み取られる宇多の憂慮と不安感のなかに織り込む形の叙述にしたのであろう。しかし、為さんの生やその言葉と宇多における「平和」の問題への思索は、「すわり」の思想とともに、見えつ隠れつしながら作品の世界を流れているのである。

## 二　為さんにおける〈無事〉の問題と宇多

東京・深川生まれの為さんの視点から、その来し方の主な事柄を挙げてみよう。

○十一歳のとき母親の死によって、継母が来たためにするさまざまな苦労。
○翌年、学校が好きだったが、大工の棟梁のところ（大吉）に奉公。両親の夜逃げで親方を父と思う生活。
○棟梁のおかみさんの甥幸ちゃんが養子に入り、気ままな彼のため奉公人として苦労と辛抱。
○親方の姪お菊さんが田舎から幸ちゃんのところへ呼ばれたものの、彼は遊郭出の女と結婚。
○親方の世話によりお菊さんと結婚。親方急死。子供が生まれるが、一年後に妻は死去。
○赤子の守で幸ちゃんの妻（あねごと呼ぶ）の世話になるが幸ちゃんと合わず独立。
○離縁し大吉を出たあねご（本名秋子）は、なついた子供のこともあり同居を乞うが、拒絶。
○内心好意を抱いていたあねごとの何かいやな別れ。元大吉での友人の妹と結婚。
○建前に贈られた祝い酒で失明。あねごの無理心中のための酒と判明。彼女は自殺。
○妻の実家（蒲郡付近）へ。禅宗の和尚さんの助言もあり揉療治の免許を得て開業。

店開きの帰りがけに和尚さんが、「おまえさんも、だいぶいろ〳〵の事があったが、これからは無事の人になんなされ。」と言ってくれた言葉が心に深く残ったのであった。息子の戦死は語らなかったが、この間の事情は右の列挙事項からも推測されるであろう。

　こうして今は揉療治で生計を立てているのであるが、為さんの話によると、仕事熱心なあまり、針を打つ際聴診器を使ったため、医師法違反のとがめを受け、仕事に出かけることができない。縁側で日なたぼっこをしていると、井戸端で妻が洗濯をする静かな水の音が聞こえて来たという。「――だんな、せんたくの水の音って、きれいなもんでござんすね。（中略）ばかに、澄んで聞こえるんですよ。あんなせえ〳〵した音ってありませんね。」（傍点引用者）と言い、こう続ける。「ぽかあんと、縁がわにすわってると、お天とう様がいいぐあいに当たって、ヒザの上がぽか〳〵あったけえんですよ。裏のほうからは、静かなせんたくの音が聞こえてくる。空にはトンビが舞っている」。洗濯の音とトンビのピーヒョロヒョロの鳴き声とを聞いていると、人間、欲得を離れ、眠ったくなるというのであった。――ふと目をさますと日は相変わらずヒザに当たっていたと言い、「バカにいい心もちでござんしてねえ。すっかりお天とう様と仲よしになっちまったような気がするんですよ。はゝあ、こういうのが無事の人ってえのかな。よく、天地と一枚になるっていうが、そいつは、大かた、こんなのをいうのかもしれねえ。――」と語る。洗濯の音をめぐるごく日常的な一齣についての語りである。

　洗濯について話す場面は、横光利一の「春は馬車に乗つて」（『女性』大正一五・八）にも書かれている。木枯らしが吹き始め、ダリアの縮むころの、肺を病む妻と看取る夫との会話である。「人間は何も考へないで寝てゐられる筈がない。」と言う夫の言葉に、「そりや考へることは考へるわ。あたし、早くよくなつて、シヤツシヤツと井戸で洗濯がしたくつてならないの。」と答える。夫は妻の意想外の欲望に笑い出したのであった。為さんに耳を傾けさせ、病床の妻を恋しがらせた音は、当時多くが井戸端の洗濯であった事情からすれば、青空の下、日なたか木陰におけるそれだったにちがいない。ありふれたことでありながら、「いのちの洗濯」の語もあるように、洗濯には人間にとって何か容易ならざるものがあるのであろう。しかし、為さんは洗濯する当事者ではないこともあって、自分でする仕事がしたくなったと言い、うんと働いていないと「生きてるような気がしねえ」と口にし、「仕事に夢中になってる時が、一番苦労のねえ時ですよ。」、「働いてたら、無事ってことにいかねえもんでしょうかね。」と言う。

ところで、「すわり」の一文に、「禅門で、すわることを、だいじなこととしているのはうなずける。」とあり、コマがすわることを子供たちは「澄む」ともいっている、とあるが、その境涯から為さんにしてはじめて、洗濯の音の澄んでいることを聴きとめ得たのに相違ない。腕利きの大工として苦労した閲歴もこれに関係したはずである。冒頭の場面の宇多に映った刃物をとぐ彼の姿にその一端は示されている。為さん本人は意識していないかもしれないが、手仕事の世界からの、こころの世界への提示をより深く感じさせるものがある。心眼を開いたらどうだ、とも諭された為さんであったが、早川正信の論にあるように、有三にツヴァイクの『永遠の兄弟の眼』の翻訳（昭和二・九）のあることも想起される。[*3] 為さんの名は、「為す」「他人《ひと》の為《ため》」等と内包が豊かなものと解されるものの、それとの関係の有無についてはわからないが、行為と無為とへの関心を促す標語を作品の前に置き、仏陀出現以前の国で、地の底、闇の中へ降りる体験を経て聖者と言われたヴィラータを主人公としているからである。有三によるシュニッツラーの『盲目のジェロニモとその兄』は名訳（大正一〇・八）の誉れ高く、また好んだ小説『グストル少尉』（一九〇一）の意識の流れを追うような手法も、噺家や劇作家有三の技法とともに、『無事の人』形成への刺激となるところがあったかもしれない。[*4]

上のごとくすわりの意義に考えをめぐらせる宇多であったから、無事をめぐる為さんの言葉は自分の問題としても重く意識されたのであった。しかし、作中の宇多の役割としてこのことはさらに考えられなければならない。それによってカーの主張する平和の条件が受けとめられたからである。個人と国家・国際関係との大きなちがいはあっても、働き続ける為さんの人生における無事の問題と、在来の固定的なそれではなく、動き続ける在り方としての戦後の平和や安全保障の条件の問題とはなお考えられるべき事項であった。

## 三　作品の改稿の問題

ところで有三は、雑誌発表とその年十一月新潮社より刊行の単行本『無事の人』の第九、第十章に大胆な斧鉞を加えて、改訂版（定本）の第九章のテクストにした。このことについては行き届いた早川論があるが、これを参考にして少し観察を試みたい。初版の第九章では、カーがそれまでの国際関係をたどり、彼が提出する道義の危機を叫ぶ論にもふれながら、宇多は、いかにも義理・人情など封建的なにおいのする為さんの無事にかかわる個人的話と新しい民主主義の樹立を目ざしている学者の革新的な平和の条件のこととの間を、どう統一的に解するかに腐心しているところを感じさせもするが、[*5] これは作品の帰趣を考えると一顧を要する問題である。

第一は、作中カーの論は関心を引いたけれども、日本は戦勝国ではなく敗戦国の側に立たされる予感もあり、その視点からも重い現実の前には、戦争やその後のことは予測しかねるところがあったという問題がある。宇多は海の彼方からの暗いものの到来を不安に感じており、また作家レヴェルで言えば、『米百俵』（『主婦の友』昭和一八・一）の戊辰戦争当時に題材を得た長岡の出身の山本五十六元帥は、作中の時点としてもすでに戦死していたのである。戦時下の事情もあり、カーの論による新しい革命・革新を日本にあてはめても、その具体相は不明なわけで、不安の情も抱かざるをえないものがあったことは確かである。宇多は、ここで浜辺に打ち寄せる波のことに思いをめぐらせる。

そもそも昭和三年（一九二八）新聞に連載の『波』に、海岸に寄せては返す波について、無意味の繰り返しのなかに、何があるのかと問う人に、よくはわからないが、岸に打ち寄せている波が、いつか大きな巌に、あなをうがつように、何か深いものがあるのではないか、と応じる人の言葉がある。『無事の人』の冒頭にも波の描写は見え、初版の第九章にも、「今、浜べにうち寄せている波は、いつからともかぞえられないほどの、遠い昔から、同じ調べをくり返している。（中略）単調ではあるが、屈託がない。おそらくは、自然のまゝに動いているからであろう。自然には造作というものがない。（傍点引用者、この表現は定本で削除）たくらみがない。権力をふりまわしたり、利をむさぼるということがない。」とある。それで、いつも無事なのであろうと思う宇多は、さらに道義のことなども含めて、人類に進歩というものがあるのだろうかと、今日のありさまから思うが、作中一眼目ともなる為さんの言葉を思い浮かべての、左の描写が続く。

「毎日、働いてたら、無事ってことにいかねえもんでしょうかねえ。」

為さんの言った単純なことばが、今さらのように胸を打つ。

宇多は、手すりにもたれたまゝ、夜あけの前の大気の中に立っていた。春とは言いながら、指さきがかじかむほど寒かった。

東のほうの空が、いくらか、しらみそめてきたようである。

突然、悪魔のうめきのようなポーといううなり声が響いてきた。それは、ひとところからではなく、同時に、あちらからも、こちらからも響いてきた。その響きといっしょに、やみを突んざいて、三条の白い光が、空に走った。

宇多は急いで、あま戸を締め、明かりを消した。

悪魔のうなり声は、なお続いていた。そのうなり声のあいだを縫って、飛行機の爆音が聞こえてきた。

（傍点引用者）

初出の本文はわずかに異なるものの、[*6] 第九章はここで終わって最終の第十章に移るが、改訂版では、この場面をもって作品は終わる。為さんの生と宇多の日本の将来についての思量との統合的解釈の課題があるけれども、宇多が為さんの右の問いかけを思い浮かべたことや、社会状況としては、宇多の憂慮と不安の表現によってこれを暗示しえたと、改めて考えたからではないか。定本では、談理よりも、「一即多」（『悲劇喜劇』昭和四・四）の一文から推測されるように、味わいを重視した芸術家としての立場に思いを致したのであろう。

第二は、「無事これ貴人。たゞ造作することなかれ。」(「無事之貴人。但莫造作。」)の言葉のある第十章が削除された問題である。これには出典とされる『臨済録』の文脈で通すことが作品の論理では複雑になってしまうおそれなしとしないことが関係したものであろうか。このあたりの解釈の問題は今後に残されているとしても、早川論に無事の人という内実が変質していたのではないかとするのは、参考になるにちがいない。前掲の和尚さんの言葉として「これからは無事の人になんなされ」とだけ言わせたあたりからすると、宗教的臭みを前面に出すことを避けようとしたと解されようか。

第三は、敗戦直後の状況についての叙述・表現の削除である。現実の国情からするといかにも軽い叙述になってしまうおそれなしとしないからである。小説の視点と言ってしまえばそれまでであるが、原爆投下をはじめ、あまりにも重たい現実のあった状況のことも考えたのであろうか。昭和四十八年(一九七三)新聞に連載し、死により中絶した『濁流』の執筆も、いくらかこの方面に関係していたのではなかろうか。カーの戦争論や主張を日本にあてはめた場合の問題の容易ならざることを思い、初版第三章のカーによる、「十九世紀を支配した裕福な中産階級は、平穏な生活に、あまり価値をおき過ぎた。」云々とある行文や、第九章中のカーの論の関係箇所を削除して、霧や不気味な音や光を点綴して宇多の不安の心理を書き、冒頭と最後とを照応させる形にしたことが考えられる。

第四は、第十章で地震による為さんの死を書いたことには、そのまじめさも結果した他人《ひと》の為《ため》という人生態度の意味を表すところがあろうが、作品の展開上も、その主想からもしっくりしないものを感じるところがあったからではないか。それには書題とのつながりの問題もあろう。病人をかばうように死んでいた為さんの最期の姿は道義的、宗教的に高いものを見せており、この削除は惜しいという見解もあるが、[*7] また技巧的にすぎるきらいはないかという問題もあったのではないかと想察される。「すわり」の思想、働くこと、「苦労人の倫理」、カーも提出した道義的、倫理的な問題、肉眼では見えない中からの思念、無事・平和と諍い・戦争の問題、繰り返し打ち寄せる波と自然と、――『無事の人』は、有三文芸における諸契機総合の観のある、ふところの深い作品として向後も注目されなくてはなるまい。なお作品外のことになるが、有三は晩年「自然は急がない」と揮筆している。この観点に立つとき、現今の世界に対し、はからずも一つの重い評言を提出することになったように思われる。人類は今あまりにも〈自然を急がせている〉からである。

## 注

＊1　小松伸六「人と文学」（『山本有三集　筑摩現代文学大系25巻』昭和五二）参照。

＊2　エドワード・H・カー著、高橋甫訳『平和の条件』（建民社、昭和二九）による。なお『平和の条件』を書いた当時の著者や、その背景については、ジョナサン・ハスラム著、角田史幸・川口良・中島理暁訳『誠実という悪徳―E・H・カー　一八九二―一九八二』（現代思潮社、二〇〇七）第四章参照。

＊3　早川正信著『山本有三の世界　比較文学的研究』（和泉書院、昭和六二）参照。以下早川論はこれによる。

＊4　有三におけるシュニッツラーの受容については、拙著『鷗外文芸とその影響』（翰林書房、平成一九）及び注＊3参照。

＊5　滑川道夫編『山本有三読本』（学習研究社、昭和三四）では「○庶民的な職人と知性的な知識人　○個人的なものと社会的なもの　○体験的感性的な接近と理論的理性的な接近　○特殊的具体的な世界と普遍的一般的な世界」と対比的な読みの観点を示している。

＊6　この場面、初版では「うめき」に傍点が付され、「ポー」は「ポウゥ」とあり、「明かりを消した。」はな

く、その前が「あま戸を締めた。」などとなっている。

＊7　高橋健二編著『山本有三　近代文学鑑賞講座12』（角川書店、昭和三四）の鑑賞文参照。なお注＊5の書に推敲ということについて、始めに湧く原油から不純物を除去して「澄んだ石油」にすることである、との有三の比喩的説明の紹介がある。

付記　作品は戦後の執筆であるが、その内容と比較的早く構想したものらしいことから、ここに配置した。

# Ⅵ　坂口安吾の説話的世界

# 「「文芸冊子」について」と上越文化懇話会

昭和二十二年（一九四七）十一月十五日発行の『文芸冊子』第二年第七冊（通巻第十七号）に坂口安吾は、「「文芸冊子」について」の一文を寄せた。執筆者紹介欄には「作家、東京居住」と記すだけである。ちなみに掲載号の目次を掲げると左のようになる。

| | |
|---|---|
| 人間の画家ユージエーヌ・カリエール | 倉石　隆 |
| 越後文学風土記 | 木村　秋雨 |
| 熱海一休庵（短歌） | 原　靖直 |
| 「文芸冊子」について | 坂口　安吾 |
| 打坐（詩） | 青木　力 |
| 雁わたる（俳句） | 上野はるを |
| 断想（創作） | 武田　哲夫 |
| 聖女（長篇第七回） | 小田　嶽夫 |

これに編集後記・執筆者紹介と奥付のある裏表紙のページが加わり、四六判より少し小さい全三十三ページの、文字通りの小冊子である。裏表紙には囲みで、読書週間に当たる期間を報せ、「読書しない国民に文化は無い。」、「良書にめぐり会つたよろこびは愛人を得たそれにもまさる。」等の標語を掲げてある。太平洋戦争終結後間もなく、開かれた世界への誘い・指針を示し、当時の新しい息吹を感じさせる。この雑誌は、第一冊を昭和二十一年一月二十日「上越文化懇話会」による、敗戦五か月後の発行にかかる。しかし、会の創立は戦前最終年の春であった。会規定には、「本会ハ高田市ヲ中心トスル所謂上越地方ノ文化ノ向上発展ヲ図リ延テ新日本文化ノ建設ニ貢献スルヲ以テ目的トス」とうたい、その目的達成のための事業を、月刊誌『文芸冊子』の発行、講演・講座・研究会の開催その他の文化事業と定めてある。

会の事務所は寺町の善導寺に置き、会員は五十沢二郎（評論家）・市川信次（民俗学研究家）・内山泰信（住職）・小田葦雄（図書館主事）・小田嶽夫（作家）・浜谷浩（写真家）及び藤林道三（医師）の高田在住者であり、市出身で「城外」（『文学生活』昭和一一・六）による芥川賞受賞作家・小田嶽夫（善導寺寄居）が編集を担当。『文芸冊子』公刊の経緯については、編集者の「上越文化懇話会のこと」に詳しい。すなわち、高田が雪深い地であることから友人と稀に文学や文化を語り合うのがわずかな慰みで、外界とは殆ど縁を絶った境涯にあったことを記す。一般の町の人の生活についても、青壮年の大部分は軍需工場に通勤しているが、夜暗くなってから帰宅しても腹を充たす食はなく、暖をとる燃料にも事欠く有様で、加えて読む雑誌・書籍もない、陰惨極まりない状況とある。「これが人間の生活か」

と長大息されるような生活に潤いを与えたく、また、豪雪と苛烈な戦局がもたらす閉塞感からの脱出を思い、有志相寄って地方の文化のため語り合い、四月に五名の者が、配給下わずかな食を持ち寄って第一回の会を編集者の住まいで開いた。席上、野尻湖畔に疎開の坪田譲治（小川未明と「青鳥会」でつながりがあった。）を客員とすることも決められたのであった。

冊子には「ぶんげいさうし」とルビが振られ、その第一年第一冊は、括弧内に筆者・作者を記入して示せば「上代の土器　日本の理想」（五十沢二郎）、「思文存稿」（布施秀治）、「民俗採集者の言葉」（市川信次）、「老心（短歌）」（相馬御風）、「女談拾遺」（内山泰信）、「声と木だま（詩）」（堀口大學）、「蓮枯るゝ（俳句）」（小田葦雄）及び「唇寒し（創作）」（小田嶽夫）となり、これに「上越文化懇話会のこと」、「執筆者」、「会規程抄」が加わる。畳んだ体裁であって、広げると一枚紙になる。当時の出版事情をも反映するこの体裁・型は、時に合併号のこともあったが、第一年第十冊（第十号）すなわち昭和二十一年十二月号まで続く。

第二年第一冊（第十一号）は年明けた一月ではなく、昭和二十二年二月に新装をもって出され、表紙は一部色刷り、袋とじで四十ページとなり、以後この体裁になる。「第二年出発の言葉」は、この雑誌のそれまでの経過と存在意義とを訴えており、精神史・文化史の一資料ともなるので、全文を引きたい。

> 我等はこの冊子創刊の時何の言葉も掲げなかつた。気持がまだ混乱してゐるのに、麗々しい文字だけを並べて人を、又、自らを欺きたくなかつたのだ。そんな次第であり、且つこんな片々と

した冊子だのに、どこにみどころがあつたか、号を追ふにしたがつて我等を声援する士が殖え、高風典雅と、過褒する人さへ出た。我等は決して自惚れはしなかつたが、満足でないことはなかつた。なぜかなら、それこそ我等のひそかに望んだものだつたからである。我等は時の野卑な気持、騒々しい雰囲気から自己を守り、且つ日本人の礼節を保ちたかつたのだ。

併し、今は我等は時の空気のなかへ飛び込まねばならない時だと思つてゐる。騒々しさが一層加はるなら加はつてもいい、我等の声をも強くそのなかにひびかせるのだ。と言つても、我等は読者を指導しようなどといふ大それた意識を持つてゐない。我等は読者の大多数である青年諸君と共に切実に時代を生き、悩み、その生命の声を高らかに叫ばせたいのだ。

我等の冊子は郷土地方人を対象とした、普及度の低い冊子だ。それにも拘らず我等敢えてこれを刊するのは、郷土を、地方を愛し、信ずるからである。我等が真に日本を愛し、信ずるなら、当然郷土を、そして地方を愛さなければならないと思ふ。我等は冊子の効用を大して念頭に置いてゐない、我等はただ右の信念と愛情を此のやうなかたちであらはさずにゐられないのだ。

会発足後会員も次第に増え、三月には四十七名を数えるに至り、名誉会員として小杉放庵・相馬御風・布施秀治が名をつらねている。安吾は会員ではなかったが、上記のごとく一文を寄せた。下にその全文を掲げる。

ふるさとの雪国でこんな雑誌がでゝゐるかと思ふと、それだけでたのしい思ひになります。お寺の和尚さんだの、田舎のお医者さんだの、市長さんなどが思ひ思ひのことを書いてゐるのは全く愉快なことですね。文学などといふ鋳型に入れると困つた物になるので、ただ硯と筆との本来の魂がそのありのままで現れてくれると、こんな小さな雑誌が我々の小さな生活に一番得難い友達になるでせう。和尚さんは和尚さんのやうに、お医者はお医者のやうに、市長さんは市長さんのやうに、みんなそれぞれの魂で、雪国の小さな都市で本当に生活してゐるその感情が生きて流れて欲しい。かういふ雑誌の存在は大切であり、その在り方によつて、文学でないために、むしろ本当の文学よりも文学的なものになるでせう。さういふつゝましい（それ故本当の）生活感情がにじみでるためには一つの雰囲気が大切で、この雑誌にまだ本当の魂はこもつてゐないやうですが、一つの雰囲気の発芽はあると思ひます。それが何よりです。

購読か寄贈か、安吾がいつごろ雑誌を手にしたのかは詳らかでない。「和尚さん」「お医者」は創刊号から関係したが、「市長さん」が実際であったのかどうか不明であって、川上大造・関威雄と続く当時の市長の名は当誌には見えない。第一年第二冊に「八丈島随想」を執筆した中川潤治（執筆者紹介欄に「前高田市長」とある）を指していたとすると、安吾は『文芸冊子』を早くから読んでいたことになる。そうであれば、「第二年出発の言葉」にも目を通したかもしれない。しかし、文中の「時の野卑な気持、騒々しい雰囲気から自己を守り、且つ日本人の礼節を保ちたかつた」ことから機関誌を発刊したという会の姿勢に、安吾は賛同しかねたはずである。「時の野卑な気持、騒々しい雰囲気」の内実が文面ではもう一つ明らかでないけれども、安吾の文芸論の基調を考えるとき、「芸術の最高形式はファルスである、なぞと、勿体振つて逆説を述べたいわけでは無いが、然し私は、悲劇《トラジエディ》や喜《コメ》劇《ディ》よりも同等以下に低い精神から道化《ファルス》が生み出されるものとは考へてゐない。」と始まる「FARCEに就て」（『青い馬』昭和七・三）や「通俗と変貌と」（『書評』昭和二二・一）の趣旨と衝突するのではないか。後者は、「第二年出発の言葉」と同時の発表にかかり、「文学は、いくら面白くても構はない。ハラン重畳、手に汗をにぎらせ、溜息をつかせても、結構だ。さういふことによつて文学の本質が変化することはない。日本の文学は、面白くなさすぎた。あんまり直接たゞ一服の鎮痛薬であるばかりで、病人の長々のオモチャに徹するだけの戯作者魂が乏しかつた。」とも記しているのである。

上の礼節についての論は特に問題を感じたであろう。安吾はつとに「日本人に就て」（『作品』昭和一〇・七）で、自分が日本人であることにウンザリしていると打ち明け、「日本人は宗教心を持たない代りに、手軽な諦らめとあんまり筋道のはつきりしない愛他心とに恵まれてき」たと言う。そして、これまで情熱の追求ということを教えられず、途中で抑え、諦めることに馴らされ、自己の正しい欲念よりも他人の思惑を気にしたりし、それの愚かしいことに気付き、また憎んでいても、長い習慣から脱け出ることができないと指弾する。魂の底から姿を現す日本人を待ち望んでいたのであるが、そのために、日本的な枯淡の風格やさびといったものに、絶望というよりは激しい反感を持っていると説いていることも見逃せない。その点では上記「第二年出発の言葉」と安吾の「日本文化私観」（『現代文学』昭和一七・三）とは衝突するところが少なくない。

しかし、多数の青年読者に「共に切実に時代を生き、悩み、その生命の声を高らかに叫ばせたい」との『文芸冊子』発刊の趣旨には、膝を叩いたと思われる。言葉の規定のしかたにもよるが、安吾の立脚点からは、「時の野卑な気持、騒々しい雰囲気」を否定し、「日本人の礼節」を保とうとする態度には、守旧的な、囚われたものを感じたであろう。けれども、右の主張には、文芸・芸術の本塁を強く志向する精神を感得したはずである。そこには「堕落論」（『新潮』昭和二一・四）・「続堕落論」（『文学季刊』昭和二一・一二）、あるいは「通俗と変貌と」に深く通ずるものが認められるからである。

安吾が、人間と人間、個の対立というものは永遠に失われるべきものではなく、人間の真実の生活とは、常にただこの個の対立の生活の中に存しており、「この個の生活により、その魂の声を吐くものを文学といふ。文学は常に制度の、又、政治への反逆であり、人間の制度に対する復讐であり、しかして、その反逆と復讐によつて政治に協力してゐるのだ。」（「続堕落論」）と言う一節は、人間存在の悲しみ・孤独を見つめ、これと対峙し、これと戦い、これと融合しようとする彼の文学論、文芸の世界へと直ちにつながっていくものに外ならない。ここでもはや「FARCE に就て」や「文学のふるさと」（『現代文学』昭和一六・八）、「デカダン文学論」（『新潮』昭和二一・一〇）を引くまでもあるまい。

「「文芸冊子」について」の周辺、その背景にある文化論・文芸論にも少し立ち入ったが、この一文の主旨は、文学を既存の鋳型にはめこんだように考えるのではなく、銘々がそれぞれの生活や立場から、その人でなければ書けないような、真の生活感情、魂のありのままの姿を、虚飾なく紙面にさらけ出すべきであるというところにあった。これは短文ながら、まぎれもない安吾の発想・思考の根本的型を現したものと言えよう。新鮮な魂の叫び、心の生《なま》の声、人間の真実を表すために文学のあらゆる既成・既存の枠や型を打ち破り、ついには文学自体をも否定する境位を求めたのである。そのことはまだ『文芸冊子』で実現されていないと安吾は言うが、それを可能にする雰囲気が大事で、その萌芽を認めたのであった。
だが、こうした期待をよそに、翌月すなわち昭和二十二年十二月第二年第八冊（通巻第十八号）をもって『文芸冊子』は終わった。雑誌に廃刊の予告や事情を記す文字はない。最終となった号に書いたのは相馬御風・北川省一ら九名で、小田嶽夫も「聖女」（長篇第八回）を掲載している。冊子終了のことは、販売数も関係したかもしれないが、小田嶽夫の帰京も響いたであろう。安吾が「桜の森の満開の下」（『肉体』昭和二二・六）を発表し、単行本『堕落論』の出版によって脚光を浴びていた年の暮れであった。明けた昭和二十三年（一九四八）の日本比較文学会創立時の名簿に青野季吉・吉川幸次郎・桑原武夫・小川環樹らとともに小田嶽夫の名も見え、その住所を高田・善導寺内としてあることを記しておこう。

付記　『文芸冊子』創刊等のことについては、『文芸　たかだ　高田文化協会結成30年記念特集号』第二〇九号（平成六・一）に関係対談がある。本稿は従来の坂口安吾全集（冬樹社刊）未収録の「「文芸冊子」について」紹介のために書いたものであったが、その後の全集（筑摩書房刊）に当該文章は収録され、本稿についてもその書誌に記載がある。

# 「桜の森の満開の下」の世界

## 一　作品世界の形成契機とその表現

「桜の森の満開の下」（『肉体』昭和二二・六）は敗戦の翌々年まだ戦火の跡も生々しい時に発表された。奥野健男はこれを坂口安吾（明治三九生まれ）の最高傑作であるとし、この作品の前には「解説」等は空しくならざるを得ないと述べたものであるが、[*1]少しでもその世界に迫るべく考察を試みることとしたい。

作品は物語形式の短篇であって、まず、いわゆる語り手が、桜の花の美しさについての通念に異を唱え、桜の花の満開の下は怖ろしい所だと説き起こし、鈴鹿峠の桜の森の近くに、昔一人の山賊が住み着いたと語って、説話風にその世界は展開する。――山賊は道行く女を拉して七人の女房を持っていた。八人目の女を手に入れたところ、これが「美しすぎる」ので、そのとりこになってしまい、逆に女の言うとおりに、逃げ惑う六人の女房を殺す。醜い女だけは女中として生き残る。山の生活に満足しない女は、男を連れて都に出る。男は女の命ずるままに生首を持って来ると、女は、人形を玩《もてあそ》ぶように、さまざまな男女の首を集めて首遊びをするのであった。しかし、都の生活に飽きた山賊は、ある日桜の木の花を見て、山に帰ると言い出す。女は男を制しきれず、共に山へ帰ることになる。女を背負っていた男は永年気がかりであった桜の森の満開の下を通る。ところがその時、背中の女は男の首をしめて殺そうとするので、男も必死であらがって女が地面に落ちると、逆に女の首をしめるが、——こうして物語はこの後意外な展開を見せてその世界を閉じるのである。

こうした「桜の森の満開の下」を形成するモチーフの一つは、安吾文芸の原点を語り明かしたとみられる「文学のふるさと」(『現代文学』昭和一六・八)に窺われる。安吾はペローの、婆さんに化けた狼が赤頭巾ちゃんを食べて、そしてそれで終わりとなる童話『赤頭巾』や晩年の芥川龍之介に農民作家が語った話、及び『伊勢物語』第六段を例に挙げ、多くの物語における、暗黙の約束とは違って、悲惨な結末に終わるこれらの話が、人を突き離すかのような感じを与えるとする。そして、そこから受ける感じを、「宝石の冷めたさのやうなもの」と言い、その内実を、「なにか、絶対の孤独——生存それ自体が孕んでゐる絶対の孤独、そのやうなもの」ではないかと述べる。[*2] こうした「絶対の孤独」という心情・想念はこの作家の作品を一貫して流れているもののようであり、「桜の森の満開の下」もその例外ではなかった。

安吾にあっては、こういう「孤独」との深い関連のもとに、人間にとっての「美」の問題にも強い関心が払われた。「美」は、文芸では具象化された形で現れるわけであるが、安吾の場合桜の花が心を惹きつけてやまず、その極まった美しさとこれに吸い込まれていくような人間の心理・心情とのかかわりを描いていくことになる。

この間の事情は昭和二十八年春新聞に掲載の「明日は天気になれ」の一文中戦争体験と関係し、「桜の森の満開の下」の世界にもつながるものと解される。昭和二十年（一九四五）三月の東京大空襲に触れて、「私の住んでるあたりではちょうど桜の咲いているときに空襲があって、一晩で焼け野原になったあと、三十軒ばかり焼け残ったところに桜の木が二本、咲いた花をつけたままやっぱり焼け残っていたのが異様であった。」と記しているからである。そして、焼死体と桜とを対置して、馴れてしまった死人の方には感傷も起こらなかったが、「桜の花の方に変に気持がひっかかって仕様がなかった。」と続け、下のごとく書く。すなわち、死者は上野の山に集めて焼いたのであるが、「まもなくその上野の山にやっぱり桜の花が咲いて、しかしそこには緋のモーセンもなければ、人通りもありやしない。ただもう桜の花ざかりを野ッ原と同じように風がヒョウヒョウと吹いただけである。そして花びらが散っていた。」というのである。この後には、「桜の森の満開の下」からそのまま抜き出したような文章が続き、人間界の営為をよそに、「やっぱり」その美しさをもって咲く桜の花が凝視されている。桜の花によって呼び覚まされる、存在感にまつわる孤独感は、桜が美しければ美しいほど、いや深いものとなろう。その冷たいような寂しさを、風と散る花びらで表そうとしたのである。

そのような桜の花と共に注目しなければならないのは、「女」の存在である。終戦直後発表の「露の答」（『新時代』昭和二〇・一〇）はその点で関心を引く。奥野も注目したごとく、加茂家当主の太郎丸が、「折葉」という異母妹の唇の美しさに「無限」性を感じ取り、次のような想念、風景を幻視するところがあるからである。

妹は美しすぎます。私は妹を見てゐると、十里四方もつゞく満開の桜の森林があつて、そのまんなかに私だけたつた一人置きすてられてしまつたやうな寂しさを感じます。私は花びらに埋もれ、花びらを吹く風に追はれて、困りながら歩いてゐるのです。

その唇のキリのない美しい女が実の妹であるだけに、当主が混乱し、複雑に思い惑うたのも当然である。共に死にたいと思うものの、一日一晩泣きあかしても、現実にはそうはいかない。そこに由来する心事を、「十里四方もつゞく満開の桜の森林」の下に遺棄されてさまよう〈私〉のイメージに、安吾関心の一つ風を導入して具象化したのである。この「折葉」という妹を見た「私」（加茂家を訪ね「露の答」を書いたことになる当の作家）も、「その顔の涼しさはまさしく桜の森林に花びらを吹く風の類ひに異なりません」と語るのである。ここで当主〈私〉の感情・思念が美的契機との関連で表現されていることに注目しておきたい。作品「露の答」の題が標語として掲げた「ぬばたまのなにかと人の問ひしとき露とこたへて消なましものを」によっており、下文でも触れる『伊勢物語』第六段によっているからであるが、一首は「文学のふるさと」においても強い関心を払っていた歌である。

右のように「桜の森の満開の下」は、安吾のなかに終始存在し続けた人間的問題、想念の結晶した短篇であって、その形成の事情からも彼の代表作とするにふさわしいものである。福田恆存は、「かれはつねにエキスを読者に与えようとする。人間存在そのものの本質につきまとう悲哀――それを追求しようとして、素材のもつ現実性が邪魔になり」、「「閑山」「紫大納言」「桜の森の満開の下」のごとき説話形式に想いいたった」と解釈する（『現代作家』昭和二四）。作品の内容に合理を超えたもののあることから、筋の運びその他で不自然な感をそれほど与えないためにも、説話風の形式を採ったのであろう。このような構成は『瘤取り爺さん』でも、『舌切り雀』でもよく観察されるところであり、その繰り返しのような場面設定などは子供たちも喜ぶものである。

こうした観点からまず目にとまる一事は、文末に「です・ます」体を採っていることである。これと呼応する形で接続語も多く、「そこで」「すると」といった語が多用されることになった。「さういふ風《ふう》に」といった言い回しも見える。「けれども」を文頭に置く場合もあり、同じ逆接の語を使う際も、「然し」（しかし）はあるが、「けれども」の方が目立つ。語りの口調・呼吸のためにほかなるまい。一つの事柄を述べ、それに「なぜかといふと」といった理由・根拠を表す言葉の付くこともある。これらは話し手の存在を暗示し、作品世界が語りの文体で展開されて、説話的であることを示したものと言えよう。

構成においては、最初自分の住処《すみか》へ女を背負って走る場面などもいかにも説話的で関心をそそる。まわりの山を見せ、木も鳥も谷からわく雲まで自分のものであると自慢するあたりは、この女を手に入れた幸せな心とともに、言葉までリズムにのっている。都に留まると言い張って怒る女も初めて目に涙のしずくを宿し、「お前が山へ帰るなら、私も一緒に山へ帰るよ。」と、一日でも離れられないと言って男に従う場面ではこう続く。

「背負つておくれ。こんな道のない山坂は私は歩くことができないよ」

「あゝ、いゝとも」

男は軽々と女を背負ひました。

男は始めて女を得た日のことを思ひだしました。（中略）その日も幸せで一ぱいでしたが、今日の幸せはさらに豊かなものでした。

「はじめてお前に会つた日もオンブして貰つたわね」

と、女も思ひ出して、言ひました。

「俺もそれを思ひ出してゐたのだぜ」

男は嬉しさうに笑ひました。

「ほら、見えるだらう。あれがみんな俺の山だ。谷も木も鳥も雲まで俺の山さ。山はいゝなあ。走つてみたくなるぢやないか。都ではそんなことはなかつたからな」

「始めての日はオンブしてお前を走らせたものだつたわね」

「ほんとだ。ずいぶん疲れて、目がまはつたものさ」


出会いの場面のヴァリエイションであるところに絶妙の工夫が見られ、作品の構成的リズムを感じさせる。『花咲爺さん』等の昔話のごとき繰り返し（ただし全く同じではない）のリズムである。

題材的にも「昔、鈴鹿峠にも」とある時間・空間の限定のしかたは、『今昔物語集』や『宇治拾遺物語』の世界を連想させるし、登場人物も、ただ山賊・男・女とあるだけで、固有名詞のないことも説話的である。山賊（男）について言えば、その思考は極めて単純・素朴であり、基本的には過去の時間がないといってもよいほどで、常に未来的時間がある。もとより、都では桜の花を見て、なつかしい山の生活を思い出すけれども、後悔ということを知らない男で、ぶつかった問題についても、来年考えることにしようと思うことなども同様である。『花咲爺さん』や『瘤取り爺さん』の話の、悪いじいさん・ばあさんの場合でも、過去を振り返り、己を省みる思考があれば、悲惨な結末を迎えなくてもよかったはずである。

表現面における女を取り上げてみても、ただ「美しい」とか「美しすぎる」とあっても、その具体的な形容は少なく、写実を本領とする小説とは趣を異にしたところがある。こうした方面については、「文学のふるさと」が主題論・題材論であるとすれば、表現論・方法論ともいえる「FARCEに就て」(『青い馬』昭和七・三)に由来する点があったのではないか。男と女との単純・素朴な会話、七人の女房、三日といった数字に関するものを挙げることができる。特に作品の最後の場面は、後で観察するように、最も説話性が濃いと言えよう。

## 二　作中の「女」と「美」との問題

「桜の森の満開の下」では、上述のごとく「美」が重要な契機となっているが、男の心を捕らえて離さなかったのもこの問題であった。一つは桜の森の満開の状態であり、もう一つは美しすぎる女である。しかもこの二つの事柄は、その現れ方を異にするが、根底はひとつであろう。桜の森の満開の景観は、一本でもすでに美しいものの無限ともいえる集合体であり、美の極限を超えてしまった感のあるものである。「美しすぎる」と形容される女もこれに類似している。このことは、山賊が女を背負って息も絶え絶えになりながら山坂を走った時の感じを、満開の桜の下を通った際のそれに似ていると思う箇所にも明らかである。

作品の冒頭には、桜の花盛りを見て、絶景だとか陽気でにぎやかだとか思い込むけれども、本来桜の花の下は怖ろしいものであると語り、その例として、「能にも、さる母親が愛児を人さらひにさらはれて子供を探して桜の花の満開の林の下へ来かかり、見渡す花びらの陰に子供の幻を描いて狂ひ死して花びらに埋まつてしまふ（このところ小生の蛇足）といふ話」もあると述べる。この能とは『桜川』にちがいない。安吾が謡曲『檜垣』を高く評価したことは「日本文化私観」（『現代文学』昭和一七・三）にも窺われるが、当時比較的手に取りやすい書だった有朋堂文庫『謡曲集　上』（大正七）には『檜垣』の次に『桜川』が配されてあるからである。「このところ小生の蛇足」という挿入句もあり、原典の忠実な紹介ではないことを思わせるところがあるが、筋立てや「桜の林」という語からすると『桜川』でなければならない。狂女と桜の林との取り合わせは、桜の花の凄艶な美しさを効果的に表しており、安吾の心を強く惹いたのである。

題名自体も表しているように、作品の基調を形成するのは桜の花である。冒頭の談理、美しすぎる女を背負って住みかへ走る時の山賊の息の苦しさと桜の花盛りの下を通る時との同一感覚、都行きを決心した男の気がかりが桜の森であったこと、男が桜の花を見て山に帰ろうと思い決したこと、作品の結末等により、それは明らかであるが、こうした桜は、美の極まったものとして彼の心をとりこにする。状況としては、花びらは散るとしても、桜は静的に存在する。このあたりのことを描くとなると、技法的には動的な存在の美しい女の登場を要するわけである。山賊の八人目の女については、「目も魂も自然に女の美しさに吸いよせられて」等々その美しさが強調される。そういう女は、「キリ」のない欲望から次々と男に命令する強者である。安吾にとって彼女は「夜長姫と耳男」（『新潮』昭和二七・六）にも描かれているように、残虐性を秘めるものでなければならなかった。美と残忍性とが同一人の中にあることにより、その美しさは完璧性を得ようとする。満開の桜の森の美の属性と女のそれとはこの点で重なる。その極限の現れは、命じて取らせた首による遊びであろう。

美しい娘の首がありました。清らかな静かな高貴な首でした。子供つぽく、そのくせ死んだ顔ですから妙に大人びた憂ひがあり、閉じられたマブタの奥に楽しい思ひも悲しい思ひもマセた思ひも一度にゴッちやに隠されてゐるやうでした。女はその首を自分の娘か妹のやうに可愛がりました。黒い髪の毛をすいてやり、顔にお化粧をしてやりました。あゝでもない、かうでもないと念を入れて、花の香りのむらだつやうなやさしい顔が浮きあがりました。

この娘の首のために、念入りに化粧された貴公子を配してやると、二人の若者の首は燃え狂うような恋の遊びにふけったと語りは続き、その恋のなかで、すねたり、怒ったり、憎んだり、嘘をついたり、だましたり、悲しい顔をしてみせたりと様々な心の動きに触れてから、二人の情熱が一度に燃えあがり、火焰になって燃えまじったとある。けれども、そこへ色好みの大人や悪僧らの首が邪魔に出たりして、貴公子の首は殺され、娘の首も挑みかかられたと語りは続き、「すると女は娘の首を針でつゝいて穴をあけ小刀で切つたり、えぐつたり、誰の首よりも汚らしい目も当てられない首にして投げだすのでした。」と一段落がつくのであった。

首遊びの場面は女の想念の具象化とも考えられ、安吾ならではの語りであろうが、「日本文化私観」に「インスピレーションは、多く模倣の精神から出発して、発見によつて結実する。」と見え、材源・先蹤があったのかもしれない。武士社会では、戦が激しくなると城内の女が戦果の生首を洗うことに従事させられたというが、関ヶ原の役の城中で体験した一女による『おあむ物語』に家中の内儀や娘たちのことについて、「味かたへ。とつた首を。天守へあつめられて。それ〳〵に。札をつけて。覚えおき。さい〳〵。くびにおはぐろを付て。おじやる。それはなぜなりや。むかしは。おはぐろ付けて給はれと。たのまれて。おじやつたが。くびもこはいものでは。あらない。」と首に化粧をすることを記したあたりから得たものであろうか。岡本かの子には、「落城後の女」(『日本評論』昭和一二・一二。のち『巴里祭』〈昭和一三〉所収)があり、大阪(坂)城本丸の局《つぼね》のおあんはじめ女たちが、武者の生首に化粧をほどこす「凄艶惨美な仕業」に慣れると、効果のありそうなを首を人形のように争う場面を描いている。*3 昭和十年(一九三五)出版の谷崎潤一郎著『武州公秘話』巻之二の「女首の事」の場面を利用したことも考えられる。十三歳の法師丸が屋根裏で見たことを書いた条を抜き出そう。

左の端にゐる女から、きれいに血の痕をぬぐひ取つた一つの首が廻つて来ると、此の女はそれを受け取つて、まづ鋏で髻の元結を剪り、ついで愛撫する如く髪を丹念に梳つて、或る場合には油を塗つてやり、或る場合には月代《さかやき》を剃つてやり、経机から香炉を取つて煙の上に髪の毛を翳してやり、それから右の手に新しい元結を持ち、その一方の端を口に咬へ左手で髪を束ね上げて、恰も女髪結がするやうに髻を結んでやるのである。彼女はその仕事を無心で勤めてゐるらしいのだが、結ひ上げた首の髪かたちを点検するが如く死人の面へ眼をそゝぐときに、必ずあの謎のやうな笑ひが頬に上つた。

語り手は、この女の生来の愛嬌なのかも知れないが、長い間死人の首を扱っているうちに、その首に対して「いろ〳〵な化粧を施してやることから却つて愛情をさへ抱くやうになり、生きてゐる人に対するのと同じ心持がすると云ふこと」も、当然の経路であると捉えるが、ここへ突然入って来た者の目には、うら若い色白の女の微笑と紅い唇とを見ると、強い刺激を受け、「残忍の苦味を帯びた妖艶な美」が映るであろうと述べる。同じ首を扱いながらも、安吾の場合は、女の資性、美とのかかわりによる残忍性、わがままに焦点が結ばれた観があるが、谷崎の場合は、官能的妖艶美の描写に力点を置いていて、残忍性自体は後景に退いた趣である。官能的美では安吾の筆は乾燥性を示して具象性に少し乏しいが、説話的な筆法によるからであろう。ここでの安吾の女は退屈して何ごとにもすぐ飽き、それでいて欲望にキリがない。微笑する『武州公秘話』の女と、美しいものに嫉妬する女との隔たりは大きい。女というよりは、人間の持つ本性の一面を捉えた観があるが、そこには段階にキリのない相対界に生きる人間の宿命のようなものさえ描出しているごとくである。

## 三　作品世界の帰趣

第四節では山へ帰った山賊と女とのことが語られる。彼はなつかしい鈴鹿山に帰ることができたということ、初めて女をオンブした日の「とけるやうな幸福」以上の幸せを今かみしめることができるという二重の喜びで、幸福の絶頂に至ろうとしている。女の言葉もなつかしさとやさしさとを秘めているように思われる。谷も木も鳥はもちろん雲まで挙げて俺の山だと言う言葉は、そうした喜びと得意な心中とを表してあますところがない。いまや「美しすぎる」女も真に我がものとしえたのである。女を背負って住みかに急ぐ彼は、「この幸福な日に、あの森の花ざかりの下が何ほどのもの」であろうかと、そこに歩み込むのである。男は、歩きつつ、次第にあたりがひっそりとし、冷たく感じられるなかで、女の手が冷たくなっているのに気づき、とっさに、背中の女が鬼に変じていることがわかる。喉にくいこむ鬼の手を渾身の力でふりほどくと、鬼はどさりと落ち、逆に男がその首をしめる。が、ふと気づいてみると、それは女であって、すでに息絶えている。語りはこう続く。

彼の呼吸はとまりました。彼の力も、彼の思念も、すべてが同時にとまりました。女の死体の上には、すでに幾つかの桜の花びらが落ちてきました。彼は女をゆさぶりました。呼びました。抱きました。徒労でした。彼はワッと泣きふしました。たぶん彼がこの山に住みついてから、この日まで、泣いたことはなかつたでせう。そして彼が自然に我にかへつたとき、彼の背には白い花びらがつもつてゐました。

山賊の慟哭と深い悲しみが、たたみこむような文体と、かなり時間が経ったらしいことを表す言葉によく表現されている（引用者の傍点参照）。この場面は、懸想して頻りに口説き、ようやく三年目に女の承諾を得、駆け落ちして都を逃げる途次、女を鬼に食われてしまった男の悲運を描いた『伊勢物語』の第六段を想起させる。盗み出して走った背中の女が、草に宿る露を見て、あれは何ですか、と尋ねたのに答えるのももどかしく、黙ったまま走り続けたのであるが、いま女を喪って悲嘆にくれる男は、そう尋ねた女をひときわいとおしく思われ、共にあった充実した短い時間──二人だけの生が鮮烈に蘇ってくる。それがはかない露に象徴されているのであるが、「桜の森の満開の下」においては、その行程が、同じく女を背負い、素朴でなつかしい会話を交わしながら、住みかへ帰るところに比定され、草の露は凄艶に散る桜の花びらに照応するものなのであろう。このあたり一種道行きの変形の感もあるが、幸福から一転して不幸の深淵に落ち、虚空に突き放されたような空白のなかに、悲嘆と孤独の情が表されることになる。人間存在はそうしたものなのであろうか。[*4] 語りはさらに続く。

そこは桜の森のちやうどまんなかのあたりでした。四方の涯は花にかくれて奥が見えませんでした。日頃のやうな怖れや不安は消えてゐました。花の涯から吹きよせる冷めたい風もありません。たゞひつそりと、そしてひそひそと、花びらが散りつゞけてゐるばかりでした。彼は始めて桜の森の満開の下に坐つてゐました。いつまでもそこに坐つてゐることができます。彼はもう帰るところがないのですから。
桜の森の満開の下の秘密は誰にも今も分りません。あるひは「孤独」といふものであつたかも知れません。なぜなら、男はもはや孤独を怖れる必要がなかつたのです。彼自らが孤独自体でありました。

この作品には、幸福・不安・羞恥・怖れ・嫉妬その他喜怒哀楽に関係する人間の主要な感情が書き込まれている。それが「美」の具象化としての桜・女とのかかわりによっているのであるが、「美」はそのような感情を持つ人間の本質を照射する際の有効な契機となるにちがいない。そうしたさまざまな心の動きを統べるのは、安吾にあっては「孤独」であった。作品のタイトルの構造もこのことを暗示している。「美は悲しいものだ。孤独なものだ。無慙なものだ。不幸なものだ。人間がさういふものだから。」と述べる「教祖の文学―小林秀雄論―」（『新潮』昭和二二・六）は、この間の事情をよく語り明かしている。

こうした本質を持つという人間が真に落ち着き、平安な心境にいられるには、どのような方途があるのであろうか。自己の外側に孤独をもたらすもののあるかぎりそれは不可能で、結局は「孤独」そのものになる以外にはないであろう。「紫大納言」（『文体』昭和一四・二）の結末では、月の女の悲しみを分け持とうと願う主人公が、「両てのひらに水をすくひ、がつがつと、それを一気に飲まうとして、顔をよせた。と、彼のからだは、わがてのひらの水の中へ、頭を先にするとばかりすべりこみ、そこに溢れるただ一握の水たまりとなり、せせらぎへばちやりと落ちて、流れてしまつた。」とある。

「桜の森の満開の下」が下のようなかたちで閉じられるのも同じ発想による。

彼は女の顔の上の花びらをとつてやらうとしました。彼の手が女の顔にとゞかうとした時に、何か変つたことが起つたやうに思はれました。すると、彼の手の下には降りつもつた花びらばかりで、女の姿は掻き消えてただ幾つかの花びらになつてゐました。そして、その花びらを掻き分けようとした彼の手も彼の身体も、延した時にはもはや消えてゐました。あとに花びらと、冷めたい虚空がはりつめてゐるばかりでした。

ここでは女が花びらになってしまったように、男も花びらになったのである。男は桜の花びらと虚空の冷たさに融消したのであるが、その本質が冷たいものだったわけではない。ひそひそと降る花のもとで、「なまあたたかな何物か」が感じられ、それが自分自身の「胸の悲しみ」であることに気づいていたのである。「花と虚空の冴えた冷めたさにつゝまれて、ほのあたゝかいふくらみが、少しづゝ分りかけてくる」男が、風のなくなった静寂な桜の下で、女の顔の花びらをやさしくとってやろうとしていることが見逃されてはならない。「孤独」は「人間を愛することから由来している」(「我が人生観」〈『新潮』昭和二五・五―二六・一〉)という認識が、少しさかのぼった時点ではあっても、この代表作にもはたらいていたと解してよいであろう。

「悲しい、しかし、いじらしい人間たちよ。」(同上)という安吾は、一般の人には、価値というものの存在する相対界に生きるかぎりは、「孤独」から抜け出すことはできないとしても、そうしたなかで、精一杯生きることを願ったのではないか。「桜の森の満開の下」は、美を契機とする非現実の世界を用いて、この間のことを「冷めたい宝石」のような話のなかに説話の様式で描いたものであった。それは「文学のふるさと」において述べた「生存それ自体が孕んでゐる絶対の孤独」を具象化した世界だったのである。

注

＊1　奥野健男著『坂口安吾』（昭和四七）参照。
＊2　角川文庫『白痴』（昭和三一）の佐々木基一「解説」参照。
＊3　これは『昭和名作選集20—鶴は病みき』（昭和一四）に再録された。
＊4　「鬼」に着目した論に兵藤正之助著『坂口安吾論』（昭和四七）、松田悠美「「桜の森の満開の下」の鬼」（森安理文・高野良知編『坂口安吾研究』昭和四八）があり、「風」に触れたものに佐橋文寿著『坂口安吾』（昭和四九）がある。

# 「桜の森の満開の下」における都市論・文明批評

坂口安吾の出身地新潟で長子綱男氏による写真展が開かれたとき、たまたま語を交わす機会があり、私の問いに、父の作品では「桜の森の満開の下」が最も好きです、との答えをもらったことが印象に強く残っている。このふところの深い短篇には都市論・文明批評として読むことのできる場面がある。作品のあらすじは前章にゆずるが、鈴鹿峠で道行く旅人のうち「美しすぎる」女を拉っした山賊は、共に暮らし始めると、彼女に従って、そのさまざまな希望をかなえてやろうと懸命である。そこで、女は峠の街道を通る人の所持品を奪わせるのであるが、櫛・かんざし・紅《べに》などの中でも、特に着物を「女のいのち」であるように思っている。

その着物は一枚の小袖と細紐だけでは事足りず、何枚かの着物といくつもの紐と、そしてその紐は妙な形にむすばれ不必要に垂れ流されて、色々の飾り物をつけたすことによつて一つの姿が完成されて行くのでした。男は目を見はりました。そして嘆声をもらしました。彼は納得させられたのです。かくして一つの美が成りたち、その美に彼が満たされてゐる、それは疑る余地がない、個としては意味をもたない不完全かつ不可解な断片が集まることによって一つの物を完成する、その物を分解すれば無意味なる断片に帰する、それを彼は彼らしく一つの妙なる魔術として納得させられたのでした。

（傍点引用者）

このような美を目差した着物―ここでは女の着る十二単衣《ひとえ》が男の目の前で姿を現したのであろう―は、二次製品としては、山の中、自然の中の暮らしが必要としたものではなく、文明・文化を体現する都会の生活から生まれたものであろう。自然の只中に自足して生きる男の暮らしとの対比から見るとき、時代は「昔」ではあっても、近代的生活の原型を示した観のあるものとして捉えることができる。今に延長して考えれば、「その物を分解すれば無意味なる断片に帰する」製品は、近・現代の文明・文化を成り立たせているさまざまな利器の表象と言えなくもない。そしてそれこそは、都会を成り立たせている契機に外ならない。一人の人間が一つの完成した物を作る時代は過ぎ去り、人は全体の物のうちの極めて小さい「断片」の製造が義務付けられ、生産の喜びを味わえることは少なくなっている。ここに人間疎外の問題が出来するわけで、かつてマルクスの理論が大きな関心を引いたのも、その克服が望まれたからであった。

「桜の森の満開の下」が書かれてほぼ六十年、当時をはるかに上回る状況が、いまわが国や人類を襲っていると言っても過言ではあるまい。職場で心を病む人はその数を年々増しているという状況も、このことと無関係ではない。「断片」はいまや物にとどまらず、時間にも及び、人間にまで及んでいる（昨今の派遣切りの問題はその最たるもの）。作品に返れば、その兆しは都で生活する男にも読み取ることができるのである。

それまで「都風」とは縁遠い暮らしをして満足していた男は、女との生活をとおして、まだ見ぬ都という所を次第に恐れるようになる。しかし、彼女にしてみれば、深い山中、山野は生きる場所ではありえない。都に出ることは、二人の力関係からすれば、もはや時間の問題であった。はたして女に連れられて出て行った所は、男には異様に映る。「都にも山がありました。然し、山の上には寺があつたり庵があつたり、そして、そこには却つて多くの人の往来がありました。山から都が一目に見えます。なんといふたくさんの家だらう、そして、なんといふ汚い眺めだらう」と男は思うのである。日差しもとどかないビルの谷間、土に帰れないアスファルト上の落ち葉と大地にしみこめない水、ビルが棺桶のごとく立ち並ぶ現代の都会の光景を、もし男が見たら、無機物そのものの「汚い眺め」を通り越した、非人間的空間として驚倒するはずである。

都はまた制度的な組織を作り、盛んな経済行為を必要とし、人間疎外の面を呈していたであろう。もちろんそれは男にとってであるが、作品ではこのようにも書かれている。


男は都を嫌ひました。都の珍らしさも馴れてしまふと、なぢめない気持ばかりが残りました。彼も都会では人並に水干《すいかん》を着ても脛《すね》を出して歩いてゐました。白昼は刀をさすことも出来ません。市へ買物に行かなければなりませんし、白首のゐる居酒屋で酒をのんでも金を払はねばなりません。市の商人は彼をなぶりました。野菜をつんで売りにくる田舎女も子供までなぶりました。(中略)都では貴族は牛車で道のまんなかを通ります。水干をきた跣足《はだし》の家来はたいがいふるまひ酒に顔を赤くして威張りちらして歩いて行きました。彼はマヌケだのバカだのノロマだのと市でも路上でもお寺の庭でも怒鳴られました。

それまで自然児のごとく暮らしていた男には、衣服のことも、買い物などの経済行為のことも理解し得ず、階級の上下関係のことも思いのよそにある。いわば社会から疎外されて生きなければならなかった彼には、都会の人はもとより、犬までも、山の獣や樹や川や鳥とは違うと考えるのであった。

このように、作品の世界では、山における生活と都会におけるそれとが、対比的に人間の問題として描かれているのであるが、中でも、女が、男に命じて人の首を取って来させ、首遊びをするシーンが、その異様さで関心を引く。これは、人形代わりに集めた首によって〈ままごと〉をするような意味をもっていたのであろうか。それこそが、着物や装身具など「物」では得られない「女」の心・欲望を充たす行為に外ならなかった。その具体例は省略するが（本書二三五頁参照）、彼女にとって、これは何かの代償行為なのか、作者は、人間としての女というよりは、女性《にょしょう》にひそむ一面としての残忍性の表現をねらったのであろうか。抑圧の心理的メカニズムがはたらいていたことによる行為なのか、その意味はさまざまに解釈できるであろう。

こうした首遊びは、やはり都における生活から生まれるべくして生まれたものにちがいない。都市には頽廃的な面を持ちがちな状況もあると考えられるからであるが、土井淑平著『都市論［その文明史的考察］』（一九九七）が一つの参考になろう。都市と農村との文化を比較し、柳田國男を視野に入れて、「都市の軽薄と没義道」ということを挙げているからである。女の振る舞い、男への命令にはそういう特色が認められる。首狩りに至っては「没義道」以外の何ものでもない。また、大都会を特徴づける人間の類型は抽象的な大衆人《マス・マン》であるとし、オルテガ・イ・ガセによる「宙に浮いた虚構の生」を生きる人たちをそこに見いだしている。安吾作中の首遊びも、いわば「宙に浮いた虚構の生」の象徴的表現ではないか。

首遊びの場面からもわかるように、女はすぐに飽きる。しかし、自分を充たしてくれるものはこれ以外にはないらしく、なお欲望を充たそうとする。山で自足的な暮らしをする男と対比し、物語作者はこう続ける。

けれども彼は女の欲望にキリがないので、そのことにも退屈してゐたのでした。女の欲望は、いはゞ常にキリもなく空を直線に飛びつゞけてゐる鳥のやうなものでした。（中略）常に爽快に風をきり、スイ〳〵と小気味よく無限に飛びつゞけてゐるのでした。

けれども彼はたゞの鳥でした。枝から枝を飛び廻り、たまに谷を渉《わた》るぐらゐがせゐぜいで、枝にとまつてうたゝねしてゐる梟にも似てゐました。彼は敏捷でした。（中略）彼の心は然し尻の重たい鳥なのでした。彼は無限に直線に飛ぶことなどは思ひもよらないのです。

以上のように美しい着物と首遊び、空を飛ぶ鳥の比喩表現をたどると、この作品には、都と鈴鹿山との対照により、都会と山野、文明・文化と自然といった対照的、対立的契機が、女と男とのかかわりのなかで書かれているとも解されよう。こうした相を描くことのプロセスのなかに人間の原点や本性・本質、その諸相のいくつかも描破されることになったのではないか。しかし、作中に「お前は都でなきや住むことができないのだらう。俺は山でなきや住んでゐられないのだ」という男の言葉がある。上に対立的に観察した事柄や思念の統一的、融合的な捉え方の困難であることを作者が鋭く提出している一事を見逃してはならず、これの困難な問題・課題であることのなかに、男・女という人間を提示していることを思わせるのである。この欲望の問題では、安吾に「欲望について――プレヴォーとラクロ――」(『人間』昭和二一・九)のあることを付け加えておきたい。

ところで、男を連れて都へ帰った女に対し、男は山へ帰ることを望んでいる。人間における、こうした「帰る」ことについては昭和十七年(一九四二)の「日本文化私観」に言及があって、関心を引くものがある(「家に就て」)。しばらく家をあけていた後で帰って来るときの複雑な心理について、「帰る」ということは「不思議な魔物だ」と述べ、「帰る」以上は「悔いと悲しさから逃げることが出来ない」と言う。「叱る母もなく、叱る女房もゐないけれども、家へ帰ると、叱られてしまふ。人は孤独で誰に気がねのいらない生活の中でも、決して自由ではないのである。さうして、文学は、かういふ所から生れてくるのだ」と、安吾は自分の文学の原点にかかわるところを語り明かしている。「桜の森の満開の下」の末尾も、いわば〈帰って来た男の物語〉としても解されるのではないか。「日本文化私観」の所説と深いつながりがあるように思われ、「桜の森の満開の下」は、都市論・文明批評として読めるところがあるのである。それは人間存在の物語でもある。このような作品は、『文芸冊子』に寄せた一文の趣意を自ら実践した観のあるものと言えるであろう。それにしても越後出身の未明が小説を経て童話で、安吾が説話的作品で独自性を現したことは興味深い。

# Ⅶ　詩人たちと佐渡・越後

# 佐渡の石二つ――佐藤春夫と三島由紀夫と――

佐渡は、島外の作家・詩人によりしばしば文芸的対象となった。ここでは佐藤春夫と三島由紀夫との作品における石を取り上げてみたい。まず前者から挙げることとする。

水盤に
佐渡の小石を
われ愛す

『能火野人十七音詩抄』（昭和三九）中の作である。能火野人は熊野の人の謂であり、新宮出身の詩人自身を指す。佐藤春夫がしばしばひもといた鷗外の『うた日記』（明治四〇）では、俳句を十七字詩としているが、そういう呼称から示唆されたのかもしれない。掲出作は「夏＝四十六句」中に配されてあるが、いつこれを得たのかつまびらかにしない。機縁は、作詞にかかる昭和三十七年（一九六二）

九月両津（現佐渡）市立東中学校校歌制定のことにあったのであろうか。または誰かから贈られた石かと考えてみたが、自ら購い求めたものを詠んだということもありえないことではない。

いずれにせよ、水をはった水盤に置かれた小石は海に浮かぶ佐渡ケ島であって、かすかな風が水盤の上を渡る時、小さい波が立ったとしても、荒海ではなく波静かな夏の日を想像させる句である。芭蕉にも詳しい詩人であったから、佐渡の歴史、配流の人たちへの心が動いていたかもしれないし、島を訪れた文人・作家への思いもあったかもしれない。が、ここでは、まずそういうことに縛られず、水盤上の小天地に心を遊ばせる作者を思い描いてみたいという気がする。そうであれば、小世界はやがて大世界となって別乾坤を造り、清涼感をそそられ、心気も澄むことであろう。句の世界に遊ぶ読者も、青い夏の佐渡をいながらにしてたのしむことができるわけである。もっとも、このあたり銘々の鑑賞に従って味わえばよいわけであるが、佐渡を詠んだ句を併せ思い浮かべてみるとき、掲出詩もそのふところを、より深くしてたのしめるはずである。『奥の細道』『銀河ノ序』の「荒海や佐渡によこたふ天の川」があることはいうまでもないが、夏の句以外もまじえて先人の作若干を掲げると、

筋違《すじかひ》に寝て涼しいか佐渡の山　　各務支考
国々の舟のしるしや夕納涼《ゆふすずみ》　　吉井雲鈴
罪なくて配所の月や佐渡生れ　　榎本其角
鶯や十戸の村の能舞台　　大町桂月

小木の矢島・経島の小亭における巌谷小波の句「越後まで畳つゞきや夏座敷」も挙げられる。三島由紀夫と親交のあった日本文学研究家ドナルド・キーンには、其角の句を響かせた「罪なくて流されたしや佐渡の月」がある。*1

その三島の、戦前外務大臣を歴任し、戦争回避の努力を重ね、外相離任後も平和のために腐心した経歴の持ち主の一佐渡人《いちさどびと》を主人公にした『宴のあと』（昭和三五）に、東京・小石川の名高い料亭の広い庭園が描かれているけれども、佐渡の石は見えない。ただ三多摩の盆踊りで「佐渡おけさ」が唄われる描写があるが、ここで取り上げたいのは、三島畢生の大作『豊饒の海』の巻一『春の雪』の冒頭に近い「三」の一節中、*2この巻の主人公で十八歳の松枝清顕が、日曜日自邸の庭で友人本多繁邦といて池を隔てた母屋の大広間の前庭を眺めやり、多くの女の人たちを見た場面である。「母や老婆や女共の着物は地味だつたが、一人の若い客の着物だけは何か刺繡のある淡い水色で、白砂の上でも、水のほとりでも、絹の光沢が、冷たく、夜明けの空の色のやうに耀ようてゐた。」とあり、女たちの笑い声が聞こえて来る場面に続くあたりから引こう。

清顕は水いろの着物の女だけは、さういふ笑ひ声を立てぬだらうと信じた。女共は、水ぎはから紅葉山《もみぢやま》へゆく小径の、わざと幾度か石橋を渡る難路を、主人や客の手を曳き、大仰に辿りだしたので、人群の姿は二人の目からは草のかげに隠れてしまつた。

「貴様の家は全く女が多いなあ。家《うち》は男ばかりのやうなものだ」

と本多は自分の熱意の言ひわけをして立上り、今度は西側の松かげに倚《よ》つて、女たちの行き悩むさまを眺めた。紅葉山は西側に山ふところをひろげてゐるので、九段の滝の四段までは西側にあり、佐渡の赤石の下《もと》の滝壺へ導かれる。女たちはその滝壺の前の飛び石を渡つてゆくところで、そこらの紅葉は殊に色づいてゐるので、第九段の小滝の飛沫さへ、小叢《こむら》に隠れて、そのあたりの水は暗赤色に染つてゐる。女中に手を引かれながら飛び石を渡る水色の着物の人の、うつむいた白い項《うなじ》を遠く望んだ清顕は、忘れがたい春日宮妃殿下の豊かな白いおん項を思ひ出した。（傍点引用者）

やがて清顕は「水いろの着物の女」が綾倉聰子であることがわかるのであるが、右に見える「佐渡の赤石」は、筆を進める作者が、ふと思い付いて書き入れたといったものではなかった。昭和三十九年ころから大判の大学ノートに書かれたという創作ノートの『春の雪』に、

⑧庭――滝口あり、（中略）池に鉄の鶴、三羽、二羽は天を仰ぎ、一羽は横を向く、燈籠二百ありき。滝が、グル〳〵曲がりて石橋の下を落つ、佐渡の赤石（金の入りし石）あり。池辺のあやめ。（傍点引用者）

とあって、当初から計画していたことが明らかだからである。それだけ色彩感に訴える、印象的なこの庭石は、いわゆる文芸的に重要な小道具であったわけで、松枝家が貴顕の格にある、そしてそれは出自にも関係する豪壮さを表すために構えたものかもしれない。かつて清顕が伯爵の綾倉家に堂上の

みやびの精神を身につけるようにと幼いころ預けられ、二つ年上の聰子に可愛がられ、学校へ上がるまでは姉弟《きょうだい》のようであったこととも、文脈上関連があるであろう。もっとも、創作ノートに目黒西郷邸とあるモデルによって、「池大なり、池に面した大広間。紅葉山、」と記した邸宅の池に実際据えられてあったものを写したことも考えられる。三島が構想的に小説の世界に表現上の必要性を感じて佐渡名産の赤石を書き込んだことは確かである。

作品からの右の引用場面のすぐ後には、綾倉聰子には大伯母にあたる、奈良月修寺の門跡来訪のことが叙されてあるなど、『豊饒の海』全体の展開を図るべくプロットを敷設した箇所であり、「水いろ」の着物を着たヒロイン聰子のイメージの形成のための最初の提示部であるだけに、色彩的にも華やかで、雅やかな、堂上につながる家の女性を描くことを考えた場面でなければならない。*3 そうした女主人公の衣装と映発し合うものとして、当初ノートにあった「金の入りし石」という、その気品にもかかわりかねない記述を退け、「佐渡の赤石」とだけ書き入れたものと解される。こうして赤石は、松枝邸内に置かれていたものではあっても、後にひとたびは皇族と婚儀のととのうことになる綾倉聰子の人物形象に対し、いわゆるミリュウ（環境）としての場を用意する景物の一つとなっているといってよい。

しかし、創作ノートからは、佐渡は、出身の北一輝とのかかわりで、もう一つ関係するはずであったことが推定されるのである。『新潮』（昭和四六・一）の編集部によって「「大長篇」ノートより」とされた後にすぐ次のごとく書かれているからである。

『月の宴』（編集部注　はじめに考えていた四部作の総題）

第二部の主人公か
第三部の女主人公か
｝熱帯潰瘍で顔がなくなる。

二・二六蜂起直前、父（北一輝）が息子を救うために、南国へ飛ばす。彼、罪の思ひに責められ熱帯潰瘍になり死す。

第一部

明治末年の西郷家と皇族の妃殿下候補との恋愛。

（明治末年↓大正末年）　二十歳

第二部（神兵隊事件　訴訟記録）

作者と同世代

戦争で死ぬまで（北一輝の息子）――熱帯。（美男が熱帯潰瘍で顔を失つて死ぬ）

第三部（第一部から第三部まで六十年。副主人公も六十歳）

タイの王室の女 or 戦後の女、死なぬ、生きのびて、六十歳になつた男と結婚し、子を生む。

その二人が第一部、第二部をくりかへす。

第四部

老いの問題（青春の不滅）

それぞれ第一部、皇族の妃殿下候補との恋愛。第三部を体現するにいたる。

このように三島は当初『月の宴』という長篇を構想していたのであるが、第一部が「西郷家と皇族の妃殿下候補との恋愛」を描く計画であったとすると、大体『豊饒の海』の『春の雪』に該当ないし照応するはずのものであったと思われる。第二部の神兵隊事件の文字は、続く『奔馬』の巻を想像させるものがある。けれども、北一輝が活躍（？）し、その息子（当然養子であろう）も登場するというメモによれば、書かれた作品とは相当異なる世界を展開したのではなかろうか。しかし、三島には「二・二六事件と私」（『英霊の声』昭和四一・六）、「二・二六事件」（『週刊読売』昭和四三・二）や「北一輝論―『日本改造法案大綱』を中心として―」（『三田文学』昭和四四・七）があり、北一輝は『奔馬』の成立に作中の「神風連史話」をとおして間接的にかかわりを持つことに留まったらしい。第三部もタイに関係していて、構想的には巻三の『暁の寺』に通うところはあったのであろう。第四部では老いの問題が掲げられているものの、巻四の『天人五衰』と重なることがどの程度であったのか、不明という外ない。

こうして『月の宴』から『豊饒の海』への変貌的移行の間には、北一輝も、その息子も登場せず、主人公（または女主人公）が熱帯潰瘍をわずらう構想も立ち消えになり、小説を支える精神はともかくとして、全体として具体的にはかなり違った世界が展開されたようである。けれども、ノート中の「佐渡の赤石」は、『月の宴』の人物とのつながりから、『豊饒の海』の一節でも残されることになった。

美と関係ない文学お断り、と言った佐藤春夫の十七音詩と三島由紀夫の『豊饒の海』とにおける、「佐渡の」の語を冠した石を取り上げ、構想で終わった『月の宴』にも及んでみた。それにしても、佐藤春夫の句の小石はやはり赤石（地元では赤玉石という）だったのであろうか。

注

＊1　掲出の四句とキーンの句は山本修巳著『佐渡のうた』（佐渡郷土文化の会、昭和六二）による。続く下文の『宴のあと』は有田八郎をモデルにしたものであるが、有田についても上の書に貴重な訪問記がある。

＊2　『豊饒の海』は、『新潮』に『春の雪』（昭和四〇・九―四二・一）、『奔馬』（同、四二・二―四三・八）、『暁の寺』（同、四三・九―四五・四）、『天人五衰』（同、四五・七―四六・一）と発表され、のちにそれぞれ単行本として新潮社より刊行された。

＊3　聰子の形象の形成については拙著『鷗外文芸とその影響』（翰林書房、平成一九）参照。

# 茨木のり子「旅で出会った無頼漢」と佐渡

茨木のり子（大正一五年生まれ）の詩集『見えない配達夫』（昭和三三）に収められている「旅で出会った無頼漢」の一篇がある。

旅で出会った無頼漢
もみあげ長く　パナマをかぶり
蝗《いなご》のように痩せたやつ
アロハの裾をパタパタさせて
〈この夏ァ　佐渡でカンヅメだったぜ〉
マア流行作家のようですこと
魚飛ぶ
青い海
しぶきに髪を濡しながら

へっぽこ詩人は考えている
芭蕉というのは　にっくき先輩

甲板をわがもの顔に荒らしまわり
蝗は酔って寝てしまった
高い鼻に胸でも病んでいるらしい
陰を沈ませ

遠ざかる佐渡はさみしい島だった
おけさもさみしい踊りだった
　囚人のようにやるせない
羽田を飛び立つ客達も
こんな思いを抱くのだろうか
　ばらまかれた四つの島に

気がめいりそうにさみしくて
華麗で
から元気で

顰蹙《ひんしゆく》を買い
バナナでも担いだら似合いそうなスタイルで
人なつこかった無頼漢
佐渡と新潟の波の上
彼の姿がへんに哀しく蘇る

昭和三十三年（一九五八）九月『季節 12』に掲載されたもので、前月佐渡・瀬波・温海に夫君とその友人、都合三組の夫婦での旅行の折、得た詩である。夫三浦安信は新潟医大で助手をしていたこともあり、友人ともども山形県出身であることによる旅であったが、かつて勤務の地から眺めた島を詩人に紹介しようという思いもひそかに抱いていたことであろう。帰京後夫は佐渡で覚えた「相川音頭」を友人たちとしばしば高歌放吟したという。[*1] そうした旅から生まれた詩を、作者の意図を多少ははみ出るところもあろうかと思われるが、佐渡という文脈の中に置いてみることとしたい。

右の詩については、詩誌『櫂』を共に始めた川崎洋による鑑賞文がある。[*2]「茨木さんは、花鳥風月、つまり自然を純粋に歌った詩を書いたことは一度もない。人間に興味があり、人間の仕草や言葉などからポエチカルなものを受取り、それがパン種になって詩として熟成する―という場合が多い。人間から触発されて、詩が生まれるのである。この詩も、その典型的な例といえよう。」とある。そして、「夫君と佐渡へ行かれた折、詩に出て来る無頼漢氏が、向こうから声を掛けて来たのだそうだ。」とその成立事情を明らかにしている。

詩全体は平明で、船上の一シーンを、ほぼそのまま写した作であろう。戦後しばらく佐渡航路には、たしかにこうした無頼漢氏を見かけたものである。第一連に〈この夏ァ　佐渡でカンヅメだったぜ〉とあるのは、相川の鉱山祭り、両津の七夕祭り、畑野の天神祭り、そして小木の港祭り等々夏季の祭りでの働きを指した言葉かと思われる。市日もあり、盆もあり、当時の島の人口およそ十二万、今よりはるかに人出も多く、活気に満ちていた。やがて観光客も増え始めていたから、無頼漢氏も、暑い夏を忙しくあちこちと回ったのにちがいない。

「魚飛ぶ／青い海／しぶきに髪を濡しながら」とあることからすると、船はおけさ丸（四八八トン）ではなかったか。就航程なくの、少し大きいこがね丸であったとしても、状況はそれほど変わらないが、歴史的にも、人文的にも、また八木忠栄の詩もあって、おけさ丸と考えた方が作品の世界のふところを深くし、旅情もそれだけ紙面に定着するであろう。現在の大型船とは異なり、トビウオも舷からは割合水面高く飛翔して見えた。私は同季節に三陸海岸に遊び、金華山にも渡ったことがあるが、海水は黒ずんで見え、郷里の海とは異なって、一種のこわさのようなものを感じたことを思い出す。佐渡の夏の海の色はあくまで青く、まぶしく陽光を反射し、また舷の低さからすると、しぶきに髪を濡らすことなど稀ではなかった。

「芭蕉というのは　にっくき先輩」とある詩行は、もちろん「荒海や佐渡に横たふ天の川」の句を想起させる。この時の詩人の脳裏には『銀河ノ序』も浮かんでいたであろう。芭蕉は、「日既に海に沈んで、月ほのくらく、銀河半天にかゝりて、星きら〳〵と冴《さへ》たるに、沖のかたより、波の音しばしばはこびて」と書き、一句を得たのであった。対岸出雲崎からの景観とされるが、新潟から昭和十五年（一九四〇）秋の暮れ、「空も低い。風の無い静かな夕暮でありましたが、空には、きれぎれの真黒い雲が泳いでゐて、陰鬱でありましたが、荒海や佐渡に、と口ずさんだあのぢいさん案外ずるい人だから、寝ころんで気楽に歌つてゐたのかも知れない。」と記したのは、旅の太宰治であった（「みみづく通信」）。二人の作家・詩人の前に俳聖が屹立して、心中波立たせる存在であったのであろう。芭蕉によって新潟の子供たちに童謡を書いた詩人に北原白秋がいたことは記すまでもないと思う。*3

第二連では、いなごにたとえられた無頼漢氏、あわれをさそうものがある。東京の肺結核の死亡率は、明治四十三年（一九一〇）がピークで、以後それは次第に地方に移り、特に戦中から戦後にかけて各地で猛威をふるった。この詩の作られたころには、まだその余響は残り、作中の無頼漢氏ならずとも、肺にかかわる陰を抱いている人は珍しくはなかった。川崎洋の鑑賞文には、「わたしはこの詩が大好きだ。」と記し、この無頼漢について「体温を持ち、えもいわれぬ、うれしい存在感を伴って、まざまざと甲板に横たわる。」の評言がある。詩の最終行にも、この間の事情はうかがわれる。

第三連は、佐渡も、おけさ踊りも「さみしい」とうたう。列車・車、何にせよ、別れはそういうものであろうが、船による場合は格別である。次第に遠ざかる見送りの人の姿、島影もそのことを強く感じさせる。茨木はどのような時に、どのような所で寂しさを感じたのであろうか。訪ねた史蹟、人々の生活様式、目にした風景等、旅中のすべてがそうであったのかもしれない。太宰は「佐渡」（『公論』昭和一六・一）の一節で、「夜半、ふと眼がさめた。ああ、佐渡だ、と思つた。波の音が、どぶんどぶんと聞える。遠い孤島の宿屋に、いま寝てゐるのだといふ感じがはつきり来た。眼が冴えてしまつて、なかなか眠られなかつた、謂はば、「死ぬほど淋しいところ」の酷烈な孤独感をやつと捕へた。おいしいものではなかつた。やりきれないものであつた。けれども、これが欲しくて佐渡までやつて来たのではないか。」（傍点引用者）と書いている。夷の一旅館に泊まったのであったが、佐渡の「さみしさ」に対し、詩には「囚人のようにやるせない」と見える。この場合二人の旅の条件はまったく異なり、また戦後と戦前とのそれであるが、島から受けた心象は興味をそそる。

昭和二十四年詠にかかる田中隆尚の短歌八首は、斎藤茂吉に示したもので、安寿を中心にした歌のうちに、「常の日もかくも寂しく見ゆらむか独りよこたふ佐渡の島辺は」の作がある。若い文学者が遠望した佐渡の姿であり、茨木だけのことではなかったが、母の生国を、「天《あめ》も水もひとつに見ゆる海の上に浮かび出でたる佐渡《さど》が島山」と詠んだ良寛はどうであったか。この一首は、相馬御風の努力もあって、初めて昭和十二年の国定教科書に採られており、当時小学校五年生であった詩人も教室で読んだはずである。しかし、詩人のこの旅では、相川の町には「たらちねの母がかたみと朝夕に佐渡の島べをうちみつるかも」の歌碑はまだ建てられていなかった。

詩はすぐ「羽田を飛び立つ客達も／こんな思いを抱くのだろうか／ばらまかれた四つの島に」と続く。「茨木さんは佐渡と日本列島、無頼漢と日本人という対比の構図をこの詩で意図されたと思うが、わたしには無頼漢の存在で充分という思いを持つ。」と川崎による批評がある。作中に切り取った対象からすると、少し凝集度を緩めるものを感じたのであろう。しかし、若林真の小説を思い出させ、関心を引く。

夷出身でフランス文学者（慶応大教授）の若林真が著した『海を畏れる』は、掲出詩の十四年後の昭和四十七年（一九七二）七月『新潮』に発表、翌年単行本として刊行。故郷を離れて二十年になる主人公の、佐渡への船中と兄の葬儀の行われるR町の実家、及びA町等における回想と心情・思念とを描く。都会と故郷との間で揺れ動く愛憎、引き裂かれんとする心理的危機を乗り越えようとする山田正道（「山椒大夫」の厨子王元服後の名と字は同一）の人生行路には、作者のそれを響かせているのであろう。彼の父は海府出身で、「佐渡おけさ」は寂しく怨念を籠めて歌うものだと教え、また太宰の上掲の言葉も紹介されている。北一輝をモデルとする人物も佐渡の先人として登場するこの小説について言えば、一知識人の故郷離脱と故郷回帰との問題をテーマとしたもので、佐渡を海に囲まれた四つの島国日本にひそかに比定し、これに文明批評を重ね合わせた、いわば現代日本人の「東京物語」（単行本の函、古井由吉評）と解される。パリに留学中の正道は地方を旅し、故郷に似た風景に接して自分の内なる佐渡を発見するのであった。

作者は茨木と同世代である。『海を畏れる』を書くことによって心的危機を克服し、身は東京にありながら、自分は佐渡を所有し得たのだ、と打ち明けられたことを、私は今も忘れない。思うに若林は、郷土史家で詩人の山本修之助に、島に生を享けた者の一つのあり方として思いを寄せるところ、ある種羨望に似たものを、一方では抱いていたかと想像する。若林には、心深い「佐渡人の面影」（『新潟日報』昭和四八・一・二）の一文もある。ともあれ、当時の日本の来し方、置かれた世界的情況について、二人の文学者は考えをめぐらせていたのであった。そこには一つの時代の証言を読み取ることもできるかと思う。

最終連では、人なつこかった無頼漢氏の姿が「へんに哀しく蘇る」と結ばれている。茨木のり子は、戦時中空襲を受けた体験に発して、対話的契機、発信と受信との言語活動に関心を抱くことになった。

それはこの女流詩人の重要な主題となったのであるが、第一詩集『対話』（昭和三〇）所収の同題作に、米軍機の空襲の夜の情景を、「地と天のふしぎな意志の交歓を見た！／たばしる戦慄の美しさ！」と記し、

あれほど深い妬みはそののちも訪れない
対話の習性はあの夜　幕を切った

とその世界は閉じられている。そうした精神が温かい眼差しとなって甲板の無頼漢氏に向けられたのであろう。

**注**

＊1　岩崎勝海「三浦安信／のり子夫妻」（『増補　茨木のり子　花神ブックス1』（二〇〇一、初版第四刷）参照。

＊2　大岡信・谷川俊太郎編『現代の詩人7　茨木のり子』（中央公論社、昭和五八）参照。

＊3　茨木のり子・北原白秋・太宰治については拙著『鷗外文芸とその影響』（翰林書房、平成一九）参照。なお白秋と渡辺湖畔との交友については、渡辺和一郎著『佐渡びとへの手紙　渡辺湖畔と文人たち　上』（非売品　平成一一）参照。

# 沈黙と春風と——茨木のり子・相馬御風の良寛像——

## 一　茨木のり子の詩「今昔」とその典拠

茨木のり子の「今昔」（『櫂』24、昭和六〇・一〇）は『食卓に珈琲の匂い流れ』（平成四）に収められた。

むかし
土佐の片田舎
草の庵《いおり》をほとほと叩き
道に迷った旅びとひとり
一夜の宿を乞うたという

やわらかに迎えいれた僧は
三十代ぐらい　ひょンろひょろの蒼い顔
炉の火をかきたて
〈食うべきものはなし〉
と言ってあとは黙ったまま　つくねん
何を語りかけても
わずかにわずかにほほえむばかり
〈頭すこし弱きおひとか〉
旅びともまだ二十代
深夜まで黙って二人炉をかこみ
無言の僧になんの気づまりも覚えず
ふしぎのこともあるものよ
旅びとはやがてぐっすり寝ほうけた
僧もころんと上手に寝た

一夜あけ
旅びとは僧の書きちらしたものに
ふと目をとめて

アッ！　と心で叫びをあげる
〈ただものではない　この字は！〉
あばらやの誰ともしれぬ僧の書に
感じいった旅びとの
眼力もまたおそろしい
旅びとは老いてのち
それが良寛であったと知り
若き日の土佐の一夜をなつかしみ書き残す

じぶんのおしゃべりにうんざりし
ひとのおしゃべりにうんざりし
ひそかにかぶりを振れば
うろおぼえのはなし
二百年前のはなし
いずこからともなくゆらめき出て

沈黙が威圧ではなく
春風のようにひとを包む

そんな在りようの
身に添うたひともあったのだ

この詩の典拠について作者は明らかにしていないけれども、相馬御風が、良寛の親しい外護者の一人であった牧ヶ花(現燕市)の解良家所蔵にかかる『寝ざめの友』から翻刻した一文であることは確実であろう。それで、作品世界の解明のためには、まず茨木のり子における御風のことをおさえておかなければならない。

御風に江戸の国学者近藤萬丈筆『寝ざめの友』中の関係文章を紹介した「土佐で良寛と遇つた人」があるが、これは『一茶と良寛と芭蕉』(春秋社、大正一四)に収められた。茨木は、医師の父の勤務先大阪で生まれており、当時多くの版を重ねていたこの書を、両親が記念にでも購入したと考えられないことはない。愛知県西尾市に移住して成長した女学校時代には、万葉集に親しみ、鷗外・漱石・林芙美子等々雑々と読む「本の虫」であったというから、[*1]そのころこれを手にしたことも考えられる。「土佐で良寛と遇つた人」は『良寛百考』(厚生閣書店、昭和一〇)にも収載されたが、もう一つの「芭蕉と良寛についての雑感」も見逃しがたく、これも右の二書に収められている。

昭和十二年(一九三七)茨木のり子が西尾小学校五年の年、良寛の歌は、御風の努力もあって、「手まり」の題で次の三首が国定教科書に採られた。

かすみ立つ長き春日を子供らと手まりつきつゝこの日くらしつ

子供らと手まりつきつゝこの里に遊ぶ春日はくれずともよし
天《あめ》も水もひとつに見ゆる海の上に浮かび出でたる佐渡《さど》が島山

当時中学校の教科書にも他の歌が載せられるようになったが、そういうなかで良寛を知ったのであろう。が、やがての国状もあって当該文献は戦後に読んだのかもしれない。詩の表現に従えば、若いころ読んだ内容が思い出され、これが「今昔」執筆の機縁を作ったのであった。『寝ざめの友』には左の一節がある。

おのれ萬丈、よはひいと若かりしむかし、土佐の国へ行きしとき、城下より三里ばかりこなたにて雨いとう降り、日さへくれぬ。道より二丁ばかり右の山の麓に、いぶせき庵の見えけるを行て宿乞ひけるに、いろ青く面やせたる僧のひとり炉をかこみ居しが、食ふべきものもなく、風ふせぐべきふすまもあらばこそといふ。雨だにしのぎ侍らば何をか求めむとて、強ひてやどかりて、小夜更るまで相対して炉をかこみ居るに、此僧初にものいひしより後は、ひとこともいはず、座禪するにもあらず、眠るにもあらず、口のうちに念仏唱ふるにもあらず、何やら物語りても、たゞ微笑するばかりにて有しにぞ、おのれおもふにこは狂人ならめと、其夜は炉のふちに寝て、暁にさめて見れば、僧も炉のふちに手枕してうまく寝て居ぬ。

翌日も雨で出立がかなわず、宿を乞うと「いつまでなりとも」との答え。麦の粉を湯にかきまぜたものを供された後のことを、庵の内を見ると、ただ木仏一体と窓際の小机上に荘子二巻以外何一つ見えないと記す。その書物には僧の作とおぼしい古詩を草書で書いたものがはさんであり、詩の巧拙はわからないものの、草書は目を驚かすばかりであったので、扇に賛を乞うたところ、その末に「越州の産了寛書ス」と記したと、三十年前のことを回顧する。そして、橘茂世の『北越奇談』に「了寛は越後国其地名はわすれたり橘何某といふ豪家の太郎子なりしとか、おさなき時より書をよむを好み、殊に能書なりしが、古人の風を慕ひ、さしも富貴の家を嗣ず、終に世を遁れ行方しれずなりしと、はた其家に有し時の事ともつぱらにしるせし」を見て、「かの土佐にて逢し僧こそは」と昔を思い出し、一夜寝覚めの袖をしぼったと書いている。

御風は、一文を草した人について解良家蔵書の『寝ざめの友』の余白の覚え書きから、郷里が玉島であるらしいこと、永年各地を歴遊し、後江戸に出て居住したこと、越後にも旅をしたこと等がわかった、と述べる。嘉永元年（一八四八）七十二歳で没したという萬丈が、弘化二年（一八四五）に記した右の了寛については、良寛その人であるかどうか議論のあるところである。二十二歳で国仙和尚に随行して出雲崎を立ち、備中玉島の円通寺で修行を重ねた良寛は、師の遷化する寛政三年（一七九一）の前年のころ諸国行脚に出て以後帰郷するまでの消息はわからないわけであるが、上記の了寛を、この空白期の良寛を指すものと御風は解したのである。従来の研究によれば、了寛については良寛肯定説が強く[*2]、「今昔」もこれに従って書いたことになる。

## 二 「今昔」の良寛と茨木のり子・相馬御風

詩は五連から成り、三連までが往時の土佐でのことを、いわば事実として書き、続く二連がそれに対する視点人物あるいは話者、つまり書き手による現代からの意味づけになっているという構成で、冒頭、道に迷って宿を借りた旅びとを、一僧がやわらかく迎え入れたと叙す。その旅びとの目に「ひょンろひょろの蒼い顔」をして映った人は、典拠の「いろ青く面やせたる僧」にもとづいたことというまでもない。食物はないと言う主は、炉の火をかきたててのもてなしをしたのであった。しかし、主客の間に特別言葉が交わされることもなく、無言の僧のほほえみがあるばかり。それでいて、ふしぎにも、なんの気づまりも感じさせることもなかった、とある。この初対面の人が熟睡しえたのは、なによりも、禅の修行による僧の人とその在りよう、その精神のたたずまいによるものであったこと、改めて記すまでもあるまい。

事実は、道に迷ったというより、悪天候と日暮れのためとであった。実際は二泊の宿であったけれども、詩では印象的な一夜にし、また、僧は翌日、いわゆる香煎を作って供したのであるが、詩人はこのことを書かず、安置されてあった仏像や小机・書物についても触れていない。依拠資料とは少し異なり「書きちらした」文字とし、それによって〈ただものではない　この字は!〉と驚きの心中を倒置法で強調して、「感じいった旅びとの/眼力もまたおそろしい」と、二十代の旅びとにも筆をやり、記憶の中の僧をなつかしんだ人物のことを叙している。こうして詩は事実的物語としての第三連まで書き進む。ここまでは旅びとの側の視点から描かれているが、茨木のり子は、荒天のことや部屋のありさま、沙門の染筆のこと等多くをそぎ落とし、詩人関心の書『荘子』のことさえも省いて、人そのものへの焦点化を図ったのである。

いったい茨木のり子の第一詩集のタイトル『対話』（昭和三〇）が示すように、人間関係における対話的契機は重要な関心事、テーマとなり、それとのかかわりで、言葉の問題も見えつ隠れつしながらこの詩人の作品の基調を成すものとなった。そのエッセイ「美しい言葉とは」（『図書』昭和四五・三）で、「言葉の発し手と、受け手とが、ぴたり切りむすんだ時、初めて言葉が成立する」ものであるということを、鷗外の「最後の一句」（『中央公論』大正四・一〇）により例示するが、「今昔」においては、言葉だけではない場合の例、すなわち、対話の変形のケースとして、沈黙における深い人間的時間を、そこに読み加えて書いたのである。

第三連までを受けた第四連では、「昔」ではなく、時を隔てた「今」に焦点を置く。そして、詩法として各行漢字まじりのところを音声的にも考慮したのか、「じぶんのおしゃべりにうんざりし／ひとのおしゃべりにうんざりし」云々とひらがなの多い、それも次第に行の短くなる表現を採っている。言語主体は話し手、つまりは書き手の詩人であろうが、いかにも内省につながっていくものである。この詩行を読むとき、坂口安吾の「桜の森の満開の下」（『肉体』昭和二二・六）の一節が浮かんで来る。戦争による長い抑圧の期間が終わって開放的気分になった人心、特に女性を、この新しい一種現代の説話は反映したところがあるにちがいなく、都に帰った女と山から連れ出された山賊との会話の場面が、次のように描かれる。

「都ではお喋りができるから退屈しないよ。私は山は退屈で嫌ひさ」

「お前はお喋りが退屈でないのか」

「あたりまへさ。誰だつて喋つてゐれば退屈しないものだよ」

「俺は喋れば喋るほど退屈するのになあ」

「お前は喋らないから退屈なのさ」

「そんなことがあるものか。喋ると退屈するから喋らないのだ」


おしゃべりと退屈とについての談義であって笑いをさそい、しかも、本質を衝いたところがあるが、「今昔」では、内省して意義ある生活時間に思いをめぐらせたところ、「うろおぼえ」のはなしが心中に浮かび出たと書く。その点で「今昔」を十余年遡る昭和四十八年（一九七三）七月「清談について」、「「戒語」と「愛語」」を書いていたことが注目される。[*3] 前者は、女の人の会話とその話題のことに関係しており、後者は唐木順三の著書で良寛の「戒語」を知ったことによるものらしいが、その「戒語」について、「一、ことばの多き。／一、口のはやき。」「一、さしで口」云々と以下を引き、「よくこなれていて、わかりやすく、その上、一つ一つがこちらの胸に突きささってきて、ぜんぶ自分のことを言われているのじゃないかとさえ思う。これは良寛の言語論が上等である証拠」と言い、「言葉を発する根源のところに、すべて達していて、だから時代さえ超えてしまっているのだろう。」と述べる。そして、読者にも言及し、「戒語」の二、三種であっても、本当に我が戒めとすることができるなら、その人の言葉は格段によくなりそうな気がする、と言い、道元の書から写した良寛の「愛語」にも触れてから、良寛の詩歌の言葉に「やさしさの極致」の使用を読み取り、「いつくしみの心」が言葉の魅力のつきせぬ泉であることを記す。
言葉・対話・伝達・人間に人一倍関心を持っていた茨木が「今昔」を書いたことには合点がいく。

沈黙が威圧ではなく
春風のようにひとを包む
そんな在りようの
身に添うたひともあったのだ

詩の末尾を再掲したが、対座の場では威圧ともなりかねない沈黙が、ほほえみを伴い、ふしぎと気づまりも覚えさせなかったと二百年前の人のことを造型したのである。人間性に豊かさを用意して深い意義を蔵する「沈黙」とともに、「春風」の譬喩は詩の急所でなければならない。良寛には「春風」の語を織り込んだ詩歌はあるが、人を比喩的にもせよこの語を用いて表現したものはない。しかし、良寛その人を表す際、「春風」の語をもってしたのは茨木のり子が初めてではなかった。前掲「芭蕉と良寛についての雑感」（または「良寛雑考」）があるのである。御風は、先人の評に「秋の詩人」とする芭蕉について、「あたゝかな愛を心の底に持つてゐ」ながら、「行住坐臥常に秋のしめやかさを以て終始してゐた。彼の前では人々はくつろぎの代りにいつも粛然たる尊さを感じたらしい。」と叙述する。そして、それに比べると、良寛は「あたゝかさとやはらぎ」を漂わせ、人々は「くつろぎを感じた」と述べ、芭蕉も尊く、良寛も尊いと言い、さらに良寛についてこう記す。

彼と最も親しかつた解良栄重の手記にも『師余が家に信宿日を重ぬ。上下自ら和睦し、和気家に充ち、帰り去ると雖数日のうち人おのづから和す。師と語る事一たびすれば胸襟清きを覚ゆ』とある如く、彼がいたるところに春風の如き和気をもたらした風姿を想像する事は、私たちにとりてもたまらなくうれしくありがたい事である。

文中の「信宿」は二晩どまりを意味するが、このような一節の「春風」の譬喩を「今昔」に採ったのである。しかし、この点を御風に得ていたとしても、そこに茨木独自の世界が描き出されていることを見逃してはならない。良寛の逸事によってはいても、このテーマこそ若い日に戦火の中で得た、すぐれて人間的な問題であり、文芸的課題だったからである[*4]（前章参照）。

単なるおしゃべりでは浮華、浮薄な時間を浪費するだけの生活である、と自他のそれを思った時、記憶の底から浮かび出たのは良寛であった。が、今はそのような人を求め難い時代になったことを認識し、詩末の「のだ」の語によってこれを強く表現したのである。ここに読み取られるのは、充実した対話への渇望、これと接続する言葉・人間の問題、そして、その背景の時代状況と自己をも含めた現代人・現代文化への洞察と批判である。詩の題もこの間の事情を表している。沈黙の人間的意味の重要性について、唐木順三は禅とのつながりで良寛について述べ[*5]、若いリルケが著しい関心を寄せたマーテルリンクの『貧者の宝』（一八九六）には、神を媒介にしての沈黙論がある。また翻訳によるマックス・ピカート著、佐野利勝訳『沈黙の世界』（昭和三九）も挙げることができる。あとの二冊の書中、人間的沈黙、言語的沈黙を論じてはいても、しかしそれは西洋的発想における神とのつながりによるものであって、「春風のようにひとを包む」沈黙のことは見えない。

## 三　沈黙の人・良寛

そもそも良寛を語るとき、その沈黙ということに言及する人は少なくない。西郡久吾著『北越偉人　沙門良寛全伝』（目黒書店、大正三）には、「魯直沈黙、恬澹寡慾」の評があり、吉野秀雄は、その沈黙に「真理追求の難行苦行がいかに充実し、透徹していたかを現示する」ほどの「恐ろしさ」を捉え、そのゆえに良寛を「信頼し、敬愛して止まぬ者である。」と語り明かす。[*6] 解良栄重の『良寛禅師奇話』の冒頭には、「師常ニ黙々トシテ動作閑雅ニシテ余有ルカ如シ心広ケレハ体ユタカ也トハコノ言ナラン」とあるが、それには禅僧としてのきびしい修行や、国仙禅師から信頼を置かれ、「良也如愚」（良や愚の如く）云々と賦された人柄が関係したことはもとよりとしても（国仙の評には唐代の禅者だけではなく孔子の顔回評も響いていたであろうか）、そして、修行・瞑想とのかかわりから沈黙の意義を重んじた釈迦の存在はあるであろうが、ピカートは、沈黙に北国的なものを感じ取っており、ラントの短篇小説「エルリング」（一九一一）にも北方的世界の土地と人とに人間的沈黙の尊い姿が描かれている一事も見逃しがたい。良寛の場合も越後に生まれ育ったという風土的契機も考えられる。玉島を出て諸国を行脚した後に、琵琶湖を過ぎたあたりで詠んだ次の一首もある。

ふるさとへ行く人あらば言づてむ今日近江路をわれ越えにきと

厳しい自然の故郷ではあっても、おさえがたい帰心を表白した歌といえよう。しかし、漢詩「円通寺」に、「円通寺に来りてより　幾度か冬春を経たる　門前千家の邑　更に一人を知らず」（入矢義高訳注『良寛詩集』平凡社、二〇〇六）の四句が見える。ひたすら仏道修行に精進した、そしてひとりあそびを好む、と打ち明けた歌もある良寛であったから、行脚の生活をしたとしても、瀬戸内や京・江戸あたりにとどまる途もあったはずである。が、故郷であるからといえばそれまでであるが、やはり北方的沈黙の地域に住むことをいとわなかったのであろう。崇敬する道元禅師の永平寺も喧騒な都を離れた越前の山深い地にあった。気候的にも恵まれた、明るく、またそれにともなう音響のある瀬戸内を去り、長い冬季は雪に覆われるふるさとを思う心が良寛には強かったのにちがいない。その詩歌に春を喜ぶ作の多いこともこのこととつながりがなければならない。

沈黙の人・良寛——それはまた生来的には父以南ではなく、母親に由来するものではなかったか。良寛の詩歌に現れた、別れの際の父は言葉をもって訓え諭していても、母は涙ぐみ我が子の顔を見つめ、手を取り合うだけの人であった。「題しらず」の一首で父母とのことを歌った中に左のごとくあるのである。

たらちねの　母にわかれを
つげたれば　今はこの世の
なごりとや　思ひましけむ
涙ぐみ　手に手をとりて
わがおもを　つくづくと見し
おもかげは　なほ目の前に
あるごとし

父にいとまを　こひければ
父がかたらく　よをすてし
すてがひなしと　世の人に
いはるなと　いひしこと
今もきくごと　おもほえぬ

「母が心」と「父がことば」とこの「ふたつ」を「かたみとなさむ　わがいのち　この世のなかに　あらむかぎりは」と歌い結んでいることからは、父母のいずれかを重んじたというわけではなかったが、ここでは沈黙の母の姿・面影に、より多くの言葉を費やしていることが印象的である。その歌に宮柊二が鋭く感じ、それを受けて磯部欣三が、母の「訥《とつ》」にして「愚《ぐ》」の性格に着目して述べたように、良寛は母の方からこれを受けたごとくであり、[7]さらに一歩を進めて言えば、沈黙の資性もそうだったのではないか。そのような母への心情を推想するとき、

たらちねの母がかたみと朝夕に佐渡の島べをうちみつるかも

の一首のあるのは偶然ではあるまい。弟妹に母を詠んだ歌の見えないことも思われるのである。

こうたどるとき、良寛遺墨の「一二三」と「いろは」が関心を引く。[8]所蔵者の双幅のこの文字を拡大して刻んだ書碑が相馬御風の選にかかり、新潟県立図書館の庭前に建てられてある。物事の始まりをも表す「一二三」の文字は、道元著『典座教訓』の一節に見える、道元入宋時の一老典座との対話のことを思わせ、また坐禅の数息観があずかったとしても、[9]良寛が「つきて見よ ひふみよいむなやここのとを とをとをさめて 又始まるを」と詠んだ心のことも想察される。「いろは」が諸行無常を表した歌の冒頭三文字であることというまでもないが、これらの六文字は、揮毫に際し、紙面の余白、空間としての間《ま》に耐えうる精神をも必要とすることが推想され、単純であるだけにかえって技術的にもむつかしいところがあるに相違ない。「間」とは、「せぬひま」(世阿弥)であり、一種の人間的沈黙の時空間と言ってもよいものであって、特に東洋のすぐれた芸術には、そういう趣があると言われている。良寛の場合もこれにつながるところがあろう。双幅の字は、これを見る人をつつんで、あたたかなものを感じさせ、まさにやさしい沈黙と春風といった芸術的様式を思わせる。

基本的には茨木の「今昔」は、『寝ざめの友』の詩人的直観の読みによるものであり、御風の存在

も大きかったが、如上の良寛もおのずと反映したであろう。「ふるさとは語ることなし」の語を残しても、安吾の場合、時代・境涯・年齢も関係し、東京や関東で活躍して身を故郷に置かなかったわけであるが、北方的沈黙になじめない資質もあずかっていたのではないか。戦災で帰郷した會津八一には養女キイ子の病など安吾とは異なる状況・事情があったにせよ、つとに上越の有恒学舎時代があり、自ら「朔北俳客」「北人」と称し、良寛を敬重したことが思われるのである。新潟にありながら八一も、東京へ復帰したい心を抱いていたのではあるが。

「今」と「昔」とを対比した一篇の詩境は、茨木関心のテーマの下、良寛を選んではじめて可能になったのに相違ない。もとより詩人というものは、言葉を求め、言葉を愛し、それゆえに言葉にきびしい芸術家であろうが、茨木のり子の場合、特にそのことが目立つ。良寛に関心を寄せたのもそのために外なるまい。詩の主題はそれとして、「今昔」は、近世越後の一僧の現代的意義を表し、ひいては西洋に対する東洋的精神の神髄にもおのずとふれた作品であった。

注

＊1　大岡信・谷川俊太郎編『現代の詩人7　茨木のり子』（中央公論社、昭和五八）所収の「散文―鷗外の文章に触れて」参照。

＊2　その本文批判及び当時の良寛については、井上慶隆「『寝ざめの友』の良寛と近世越後の文化的風土」（宮栄二編著『僧良寛論集』象山社、昭和六〇）参照。

＊3　その成立については茨木のり子著『言の葉さやげ』（花神社、昭和五〇）の書誌参照。一文には、良寛にもう少し積極的な言語論を期待したかったとある。

＊4　注＊1の書の川崎洋による「鑑賞」参照。
＊5　唐木順三著『良寛　日本詩人選』（筑摩書房、昭和四六）参照。
＊6　吉野秀雄著『良寛和尚』（アートデイズ、二〇〇一）参照。中西久味著『ブックレット　新潟大学10　良寛のひとり遊び―中国の禅者たちを友として―』（新潟日報事業社、二〇〇三）参照。
＊7　良寛と父母とのつながりについては、宮栄二「良寛の人と歌」（宮栄二他著『良寛の世界』大修館書店、昭和五五）、磯部欣三著『良寛の母　おのぶ』（恒文社、昭和六一）参照。
＊8　相馬御風著『良寛を語る』（博文館、昭和一六）、渡辺秀英著『いしぶみ良寛　増補版』（考古堂出版、昭和六〇）参照。
＊9　長谷川洋三著『良寛禅師の真実相』（名著刊行会、平成四）の「手毬と数息観」参照。
付記　相馬御風著『良寛さま』『続良寛さま』（復刻版、バナナプロダクション刊、発売元　考古堂書店、平成一九）に子供向けの案内として「あとがき」（清田執筆）があり、『良寛さま童謡集（CD付き）』も併せ刊行された。

# 良寛とハンス・ラント——作中の一隣人の表現の問題をめぐって——

## 一　五合庵の客の僧と叟《おきな》

良寛の『草堂集貫華』（自筆詩稿、文化八〈一八一一〉）に「雑詩」として次の一首が収められている。[*1]

索索五合庵　其若鳥巣然
牀頭瓶一口　戸外竹千干
釜中時有魚　竈裡屢無烟
独有隣寺僧　頻叩月下門

索索《さくさく》たり五合庵《ごごうあん》　其《そ》れ鳥《とり》の巣《す》の若《ごと》く然《しか》り
牀頭瓶一口《しょうとうびょういっこう》　戸外竹千干《こがいたけせんかん》
釜中《ふちゅう》時《とき》に魚有《さかなあ》り　竈裡《そうり》　屢《しばしば》烟無《けむりな》し
独《ひと》り隣寺《りんじ》の僧有《そうあ》り　頻《しき》りに月下《げっか》の門《もん》を叩《たた》く

いま口語訳を『定本　良寛全集　第一巻　詩集』によると、「殺風景な五合庵。／それはまるで鳥の巣のようにからっぽだ。／床のあたりに水瓶が一箇、／戸外には竹が生え茂る。／貧しくて釜の中には時々魚がわくほどで、／かまどは時々炊事の火も絶えることがある。／ただ隣りの僧が月に誘われて訪ねて来て、／しきりに門の扉を叩くことがあるだけだ。」とある。そして、良寛が帰郷し、転々とした後落ち着いて住みなした、国上寺下の五合庵に説明を及ぼす。すなわち、そのすぐ下に本覚院・宝珠院があり、前者には良寛が一時住んだこともあると言い伝えられ、二寺とも親しい交際があったと記す。良寛がこの庵を選んだのには、世俗との距離的条件が考えられ、また、敬した僧・万元が国上寺と縁が深く、しかも名は同じ草庵に百二十年前住んでいたことも関係したであろうという。*2

上記全集には右の詩について、「五合庵における清貧の生活を客観的に描いている。」とし、「無一物に徹した日常の中にあって、月を愛する隣僧の来訪を喜ぶ最後の二句が、この詩に生気を与えている。」の評言が見える。同趣の詩は『草堂詩集』（文化一五〈一八一五〉、鈴木文台が借覧）にも収めるが、掲出を省略するけれども、初句と第二句の具体的状況の表現でもある第三句の「牀頭瓶一口」を削り、第四句に「壁上偈幾篇」を置いたことが目立つぐらいである。結句は二字異なっているものの、ほぼそのままである。しかるに、同趣の一首を収める『良寛尊者詩集』*3（阿部定珍写本、文政八〈一八二五〉）では、「五合庵」の題を付けて左のように作ってあるが、結句のうち「隣寺僧」を「東村叟」と改めたのはかなりの相違と言えよう。なお第二句は、「磬」（打楽器の一種）を同音の「罄」（からっぽ）に通わせた、がらんどうの無一物のさまの表現である（入矢義高訳注『良寛詩集』）。

索索五合庵　実如懸磬然
戸外杉千株　壁上偈幾篇

索索《さくさく》たり五合庵《ごごうあん》　実《じつ》に懸磬《けんけい》の如《ごと》く然《しか》り
戸外杉千株《こがいすぎせんしゅ》　壁上偈幾篇《へきじょうげいくへん》

釜中時有塵　甑裏更無烟
唯有東村叟　頻月叩下門

釜中《ふちゅう》時《とき》に塵《ちり》有《あ》り　甑裏《そうり》更《さら》に烟《けむり》無《な》し
唯《た》だ東村《とうそん》の叟《そう》有《あ》り　頻《しき》りに月下《げっか》の門《もん》を叩《たた》く

全集の解説中、同趣の詩では用法上最も整理が行き届いているとし、「良寛の代表作として人口に膾炙《かいしゃ》されるが、おそらく良寛の心象風景なのであろう。」という。そして、「推敲」の故事で知られる賈島の詩を踏まえた、訪問客の「隣寺僧」を「東村叟」に改めたことについて、「現実性のない状況を作ってしまったのはいかがであろうか。」と述べている。五合庵の地理的、立地的状況からすれば、この疑義が出されるのも当然のことと言ってよい。が、良寛としては、詩境のことだけでなく、交友関係のこともあり、いわば虚構としても、このように表現したいものが心中にあったのであろう。ここで、ドイツの一作品を取り上げ、この隣人の表現の問題をめぐって考えてみるのも一興かと思われるので、一方は小説中の人物であるけれども、両作について対比的に観察を試みたい。

## 二　作中の主と客と

良寛七十一歳の、文政十一年（一八二九）に成る歌集『久賀美』に次の歌がある（（）は脱字）。

あしびきの　くが（み）の山《やま》の　冬《ふゆ》ごもり　日《ひ》に日《ひ》に雪《ゆき》の　降《ふ》るなべに　行《ゆ》き（来《き》）の人の　あ
とも絶《た》え　ふるさと人《びと》の　おともなし　うき世《よ》をここに　門鎖《かどさ》して　飛驒《ひだ》の工《たくみ》が　うつ縄《なは》の　た

だ一筋《ひとすぢ》の　岩清水《いはしみづ》　そを命《いのち》にて　あらたまの　今年《ことし》のけふも　暮《く》らしつるかも

冬の日の草庵における生活を詠んだ一首に接するとき、鷗外訳の「冬の王」（『帝国文学』明治四五・一）が思い浮かべられる。良寛とは関係のない作品であるが、ドイツ文学者の高橋義孝同様に、福永武彦はこの短篇小説について、「繰返し読んで飽きることのない傑作だが、原作者ハンス・ランドについて誰が知ろう。「冬の王」、ここに描かれた主人公に対する鷗外の共感に拠って、鷗外自身の作品であるかのような心情を吐露している。」と書いている。[*4] 原作は「エルリング」*Erling*（『炎とその他の物語』〈一九一一〉所収）であって、わが国では殆ど知られていない作家のものであるが、今日のドイツにおいても状況はそれほど変わりはないらしい。いま鷗外旧蔵本アードルフ・バルテルス著『ドイツの現代作家』（一九〇三、第三版）をひもとくと下の記述が見える。

**フーゴー・ランズベルガー**すなわち**ハンス・ラント**は一八六一年八月二十五日ベルリンに生まれたが、一八六七年十一月一日レーオプシュッツ生まれのフェリックス・ホレンダーとともに一八九二年ハルトレーベン風のスタイルによるドラマ『聖なる結婚』を著した。それから数多くの長篇小説とスケッチ風の小品とを書いており、それらは時には娯楽読み物を超えるものであるが、時代の特色を表す『新しい神』（一八九〇）だけが挙げられる。

このラントは、良寛示寂三十五年後の生まれで、鷗外の一つ上になり、一九三五年に没している。

そうした作家による「エルリング」は、スケッチ風の作品で、北欧を望むデンマークの海岸に住んでいる男についての物語である。鷗外訳のタイトルは作中の〈Winterkönig〉の語によって付けたもので、原作とは異なり、主人公の名ではない。当時の読者のことを鷗外は考えたらしく、かつ作品のポイントをおさえた題になっている。

「冬の王」は、「ここデネマルクの国は実に美しい。」と始まり、北極の関門に位置する海岸の光景を写し、そこに住む人々の容貌・容姿や言語の響きに触れ、どの中にも一種の秘密、北国の謎があると叙し、「静かな夏の日に、北風が持つて来る、あちらの地極世界の沈黙と憂鬱とがある。」と続く。そういう土地柄に惹かれた一人の小説家「己《おれ》」は、下宿先に突如現れた背の高い、立派な男に目を見張る。浅葱《あさぎ》の前掛けを締めた男が、靴を間違えて届けたというのである。思わず名を問うたところ「エルリングです。」と答え、軽く会釈して出て行く。小説家のほうでは、古く、立派な北国の王と同名のこの人物のことが忘れられず、さまざま思いをめぐらせる。下宿の女主人は、「どなたでもあの男を見ると不思議がつてお聞きになりますよ。」と言い、「大層意味ありげに詞《ことば》を切つて、外《ほか》の事を話し」出す。いかにも尊敬している様子である。「己《おれ》」が海岸の丘の上に樅の木で囲まれた低い小家に近づくと、棟の一羽の鳥がその炭のような目でじっと見、戸の側には黒猫がうずくまって日向を見つめている。通りすがりの女に問うと「エルリングさんの内《うち》です。」とやはり尊敬の調子で答える。「冬の王」は、こうして一小説家が、秘密・謎を持っているような、言葉数の少ない、しかも昂然としたところのある男に近付いていく過程を描き、それがそのままストーリーになっている短篇である。

彼は、昼は戸外で海水浴客のために靴を磨くなどして生計を立てているが、「己《おれ》」が夜その部屋を訪ねると、厚い書物を側に広げ、書き物をしている。冬は随分本を読むと聞いていた小説家は、意外な感に打たれて敷居のところで足を留めざるをえなかった。戸棚にはキェルケゴールその他の人の書が並び、望遠鏡・顕微鏡もある。書籍に目をさらし、そして地を見、天を見て宇宙の彼方にも思いを馳せる生活をしているらしく、宗教哲学を研究しているようで、寂しげで「神聖な目」をし、両肩の上には「哲学者のやうな頭」が乗っているという感じである。「己《おれ》」が、「心持の好さそうな住まひだね。」と問うと、「ええ。」と答える。「冬になつてからは、誰が煮炊をするのだね。」と尋ねると、「わたしが自分で遣ります。」と言う。指さす方を見ればかまどがあり、鍋釜が置いてある。この地の冬が好きだという五十歳くらいの彼に、「冬の間に誰か尋ねて来るかね。」と問うた次の場面がある。


「あの男だけです。」エルリングが指さしをする方を見ると、祭服を着けた司祭の肖像が卓の上に懸かつてゐる。それより外には扁額のやうなものは一つも懸けてないらしかつた。「あれが友達です。ホオルンベエクと云ふ隣村の牧師です。やはりわたしと同じやうに無妻で暮してゐます。それから余り附合《つきあひ》をしないことも同様です。年越の晩には、極まつて来ますが、その外の晩にも、冬になるとちよいちよい来て一しよにトツヂイ（＝椰子酒。引用者注）を飲んで話して行きます。」

「冬になつたら、此辺は早く暗くなるだらうね。」

「三時半位です。」

「早く寝るかね。」

「いゝえ。随分長く起きてゐます。」

話しながら時計を見上げる男は、「御免なさい。丁度夜なかです。わたしはこれから海水浴を遣るのです。」と言って部屋を出る。このようにして暮らすエルリングを思うとき、良寛の「雑詩」・「五合庵」の詩境が心中に浮かんでくる。詩中の壁上の偈（＝仏典中の聖歌または韻文）は、帰郷直後仮住まいした、出雲崎に近い郷本の小庵の場合から推して、やはり良寛の手であろう。

それにしても、「世《よ》の中《なか》に　まじらぬとには　あらねども　ひとり遊《あそ》びぞ　我《われ》は勝《まさ》れる」と詠んだ良寛であったが、隣寺の僧が訪ねた折は、共に何を語らったのであろうか。厳しい修行を積んだ二僧の対座とすれば、一種粛然としたものを感じさせもするが、「五合庵」の結句は東村の叟《おきな》と表現している。その叟を、上田三四二は、良寛の外護者として知られる、国上村（現燕市）牧ケ花の庄屋解良叔問ではなかったかとする。[*5]『良寛禅師奇話』の著者・解良栄重の父である。そして、方角は違っても、渡部の庄屋阿部定珍をもこれに擬してよいのではないかと述べる。そうであれば、いわゆる俗の人とも交わる、草庵の一齣を推想させる詩境になろう。しかし、全集で推測するごとく、実際とは異なる心象風景であったのかもしれない。このあたりについて渡辺秀英は、「隣寺僧」では「僧侶同志の会合ではつきすぎる」と捉え、「東村叟」を阿部定珍・原田鵲斎ほか誰でもよく、詩句の訳としては「村人」としている。[*6]傾聴すべきものがあろう。

「山住《やまず》みの　あはれを誰《たれ》に　かたらまし　藜籠《あかざこ》にみて　帰《かへ》る夕《ゆふ》ぐれ」の一首を詠んだ良寛の、人里を離れた、わびしく、さびしい庵で自ら煮炊きをし、書を読み、詩を書き、歌を作り、冬ごもりもしなければならない、その隠遁的生活を想像するとき（＝隠遁という観点を否定する見方もあるが、中世の草庵生活を響かせていることは争われないように思われる。)、エルリングのことが浮かんでくる。彼は厳しい自然条件の地の住人であり、航海中僻遠のこの辺りの海で座礁した船に喩えられる「世捨人」(Wrack)である。対岸の大半島へは、ノルヴェーゲンの汀《みぎわ》や岩の方に遙か視線をやって、イプセンの墓があり、北極探検家アンドレイの骨が曝されていて、海象が群がっていると想像を馳せるのであるが、こうした境に住むことは、特に冬季はたやすいことではないはずである。

ハンス・ラントが、このような人物を、靴を磨く人として描いていることには、聖書の世界が反映し、最後の晩餐で弟子たちの足を洗うキリストの形象と重なるものがなければなるまい。[*7] 自分の許嫁《いいなずけ》を付けまわす船乗りを殺めて懲役五年の刑に服し、流れ着いたこの地で一人で暮らすエルリングは、壁上の偈を低誦する良寛とは異なるであろうが、壁に荊《いばら》の輪飾りの判決文を懸ける人として〈冬の王〉になっている。いいなずけは三十年前に移住して行方がわからず、訪ねて来るのは前掲隣村の牧師だけである。[*8] 春になるとエルリングは〈冬の王〉の冠を捨てて、また人々の靴を磨き、短い夏の生活はこうして去っていく。しかし、暴風で海が荒れる時、沖の舟人は、エルリングの家から漏れる小さい灯火を慕わしく思って見て通ることであろう、と作品の語り手は結ぶ。罪びとであった点を除けば、沈黙の支配する寂しい所に住み、村人にはその存在自体に何か意味のあるような二人の世捨てびとは、洋の東西で対照をなすところのある一対と言えないこともない。かつて故郷を立つ良寛も、「よをすてし すてがひなし」と人に言われないようにと父から諭された青年僧であった。

良寛は孤寂のなか禅僧として厳しい修行の果てにたどりついた境涯にあったわけであるが、北欧の海に臨むエルリングに対し、北越の地ではあっても、ふるさとからは海の上に、ゆるやかに横たわる、母の生国佐渡の島山を見る人であった。その良寛に、「隣寺僧」を宗教人ではない「東村叟」に書き改めた、もう一篇の詩のあったことは興味深い。人なつかしい心性をもそこに垣間見せるからである。常に粛然とさせるエルリングとは多少異なるものを感じさせ、「風は清《きよ》し　月《つき》はさやけし　いざともにをどり明かさん　老《おい》の名《な》残《ご》りに」、「里《さと》べには　笛《ふえ》や鼓《つづみ》（＝「太鼓」の異本も。引用者注）の音《おと》すなり　み山《やま》は　松《まつ》の声《こゑ》ばかりして」と詠む僧につながっていくもののあることを思わせるのである。

## 注

＊1　以下、内山知也・谷川敏朗・松本市壽編『定本 良寛全集』全三巻（中央公論社、二〇〇六、二〇〇七）による。なお、良寛の年齢及び作品の年代的方面も同全集所載「良寛略年譜」による。

＊2　石田吉貞著『良寛 その全貌と原像』（塙書房、一九七五）参照。

＊3　良寛の詩の改修については渡辺秀英著『良寛詩集』（木耳社、昭和四九）にも考察がある。

＊4　福永武彦「十人十訳」（『世界の文学 第52巻 月報』中央公論社、昭和四一・八）参照。

＊5　上田三四二著『良寛の歌ごころ』（考古堂書店、二〇〇六）参照。

＊6　注＊3の著書参照。

＊7　拙稿「靴を磨く男のイメージ——森鷗外訳「冬の王」と三浦綾子『積み木の箱』との場合——」（『解釈』第四十八巻第一・二号、平成一四・二）参照。

＊8　鷗外も読んだパウル・ハイゼの短篇「ララビアータ」（一八五五）には親しみを抱かせるような司祭がいるが、この隣村の牧師は、少し異なる印象を与え、エルリングとは相通ずるものがあるのであろう。

# あとがき

本書は、既発表の論考から選び、縮める方向で多少の手を入れた十五篇に、新たに書き下ろした論稿を加えて編んだものである。次にその初出を掲げる。

I　**夏目漱石『行人』とその周辺**

『行人』の世界―Hさんの「符号《シンボル》」的意味を視点として―（書き下ろし）

夏目漱石におけるモーパッサンの「小説論」（『新潟大学教育学部紀要』第三十四巻第二号、平成五・三）

夏目漱石におけるモーパッサンの『ピエールとジャン』（日本文芸研究会『文芸研究』第一三五集、平成六・一）

II　**上田敏とその遺響**

上田敏の詩論―「律」の問題を中心に―（東北大学文芸談話会『日本文芸論稿』第四号、昭和四七・九）

上田敏と万物流転の思想―ペイター、マーテルリンク、ベルグソンの影響―（『文芸研究』第一二一集、平成元・五）

石川啄木「卓上一枝」とマーテルリンクの運命論（『国際啄木学会新潟支部報』第八号、平成一七・四）

村野四郎の「昆虫採集箱」と上田敏（台湾・輔仁大学『日本語日本文學』第三十二輯、二〇〇七・七）

III　**小川未明の世界**

「薔薇と巫女」「日没の幻影」の世界（日本近代文学会新潟支部編『新潟県郷土／作家叢書3　小川未明』

野島出版、昭和五二・一〇）
「野ばら」の世界（藤原宏・渡辺富美雄監修、清田文武・本堂寛・村石昭三・小林一仁・加部佐助・久保田勝蔵・速水博編集『国語資料図解　理解事項事典』全教図、昭和六〇・四）

IV
上京以前の相馬泰三（書き下ろし）

**横光利一の構想と表現**
「蠅」の形成と翻訳小説―リルケ及びズーデルマンを視点として―（書き下ろし）
「春は馬車に乗つて」とその表現史的位相（書き下ろし）
V
**戦時下の小説とその背景**
太宰治「佐渡」とその時代背景（書き下ろし）
中島敦「山月記」の表現「もの」をめぐって（書き下ろし）
石塚友二「菊の秋」の文体（書き下ろし）
山本有三『無事の人』論（至文堂『国文学　解釈と鑑賞』第七十三巻六号、平成二〇・六）

VI
**坂口安吾の説話的世界**
坂口安吾「「文芸冊子」について」とその周辺（新潟大学教育学部国語国文学会『新大国語』第二十二号、平成八・三）
「桜の森の満開の下」の世界（『新潟県郷土／作家叢書1　坂口安吾』野島出版、昭和五一・四）
坂口安吾「桜の森の満開の下」をめぐって（新潟県高等学校教育研究会『国語研究』第四十五集、平成一一・三）

## Ⅶ　詩人たちと佐渡・越後

佐渡の石二つ―佐藤春夫と三島由紀夫と―（佐渡郷土文化の会、山本修巳主宰『佐渡郷土文化』第一一四号、平成一九・六）

茨木のり子の「旅で出会った無頼漢」と佐渡（『佐渡郷土文化』第一〇八号、平成一七・六）

沈黙と春風と―茨木のり子の詩「今昔」の良寛―（『佐渡郷土文化』第一一六号、平成二〇・二）

良寛とハンス・ラント―作中の一隣人の表現の問題をめぐって―（書き下ろし）

本書の成るに当たっては、初出論考の版元や各図書館をはじめ多くの方のお蔭を被った。なかでも伊狩章先生、渡辺富美雄先生、菊田茂男先生、田中榮一先生、山本修巳氏、早川正信氏、佐々木靖章氏、及び東北大学漱石文庫調査の便宜を戴いた仁平道明、佐藤伸宏の両氏に御礼申し上げたい。昨今の事情もあり、こういう書の出版のことは断念していたのであるが、渡辺善雄氏の勧めもあって上梓を決意した。本書の刊行は、ひとえに翰林書房今井肇・静江御夫妻のご高配によるものであり、ここに感謝申し上げる次第である。

初校の校正終了のこの日弟美徳（都庁に奉職）が永眠した、と記し留めることを諒恕されたい。

平成二十一年（二〇〇九）八月十八日

清田文武

# 索　引

## あ



## い

う

## か

## き

〈注〉

原則として、主題になった作家・作品については当該章・節では、その人名・作品名は主なものを取り上げて他は省略した。

【著者略歴】

清田文武（せいた　ふみたけ）

昭和14年（1939年）新潟県に生まれる。新潟大学卒業、東北大学大学院文学研究科修士課程修了。同博士課程中退。博士（文学）。秋田高専講師、新潟大学教授を経て、現在、新潟大学名誉教授、放送大学客員教授、中国・東北師範大学客座教授（1998―）、青島大学客座教授（2003―）、台湾・輔仁大学大学院講師（2007）。

専攻分野　日本近代文学　比較文学

主要著書　『鷗外文芸の研究　青年期篇』（有精堂、1991）、『鷗外文芸の研究　中年期篇』（同上）、『鷗外と漱石との世界』（新潟大学放送公開講座実施委員会、1992）、『鷗外文芸とその影響』（翰林書房、2007）。

主要共編　『新潟県文学全集　全14巻』（郷土出版社、1995、1996）。

# 近代作家の構想と表現

## 漱石・未明から安吾・茨木のり子まで


| | |
|---|---|
| 発行日 | 2009年 11月 14日　初版第一刷 |
| 著　者 | 清田文武 |
| 発行人 | 今井　肇 |
| 発行所 | 翰林書房 |
| | 〒101-0051 東京都千代田区神田神保町 1-14 |
| | 電 話 (03) 3294-0588 |
| | FAX (03) 3294-0278 |
| | http://www.kanrin.co.jp |
| | Eメール● Kanrin@nifty.com |
| 装　釘 | 須藤康子＋島津デザイン事務所 |
| 印刷・製本 | シ ナ ノ |

落丁・乱丁本はお取替えいたします




ISBN4-87737-289-7